AF307524

Regina Raaf

Schneesturm der Seelen

Roman

Impressum

Text und Covergestaltung © Regina Raaf 2024
Alle Rechte vorbehalten

Verlag: BoD · Books on Demand GmbH, In de Tarpen 42,
22848 Norderstedt
Druck: Libri Plureos GmbH, Friedensallee 273, 22763 Hamburg
ISBN: 978-3-7597-7612-9

Bildquellen:
Laterne: 123rf.com / Alexander Raths
Paar: 123rf.com / 4pm Production

Satz
Ralf Raaf – www.raaf-kommunikation.de

Erstes Kapitel

„Die Gegend: öde.
Das Haus: baufällig.
Die Einrichtung: schrottreif.
Die Menschen: seltsam."

Marcel drückte die Pausentaste seines Diktiergeräts und schwieg, während er aus dem Küchenfenster in den verschneiten Hof blickte. Er sah eine kleine Ansammlung von Gebäuden, die er bislang nur von außen betrachtet hatte. Das Land – Wiesen und Weiden, sowie ein kleines Stück Wald, das zum Hof gehörte – hatte er ebenfalls noch nicht begangen. Wie auch, wenn man bis zu den Knien in den Schnee einsank, sobald man es wagte, den Weg zu verlassen. Das kalte Weiß dominierte die Landschaft. Es umhüllte Büsche, Baumkronen und alles, was auf dem heruntergekommenen Anwesen irgendwo stand oder lag. Eine Decke aus unzähligen Kristallen, die grell glitzerten und funkelten, sobald die Sonne sich kurz blicken ließ. Das tat sie allerdings selten, denn meist war der Himmel mit dunklen Wolken verhangen, die dicke Flocken zur Erde schickten. Dort schmolzen sie nicht, wie Marcel es gewohnt war, sondern sie türmten sich auf, immer höher und höher, als wollten sie es auf diese Art bis zurück in den Himmel schaffen.

Es war so ein anderer Anblick als aus den Fenstern seiner Stadtvilla, wo der angrenzende Park selbst im Winter höchstens kurzfristig weiß wurde. Hier dagegen war es richtig kitschig, redete er sich selbst ein, obwohl er es insgesamt doch ziemlich schön fand. Alles war so still – wie in Watte gepackt. Irritierend still für jemanden, der den ständigen Autolärm und das Stimmengewusel der Großstadt gewohnt war. Marcel lauschte, aber außer dem Krächzen einiger Krähen war nichts weiter zu hören. Eine beinahe lautlose Welt – verrückt! Die Flocken, die am Fenster vorbeiglitten, fielen dicht an dicht. Sie ließen ihn sich fast so fühlen, als säße er in der Schneekugel, die ihm sein Vater damals, als Marcel fünf

Jahre alt gewesen war, von einer seiner Geschäftsreisen aus der Schweiz mitgebracht hatte. Die Kugel war hübsch gewesen. Mit einem kleinen stilisierten Wald in ihrem Inneren, aus dem ein Reh hervorlugte. Dieses Detail hatte Marcel immer viel mehr fasziniert als der klobige Schneemann mit seiner Möhrennase, der im Vordergrund die Blicke eigentlich auf sich ziehen sollte.

Als kleiner Junge fühlte er sich dem scheuen Reh verbunden, was er jedoch seinen Eltern niemals gestanden hatte. Vielleicht weil er damals schon ahnte, wie unpassend sie es finden würden. Und heute kam es ihm beinahe selbst lächerlich vor, sich jemals so gefühlt zu haben, denn inzwischen hatte er jegliche Zurückhaltung verloren. Er stand seinen Mann im Leben und gab stets den Ton an, wie es sich für den reichen Erben einer Unternehmerfamilie nun mal gehörte. Dumm nur, dass er manchmal trotzdem eher auf andere hörte, statt auf seinen eigenen Instinkt. Ansonsten wäre er garantiert gar nicht erst in die Eifel gefahren. Ein vollkommen unnötiges Unterfangen, wie ihm inzwischen bewusst war. Aber das hatte er natürlich am Tag zuvor noch nicht kommen sehen. Vielleicht hatte er es aber doch geahnt. Zumindest hatte er es nicht für nötig befunden, einen ganzen Tag für die Inspektion seines Erbes zu veranschlagen. Daher war er erst von Düsseldorf aus aufgebrochen, nachdem er sein Büro zur üblichen Zeit verlassen hatte. Das war gegen halb acht Uhr abends gewesen. Und da war es um diese Jahreszeit bereits so dunkel wie in der finstersten Nacht. Im Grunde war ihm das egal gewesen, denn was er sich von dem Besuch versprach, würde er im Inneren des Hauses finden – und Strom war ja wohl hoffentlich kein Problem.

Wie sich herausgestellt hatte, gab es den tatsächlich, wenn es auch an anderen wichtigen Dingen fehlte. Er hatte sich in der Küche nur kurz umgeblickt, um dann ins Wohnzimmer zu gehen. Eine alte Couch, zwei Sessel mit ein paar fadenscheinigen Kissen darauf. Die Möbel sahen altbacken aus. Die Teppiche waren abgetreten und die Tapete vergilbt. Alles war in einem verlotterten Zustand, wie seine Mutter wohl gesagt hätte. Er öffnete den Barschrank, der neben dem Sofa an der Wand stand, und sah sich dessen Inhalt an. Billiger Fusel. Whisky aus dem Supermarkt – die

Eigenmarke natürlich. Marcel verzog angewidert das Gesicht. Zwei Flaschen Rotwein, viel zu jung, um gut zu sein. Eine Flasche Rum, die fast leer war. Aber dahinter befand sich ein Karton, dessen Aufmachung Marcel immerhin Hoffnung schöpfen ließ. Er holte ihn ans Licht und flüsterte: „Na, wenigstens etwas!" Während er den Karton öffnete, fiel ihm ein, dass die Flasche Hibiki, auf die er sich freute, ebenso gut fast leer sein könnte wie der Rum. Aber er hatte Glück – sie war noch gar nicht geöffnet worden. Marcel holte das nun nach und ging in die Küche, um sich eins der Gläser zu nehmen, die auf einem Regal aufgereiht waren. Dann goss er sich den teuren japanischen Whisky ein, hob das Glas und sagte feierlich: „Auf dich, Onkel Edgar – was auch immer für ein Typ du eigentlich warst. Ich hoffe, jetzt hast du deinen sicherlich wohlverdienten Frieden." Er trank.

Ja, das tat gut! Der Alkohol ließ ihn einen Moment vergessen, wie ungeheuer kalt es in diesem Haus war. Er nahm das Glas und die Flasche auf seinem weiteren Rundgang durch die Räume mit. Nachdem Marcel sich im unteren Stockwerk umgesehen hatte – und nichts fand, das sein gesteigertes Interesse weckte – hatte er sich ins erste Stockwerk begeben. Die Räume waren wie die im Untergeschoss eher spartanisch eingerichtet. Nichts von Wert befand sich darin. Außerdem roch es muffig, was natürlich nicht verwunderlich war, denn sein Onkel war bereits seit über einem halben Jahr tot, und ganz sicher hatte niemand das verlassene Haus regelmäßig gelüftet. Marcel hatte überlegt, dass er kurz nach Mitternacht wieder zuhause sein könnte, wenn er sofort losfuhr.

Er wollte die Stufen schon hinabsteigen, als er am Ende des dunklen Flurs eine schmale Stiege sah, die zum Dachboden führte. Vielleicht sollte er sichergehen, dass dort keine kostbaren Möbel oder Ölgemälde eingelagert waren. Die paar Minuten konnte er schließlich noch opfern, um sich eine abschließende – und sicherlich vernichtende – Meinung über sein Erbe zu bilden. Also ging er an den Bleistiftzeichnungen von Pferden vorbei, die in Rahmen an der Wand hingen. Keine Kunstwerke, sondern eher die schlechten Übungen eines Möchtegern-Künstlers. Nur der letzte Rahmen enthielt eine Pferde-Zeichnung, die wirklich von Talent zeugte.

Die Signatur war jedoch so unleserlich, dass Marcel sich nicht weiter damit aufhielt. Geld brachte sicher keines der Bilder ein. Mit vorsichtigen Schritten betrat er die Treppe.

Unter seinem Gewicht knarzten die Stufen, als wollten sie sich über die Last beschweren, die ihnen auf ihre alten Tage noch zugemutet wurde. Oben war keine Tür. Marcel suchte an der Wand nach einem Lichtschalter. Er fand ihn nach einigem Umhertasten und brachte eine nackte Glühbirne zum Leuchten, die inmitten des Raumes an einem dicken Kabel von der Decke hing. Sicher alles streng nach Vorschrift installiert … Marcel seufzte und blickte sich um. Der Raum war eindeutig die Rumpelkammer des Hauses. Und sein Onkel hatte wohl mehr Gerümpel besessen als Dinge, die es wohnlich machten. Marcel inspizierte Regale mit staubigen Büchern. Er öffnete Kartons mit kaputten Elektrogeräten, die sein Onkel vermutlich gesammelt hatte, um sie irgendwann mal selbst zu reparieren – oder um die Fahrt zur entsprechenden Müllentsorgung zu umgehen. Er fand in einer Kiste eine alte Modelleisenbahn, die leider teilweise beschädigt war. Und er durchwühlte einen billigen Kleiderschrank, der aus Holzbrettern selbst zusammengezimmert worden war. Auch hier fand sich nichts Wertvolles. Ein absoluter Reinfall! Außer einem goldenen Ring – vermutlich ein Ehering, jedoch ohne Gravur – hatte er nicht mal Schmuck in einem der Räume gefunden.

Marcel ging zurück zu dem Bücherregal und sah sich die Titel an. Ein uralter Schinken reihte sich an den anderen. Ben Hur, Der Glöckner von Notre Dame, Die drei Musketiere, Robinson Crusoe … nichts, das er schon dringend immer mal hatte lesen wollen. Wozu gab es schließlich Verfilmungen? Aber auch da hatte er sich schon ewig nichts mehr in der Art angesehen. Was für ein rückständiger Kauz sein Onkel doch gewesen sein musste. Ein Abtrünniger der Familie. Ein schwarzes Schaf. Warum er ausgerechnet ihn in seinem Testament bedacht hatte, war ein Rätsel, das Marcel bislang nicht lösen konnte. Sein Blick fiel auf ein Fotoalbum, das am Ende der Bücherreihe durch sein größeres Format ins Auge stach. Er stellte die Whiskyflasche und das Glas kurzerhand auf die dunkel lackierten Holzdielen des Bodens. Dann zog er das

Fotoalbum aus dem Regal und schlug es auf. Ein Briefumschlag rutschte heraus. Marcel beachtete ihn nicht weiter, sondern legte ihn auf das Whiskyglas, bevor er in dem Album zu blättern begann. Er sah alte Kinderbilder. Ein Baby lag in einer pompösen Wiege, in der der kleine Mensch fast unterzugehen schien. Auf einem anderen Foto saß das Baby auf dem Boden und hielt eine Rassel, die es verzückt anblickte. Marcel blätterte gleich mehrere Seiten um. Nun hatte er es mit einem Kind im Grundschulalter zu tun. Oder eher im Volksschulalter, wie es damals wohl korrekt hieß. Allerdings hatte sein Onkel sicher keine einfache Volksschule besucht – stattdessen hatte er wohl Privatunterricht bekommen.

Das Foto zeigte ein Kind, das mit großen Augen in die Zukunft blickte, die damals noch vor ihm lag. Es trug einen Anzug, der lächerlich fehl am Platz aussah, da der kleine Junge an einem herrlichen Sommertag an einem Seeufer abgelichtet worden war. Vermutlich hatte das Gewässer nur als Kulisse für das Foto dienen sollen, jedoch nicht als Abkühlung. Zumindest nicht für das Kind im Anzug, denn andere Kinder schwammen durchaus im Hintergrund im See. Marcel konnte die Hitze beinahe selbst spüren, die sein Onkel an diesem Tag in dem dicken Anzugstoff hatte schwitzen lassen müssen. Ein weiteres Bild dieser Art klebte direkt daneben. Darauf war jedoch nicht nur der Junge zu sehen, sondern auch ein älteres Mädchen in einem sittsam bis zum Hals zugeknöpften knöchellangen Kleid, mit Ärmeln, die bis zu den Handgelenken reichten. Die stramm geflochtenen Zöpfe gingen dem Kind bis fast zu den Hüften.

Das Gesicht des Mädchens kam Marcel vertraut vor, und im nächsten Augenblick zog sich sein Magen krampfhaft zusammen: das war seine Mutter! So jung. So lebendig. Sie hielt ihren jüngeren Bruder Edgar an der Hand, beide sahen in die Kamera. Marcel blätterte auf die nächste Seite. Dort waren noch mehr Geschwisterbilder. Die meisten waren wie das an dem See auffällig gestellt. Aber je weiter Marcel blätterte, desto häufiger fand er auch Fotos, auf denen Bruder und Schwester das Spiel der Erwachsenen nicht mitgespielt hatten. Auf einem lachten sie sich sogar gegenseitig an, als hätten sie einen Streich ausgeheckt, der jeden Moment ihre starre Umwelt in ein heiteres Chaos stürzen würde. Auf einigen wenigen Fotos war die ganze Familie zu sehen. Aber je älter die Kinder wurden, desto weniger andere Familienmitglieder waren noch auf den Fotografien präsent. Marcel hatte seine Großeltern gar nicht mehr kennengelernt. Sie waren gestorben, bevor er zur Welt gekommen war. Es gab noch ein paar Verwandte, die in Süddeutschland lebten, mit denen er selbst jedoch keinen Kontakt hatte. Man hatte nach dem Tod seiner Eltern das Familienerbe komplett ihm überlassen, da es zuvor seiner Mutter gehört hatte. Eigenartig, dass Edgar damals nichts abbekommen hatte … Ein paar Fotos zeigten ihn noch als jungen Mann. Aber viele gab es davon nicht. Nur einmal war Marcels Mutter noch neben ihrem Bruder zu sehen – sie wirkten distanziert. Marcel klappte das Album zu und stellte es ins Regal zurück. Als er nach der Flasche und dem Glas greifen wollte, fiel ihm der Brief wieder in die Hände. Er drehte ihn um: der Umschlag war geöffnet. Marcel zog das Briefpapier heraus und begann zu lesen.

Mein lieber Edgar,
so unumstößlich wie dein Entschluss feststeht, nicht in die
Fußstapfen von Vater zu treten, so sehr steht er in mir fest, die
Rolle zu übernehmen, die eigentlich dir zugedacht war. Und
warum auch nicht? Die Zeiten haben sich geändert. Als Frau kann
ich das Familienunternehmen ebenso gut weiterführen, wie du es
gekonnt hättest. Ja, ich bin fest davon überzeugt, dass du diese
Aufgabe gemeistert hättest. Aber du willst es nicht. Und ich bitte
dich inständig, dich nun nicht mehr umzuentscheiden. Du hattest
genügend Zeit, um darüber nachzudenken. In meinen Augen
trittst du alles mit Füßen, was uns – unsere Familie – ausmacht.
Was auch immer du dir dabei denkst, in dieser schrecklichen
Einöde in der Eifel leben zu wollen, ich hoffe, du wirst glücklich!
Geht es um diese Frau? Um Sonja? Ich habe gehört, sie ist
verheiratet. Aber du willst trotzdem in ihrer Nähe leben? Nun,
viel Glück … was auch immer du vorhast.

Du weißt, dass Vater und Mutter von mir verlangen, den
Kontakt zu dir ebenso abzubrechen, wie sie es getan haben. Die

Summe, die sie dir überlassen haben, damit du den Hof kaufen kannst, wird vermutlich nicht lange reichen. Doch wenn du Geld brauchst, komm nicht zu uns! Du hattest jede Chance der Welt. Nun ist es vorbei. Du wirst immer mein Bruder bleiben. In meinem Herzen. Aber nicht mehr in meinem Leben. Dafür verabscheust du zu viele Dinge, die mir wichtig sind – die unserer Familie wichtig sind!

Zu guter Letzt schicke ich dir eine Flasche des Whiskys, den du so gerne in den letzten Wochen in dich reingeschüttet hast. Vielleicht wirst du ihn dir weiter leisten können, denn so teuer ist er ja nun auch wieder nicht. Aber ehrlich gesagt, bezweifle ich das. Ich werde niemals begreifen, was dich an diesem einfachen Leben so reizt. Armut ist nicht reizvoll. Ich fürchte, das wirst du noch erkennen. Wenn es soweit ist, dann denke jedoch unbedingt daran, dass es zu spät für eine Rückkehr ist!

Es macht mich traurig. Aber es ist unabwendbar, dass dies nun der Abschied ist.

Lebe wohl!
Elisabeth

Marcel konnte es nicht fassen. Niemals hatte er seine Mutter so erlebt. Eiskalt. Denn ganz gleich, welche Emotionen sie auch gehabt haben mochte, ihre Zeilen klangen nach Vorwurf und sprachen von Unversöhnlichkeit. Hatte sie wirklich so wenig Verständnis dafür gehabt, dass ihr Bruder aus den strengen Konventionen der Familie und der Geschäftswelt ausbrechen wollte? Vor allem, wenn er unglücklich verliebt gewesen war? Er war in die Eifel – auf diesen Hof – gezogen, um einer Frau nahe zu sein, die er niemals würde erobern können? Hatte er daher einen Ehering besessen, der keinen Namen und kein Datum in sich trug?

Ja, vielleicht war Edgar im Grunde sogar ein Spinner gewesen. Ein verliebter Trottel, der sich verrannt hatte und damit alles aufgab, was ihm ein Leben in Saus und Braus ermöglicht hätte. Doch dass diese Art von Leben auch dazu führte, dass man von morgens bis abends ständig für Geschäftspartner erreichbar sein musste, dass man die Last des Unternehmens und die Verantwortung für zahlreiche Angestellte auf seinen Schultern trug, davon konnte Marcel ein Lied singen.

Als er in die Eifel gefahren war, hatte er sich regelrecht davongestohlen. Natürlich hatte er zuvor allen gesagt, dass er Urlaub machen würde, doch wann war das je respektiert worden? Es hatte immer Telefonate gegeben und sogar Meetings, denen er nicht entgehen konnte, obwohl er der Chef war – nein, *weil* er der Chef war! Diesmal sollte es anders sein. Erst die Eifel, dann die Malediven. Ohne Verpflichtungen, denn sonst würde er noch wahnsinnig werden. So wie Edgar vielleicht wahnsinnig geworden war und das Familienerbe hingeschmissen hatte. Erst jetzt wurde Marcel vollends klar, dass er nun davon profitierte, dass seine Mutter damals so rigoros das Ruder in die Hand genommen hatte.

Zu verdanken hatte er seine Rolle im Leben also am ehesten diesem bislang unbekannten Onkel, den seine Mutter tatsächlich absolut aus ihrem Leben gelöscht hatte. Sie hatte kein solches Fotoalbum besessen. Keine Briefe … gar nichts, das auf Edgar hinwies. Das wusste Marcel genau, weil er sich um ihren Nachlass gekümmert hatte. Umso erstaunter war er über das Erbe, in dem er nun saß – und in dem es nichts gab, das sich zu erben lohnte. Außer vielleicht genau diese Einblicke ins Leben seiner Mutter und ihres eigenwilligen Bruders. Marcel hob erneut das Glas.

„Auf dich, Edgar! Was für einen Zwang musst du verspürt haben. Keine Ahnung, vielleicht hätte ich das auch noch deutlicher, wenn ich in Anzug und Krawatte als Kind an einem See hätte stehen müssen, statt reinspringen zu dürfen." Er trank. Dann sagte er mit aufgeräumter Stimme: „Aber glaub nicht, dass es mir so viel besser ging. Immerhin war die Frau, die dich abgesägt hat, meine Mutter. Und mein Vater war – nun ja, man soll nicht schlecht über die Toten sprechen. Sagen wir so: Er war vom Charakter her ein würdiger Eingeheirateter, der alle Regeln befolgte. Auch die, die ihn zu einem weniger guten Vater werden ließen. Alles dreht sich nur um Geld, nicht wahr? Hm … okay, bei dir offensichtlich nicht. Der Wahnsinn. Keine Ahnung, wie du es geschafft hast, das durchzuziehen. Aber das hast du offensichtlich. Ich weiß tatsächlich nicht, ob ich dich bewundern soll, oder ob du ein armes Schwein ohne Verstand warst. Wie auch immer … tut mir leid, dass ich jetzt den Whisky trinke, den du so lange aufbewahrt hast. Aber du brauchst ihn nicht mehr, und mir rettet er irgendwie gerade ein wenig das Leben. Denn das Ganze ist wirklich deprimierend. Ich muss das erstmal verarbeiten."

Und das tat er, indem er sich nachschenkte. Erst als er das zweite Glas geleert hatte, fiel ihm wieder ein, dass er ja noch fahren wollte. Der Whisky entfaltete jedoch seine Wirkung derart heftig, dass Marcel sich stattdessen vorsichtig die Stockwerke wieder hinab begab und sich im Wohnzimmer auf die Couch sinken ließ – wo er einschlief. Als er am nächsten Morgen erwachte, wartete eine böse Überraschung auf ihn. Es hatte in der Nacht angefangen zu schneien. Und es war so viel von dem weißen Zeug heruntergekommen, dass sein Porsche bis gut zur Hälfte darin versank. Wenn er wenigstens in der Nähe der Straße geparkt hätte, würde sicher irgendwann ein Schneepflug auftauchen, der einen kleinen bezahlten Schlenker über das Grundstück machen könnte, damit Marcel sein Auto auf die Landstraße setzen konnte. Aber der Porsche stand im Hof, und der Weg bis dahin war so schmal, dass ein Schneepflug keine Chance hatte, da durchzukommen. Also blieb Marcel wohl nichts anderes übrig, als in stundenlanger und schweißtreibender Arbeit den Weg eigenhändig frei zu schaufeln, sobald der Schneefall nachließ. Davon konnte momentan jedoch absolut keine Rede sein. Es schneite nämlich immer noch, als hätte Frau Holle etliche Sonderschichten aufgebrummt bekommen.

Marcel seufzte, bevor er wieder ins Diktiergerät sprach. „Wo war ich stehengeblieben? Ach ja, bei den seltsamen Leuten. Und seltsam ist das richtige Wort für die Menschen hier. Zumindest für die Frau, die auf dem nächsten Hof lebt. Seltsam … das ist fast schon untertrieben. Sie ist vollkommen durchgeknallt! Und das ganz bestimmt nicht in sexueller Hinsicht. Wie eine Furie kam sie aus der Dunkelheit angestapft, kaum dass ich den Wagen geparkt hatte. In lächerlich groben Winterstiefeln, als hätten da schon Berge von Schnee gelegen. Den viel zu großen Mantel, der vermutlich eher ihrem Mann gehört – zumindest sieht er wie ein Herrenmantel aus – hatte sie sich offensichtlich nur schnell übergeworfen. Darunter war ein Kleid zu sehen, das ich jedoch nicht näher erkennen konnte, weil es von einer geblümten Schürze verdeckt war, auf der Blutflecken prangten – okay, vielleicht waren es auch Flecken von Blaubeeren oder ähnlichem Obst. So genau weiß ich das nicht, und die schwache Außenleuchte hat da auch nur schlechte Dienste geleistet. Immerhin hat die Nachbarin sich mir vorgestellt, allerdings nur mit ihrem Vornamen. Vielleicht ist das auf dem Land so üblich. Aber dass sie mich anblaffte, was ich hier zu suchen hätte, und dann auch noch zu so später Stunde, war schon eine echte Frechheit! Das Grundstück ist schließlich schon seit zig Jahren im Besitz meiner Familie, wie ich inzwischen in Erfahrung bringen konnte. Also habe ich wohl allemal mehr hier zu suchen als eine selbsternannte Aufpasserin, auch wenn sie tausendmal die Nachbarin meines Onkels war. Und um die Zeiten meines Hierseins hat sie sich schon dreimal nicht zu kümmern, diese … Dorfhexe. Obwohl die Bezeichnung unfair ist, denn sie ist schon ziemlich attraktiv, wie ich zugeben muss. Vermutlich hat sie etwa mein Alter. Soll heißen, sie wird auch Mitte dreißig sein. Aber sie ist halt ein Landei. So richtig! Das sieht man ihr auf den ersten Blick an. Kein Sinn für Mode, wohl auch nicht für Kultur. Von unterem Bildungsniveau. Zumindest ist das stark anzunehmen. Die weiß wahrscheinlich nicht mal, wo die Malediven liegen. Ja, die Malediven …"

Marcel rieb sich die Stirn. „Wenn dieses nervende Schneechaos nicht herrschen würde, wäre ich in Kürze genau dort – auf den Malediven. Dann wäre alles gut. Aber so … so friert mir mein armes Hirn noch ein. Und ich habe keine Ahnung wie ich ein Feuer im Kamin machen soll. Mit sowas habe ich mich noch nie im Leben beschäftigt. Außerdem habe ich kein Holz, also stellt sich die Frage eigentlich nicht wirklich. Denn dass ich nicht einfach frische Äste aus dem Wald hinter dem Hof nehmen kann, weiß sogar ich. Warum ist der Öltank überhaupt leer? Sonst wäre das mit dem Heizen ja kein Problem. Aber so bleiben die Heizkörper natürlich kalt. Mein Onkel war wohl nicht gerade der Hellste. Andererseits ist er im Frühling gestorben und hätte vermutlich erst später Öl bestellt. Vielleicht im Sommer, wenn die Preise niedrig sind. Der Sommer ist allerdings längst vorbei – der Herbst ebenfalls. Und nun ist tiefster Winter. Warum habe ich nicht vorher jemanden hierhergeschickt, der wenigstens checkt, ob der Öltank gefüllt ist, bevor ich mich auf den Weg gemacht habe?" Marcel überlegte kurz und gab sich dann selbst die Antwort. „Weil ich nicht dran gedacht habe, dass das ein Problem sein könnte. Und es wäre auch keins gewesen, denn auf den Malediven hätte mich das alles nicht gejuckt. Jetzt aber, wo ich hier festhänge …" Er verstummte und legte das Diktiergerät auf das Linoleum des Küchentischs, um die Arme um seinen zitternden Körper schlingen zu können.

Dass sich keine Hauchwolken vor seinen Lippen bildeten, war auch alles. Düster fuhr er ohne das Diktiergerät fort: „So kann das nicht weitergehen. Irgendwie muss ich jetzt erst mal klarkommen. Die Frage ist nur, wie? Ohne Hilfe geht es wohl nicht. Ich muss zu dieser durchgeknallten Frau und sie um Feuerholz bitten, sonst erfriere ich am Ende noch in diesem tollen Erbe."

Er sah erneut zum Fenster hinaus und durchdrang mit seinem Blick den etwas nachlassenden Schneefall, um zum Hof schauen zu können, der etwa dreißig Meter entfernt lag. „Ihr Kamin raucht ganz ordentlich, soweit ich das erkennen kann. Also wird sie wohl Holz haben, um Feuer zu machen. Sie kann mir bestimmt was davon abgeben. Ich werde ihr Geld anbieten. Diese Marie kann sicher welches brauchen, so wie sie aussieht. Ihren Mann wird's freuen, wenn sie mal was an sich machen lässt. Die war höchstwahrscheinlich schon ewig nicht bei der Maniküre und beim Friseur. So schönes Haar, aber nur mit einem Gummi zusammengebunden. Ein paar Hochsteckfrisuren würden sie vielleicht interessieren. Und eine Kosmetikerin kann aus ihr sicher noch jede Menge rausholen. Gut sieht sie schon aus, aber man kann da ganz bestimmt noch was optimieren. Frauen mögen es doch, sich hübsch zu machen. Nur das kostet halt. Ja, Geld wird sie dazu bringen, mir hier ein wenig unter die Arme zu greifen, solange ich es in diesem Höllenloch aushalten muss. Und wenn ich Glück habe, bekomme ich meinen Flieger ja vielleicht doch noch."

Marcel griff zum Diktiergerät, stand auf und ging ins Wohnzimmer hinüber. Der Raum war düster, da die rostroten Vorhänge geschlossen waren. Er legte sein Diktiergerät, das er gerne wie ein Tagebuch benutzte, auf den Schrank, der neben dem ausgeleierten Sofa stand. Dann fuhr er mit den Fingerkuppen über das rissige Holz.

„Von wegen Antiquitäten – die gesamte Einrichtung besteht nur aus Zeug, das dringend auf den Sperrmüll gehört. Mensch, Joachim, was hast du dir nur dabei gedacht, mir so einen Unsinn zu erzählen? Als Unternehmensberater bist du einsame Spitze, aber in Erbangelegenheiten solltest du dich demnächst besser zurückhalten. Zu behaupten, ein bislang unbekannter Onkel in der Eifel hätte bestimmt über die Jahre hinweg kostbare Möbel, alte Schmuckstücke und seltenes Geschirr gehortet, war wohl ein absoluter Schuss in den Ofen. Und hätte ich hier Handy-Empfang, würde ich dir jetzt auch genau das um die Ohren knallen. Aber das kommt schon noch – sobald die Tonnen von Schnee weggeräumt wurden, und ich meinen Porsche dazu überreden kann, mich von diesem grauenvollen Ort wieder wegzubringen. Ich werde Gas geben und nie mehr herkommen. Wozu auch? Das Haus kann von mir aus abgerissen werden, und das Grundstück verkaufe ich als Bauland. Dann bin ich diesen Albtraum wieder los. Dass du mich überredet hast, das Erbe anzunehmen, werde ich dir mit etlichen Cocktails berechnen, für die du zahlen musst. Und je länger ich hier festsitze, umso teurer wird es für dich."

Marcel schnaubte. Jetzt war er schon so weit, dass er vor sich hinredete und nicht mal mehr das Diktiergerät als Ausrede für seine Macke herhalten konnte. Aber was, als Selbstgespräche zu führen, blieb ihm übrig, wenn er nicht vereinsamen wollte? Normalerweise hätte er schon ein oder zwei Dutzend Mal zum Handy gegriffen und verschiedene Bekannte angerufen, um mit ihnen zu sprechen. Als Single war es unerlässlich, viele Kontakte zu haben, auf die man seine Geschichten und Gedanken aufteilen konnte. Schließlich war es nicht gut, nur einem einzigen Menschen zur Last zu fallen. So einem richtig guten Freund vielleicht, aber den hatte er ja verloren – an Veronika, seine letzte große Liebe.

Was für eine falsche Schlange!

Hübsch ... sehr sogar! Okay, das hatte ihn geblendet. Aber welchem Kerl wäre das nicht passiert? Mit ihren apfelgroßen Brüsten, die sich immer gegen die stets blütenweißen Blusen gedrückt hatten, hatte sie ihn sich geangelt. Inzwischen war er überzeugt davon, dass sie extra dafür gesorgt hatte, dass ihre Nippel immer standen, bevor sie sein Büro betreten hatte. So kalt war es in der Firma ja wohl nicht – schließlich ließ er seine Angestellten nicht frieren. Umso unfairer war es, dass er sich selbst nun hier in der Einöde den Hintern abfrieren musste. Und das nur, weil sein Porsche trotz Allradantrieb unter diesen Umständen nicht mehr vom Fleck kam. Denn bei solchen Massen half einzig ein Schneemobil, da konnte er seinem Auto nun wirklich keinen Vorwurf machen.

Mit seiner Entscheidung, sich den Porsche zuzulegen, war er sehr zufrieden. Er hatte ihn nach seinem Unfall gekauft, als sein heiß geliebter Audi R8 nur noch ein Trümmerhaufen gewesen war – im Grunde so, wie er selbst. Aber als er das Krankenhaus endlich hatte verlassen können, war er bereit gewesen, mit der Geschichte abzuschließen, indem er sich einen neuen Flitzer gönnte. Und diesmal war er sogar gewillt, das Porsche-Klischee zu erfüllen.

Es war anfangs schwierig gewesen, wieder hinter dem Steuer zu sitzen, doch das hatte er keiner Menschenseele erzählt. Er hatte die Zähne zusammengebissen und seine Panik überwunden – so, wie es sich für einen Mann in seiner Position nun mal gehörte. Darauf konnte er stolz sein, auch wenn ihn niemand dafür bewunderte. Und nun, da er nicht nur seine Angst bezwungen, sondern auch ein sehr lukratives Geschäft zum Jahresende hin abgeschlossen hatte, stand ihm wohl endlich etwas Urlaub zu.

Zum Glück war es noch eine knappe Woche bis Heiligabend. Wenn er was drauflegte, würde er ganz bestimmt noch einen Flug und ein Hotel auf den Malediven finden – schließlich gab es da doch genügend Inseln, die Rundumservice für Weihnachtsflüchtlingstouristen boten. Geld war der Schlüssel zu allem. Ihm fiel Marie wieder ein – seine einzige Chance, ein bisschen Wärme in die heruntergekommenen, düsteren Räume seines verstorbenen Onkels zu bringen. Also raffte er sich auf, schlüpfte in seine handgefertigten Slipper aus italienischem Kalbsleder und zog sein dunkelblaues Armani-Sakko über das weiße Businesshemd. Auf eine Krawatte hatte er zum Anlass der Hausbesichtigung verzichtet.

Ein Blick in den halbblinden Spiegel, der im Flur an der Wand hing, zeigte ihm, dass er trotz der Umstände recht gut aussah. Zum Glück hatte er sich vor der Abfahrt noch rasiert, und sein letzter Friseurbesuch war erst zwei Tage her. Er strich über sein kurzes dunkles Haar, das auch ohne diese Maßnahme perfekt in Form lag: gepflegt, aber vom leicht fransigen Schnitt her doch eine Spur verwegen. Ganz so, wie es die meisten Frauen mochten.

Er zog seinen Wildledermantel über, der in der Stadt normalerweise ausreichte. Marcel war nur selten längere Strecken zu Fuß unterwegs. Die meiste Zeit verbrachte er – zumindest in der kalten Jahreszeit – eigentlich in Räumen. Mehr als ein paar Flöckchen bekam er selten ab, wenn er in Düsseldorf unterwegs war. Hier könnte sich das Kleidungsstück jedoch als zu dünn erweisen – und als zu anfällig für Feuchtigkeit.

Dummerweise ließ sich daran nun aber nichts mehr ändern. Er besaß ausschließlich Designerkleidung von hochwertiger Qualität, die er bei verschiedenen Herrenausstattern in Auftrag gab. In fast jedes der Teile ließ er seinen kompletten Namen einsticken, nicht nur seine Initialen, wie die meisten es taten. Für ihn war es ein Zeichen guten Geschmacks und seiner Persönlichkeit. Und jeder Herrenausstatter, der etwas auf sich hielt, bot diesen Service an, weil es einfach zum guten Stil gehörte. Es gab jedoch auch Männer, die ein Stilbekenntnis nicht gebührend zu schätzen wussten. Sein früherer Freund Mike zum Beispiel, mit dem Veronika durchgebrannt war, hatte mal scherzhaft gemutmaßt, dass Marcel seinen Namen nur einsticken ließ, damit er im Falle einer Amnesie herausfinden konnte, was er anziehen durfte, damit er nicht nackt durch die Weltgeschichte laufen musste. Wie nah er im letzten Jahr mit diesem Scherz die Wahrheit berührt hatte, würde er niemals mit ihm besprechen können, denn dass Veronika ihm den schmerzlichen Laufpass gegeben hatte, und seinen damals besten Freund gleich mitgenommen hatte, war ein halbes Jahr vor seinem Unfall gewesen. Vielleicht hätte er Veronika auch ein Label verpassen sollen – andererseits hätte gerade Mike das ja offensichtlich nicht respektiert. Und so hatte er beide verloren. Wirklich einschneidende Verluste. Aber inzwischen egal … denn das alles war doch längst überwunden. Er hatte gelernt, nach vorne zu blicken und niemals zurück. Das Einzige, was jetzt zählte, war seine augenblickliche Lage. Marcel nahm sich vor, sich nicht allzu sehr zu ärgern, falls seine teure Kleidung in dieser schrecklichen Einöde und unter dem geradezu lächerlich harten Winter der Eifel Schaden nahm. Er würde sich eben neue Sachen gönnen und die Shoppingtour als Teil seines Urlaubs ansehen. Ja, der Plan gefiel ihm.

Als er die Haustür öffnete, fiel prompt eine Ladung Schnee vom Dach und türmte einen gut einen halben Meter hohen Berg vor ihm auf. Abgesehen davon, dass so viel Schneepulver in den Flur stob, dass der Eingangsbereich wie mit Puderzucker überzogen aussah.

„Verdammt", murmelte Marcel. Gelassen zu bleiben, würde doch nicht ganz so leicht werden. Um den Schnee im Haus wollte er sich später kümmern. Vielleicht war es doch ganz gut, dass es dort so kalt war, dass sich in absehbarer Zeit keine Wasserlachen auf den alten Holzdielen bilden würden. Er zog den Schlüssel aus dem Schloss, den er bei seiner Ankunft von innen auf die Haustür gesteckt hatte, und verstaute ihn in seiner Hosentasche. Hätte er doch bloß ausnahmsweise mal eine Jeans angezogen, statt seine Anzüge aus Baumwoll-Satin-Stoff. Die Hose würde im Nu patschnass sein.

Er versuchte mit einem großen Schritt, den Schneeberg so gut wie möglich zu überwinden, doch die glatten Sohlen seiner Slipper boten ihm keinerlei Halt. Statt den Hügel zu meistern, setzte er sich mit dem Hintern unsanft mitten darauf. „AU! VERDAMMTER MIST!" Marcel wollte aufstehen, aber es ging nicht. Sein Steißbein tat höllisch weh, und sobald er sich ein Stück aufrichtete, rutschten seine Beine sofort wieder weg. Solche Schmerzen hatte er lange nicht gehabt – und dann noch an diesem unrühmlichen Körperteil. An all dem war nur dieser schreckliche Ort schuld! Der schien wirklich wie verhext …

„Brauchen Sie Hilfe?“

Das war Maries Stimme! Na toll, jetzt sah ihn diese Hinterwäldlerin auch noch in solch einer peinlichen Lage.

„Danke, geht schon. Die Schneemassen kamen ja wie aus dem Nichts.“ Marcel versuchte erneut, auf die Beine zu kommen. Das einzige Ergebnis war, dass er wieder schwungvoll auf seinen vier Buchstaben landete, und ihm ein gequältes Stöhnen entfuhr. Sein Hosenboden war inzwischen völlig durchnässt, die Feuchtigkeit fraß sich sogar bis vorne durch. Eiskalt war es im Schritt. Ganz sicher würde er bleibende Schäden davontragen, wenn seine Hoden unterkühlten – am Ende würde er vielleicht noch mit seinen Genitalien an dem Schneeberg festfrieren. Alles andere als eine schöne Vorstellung! Er schnaubte leise, und, wie er sich selbst eingestehen musste, ziemlich verzweifelt. Marie rührte sich nicht, sondern blickte ihn nur mit ihren zugegeben recht smarten grünen Augen an. Wie eine Wildkatze, die sich auf ihn stürzen würde, um ihm das Fleisch von den Knochen zu nagen, sobald er flacher zu atmen begann.

„Sind Sie sicher, dass Sie keine Hilfe brauchen?“, fragte sie mit kritischem Blick. Sie trug wieder den übergroßen Wollmantel, der diesmal jedoch wenigstens ordentlich zugeknöpft war.

Marcel wusste nicht, was er sagen sollte, denn auf ihr Angebot, ihm aufzuhelfen, konnte er wohl kaum ernsthaft eingehen. Sie war so zart … groß zwar, aber unter dem Mantel bestimmt eine schlanke und zierliche Person. Dann streckte sie ungefragt die Hände nach ihm aus, packte seine Schultern und zog ihn beherzt auf die Füße, während er rasch so gut wie möglich mithalf.

Marcel schwankte. Keuchte. Biss die Zähne zusammen, als sein Steißbein protestierte. Wie hatte sie das nur gemacht? Diese Kräfte hätte er ihr niemals zugetraut. Aber er stand – auch wenn er immer noch wackelig auf den Beinen war.

„Danke. Das wäre wirklich nicht nötig gewesen“, sagte er ziemlich kleinlaut.

„Sah mir aber sehr danach aus, als hätten Sie es nötig gehabt.“ Lächelte sie jetzt etwa hintergründig?

„Äh …“, erwiderte Marcel. Das Lächeln war schon wieder verschwunden. Und ganz sicher hatte er es sich nur eingebildet.

„Aber wenn es Ihnen wichtig ist, kann ich Sie wieder in den Schnee schubsen“, bot Marie an. Ihre Augen blitzten vergnügt.

„Nein, danke. Ich bin recht zufrieden jetzt. Bis auf eine Sache …“

„Ich vermute, Sie haben Schmerzen. Auf den Steiß geknallt?“

Er lächelte verbissen. „Ja, das auch. Aber das meinte ich nicht.“

„Sondern?“

„Naja, im Haus ist es lausig kalt. Kein Heizöl mehr im Tank – ich habe es geprüft. Absolut leer. Deshalb war ich gerade auf dem Weg zu Ihnen. Um Sie zu bitten, mir Feuerholz zu leihen.“

„Leihen? Wollen Sie es mir zurückgeben, wenn es abgebrannt ist?“ Marie lächelte ironisch. Ein Grübchen zeigte sich an ihrem Kinn, das einen Moment lang Marcels ganze Aufmerksamkeit auf sich zog. Irgendwie war es bezaubernd – trotz ihrer spöttischen Art – und es machte absolut wett, dass sie keinen Lippenstift trug. Er hatte mal eine Frau gekannt, die auch so ein Grübchen hatte, aber er konnte sich nicht erinnern, welche seiner Liebschaften es gewesen war.

„Natürlich nicht. Leihen war sicher das falsche Wort. Ich möchte Ihnen gerne welches abkaufen.“ Er griff in seine Sakkoinnentasche, um seine Geldbörse hervorzuholen. Maries Lächeln verschwand, als er ihr einen hundert Euro Schein entgegenstreckte.

„Man merkt, dass Sie aus der Stadt kommen. Hier auf dem Land helfen wir uns noch gegenseitig, ohne uns dafür bezahlen zu lassen.“ Sie machte keine Anstalten, den Schein anzunehmen. Also wedelte Marcel ungeduldig damit und führte aus: „Ich habe tatsächlich keine Ahnung vom Leben auf dem Land. Und ehrlich gesagt, möchte ich auch keine erwerben. Da ich Ihre Hilfe benötige, aber nicht lange genug hierbleiben werde, um mich auf ländlich angemessene Weise zu revanchieren, möchte ich die Sache gerne bar regeln.“

„Trotzdem ist das viel zu viel Geld für ein bisschen Feuerholz“, wandte sie ein. Marcel winkte ab. Er wollte nicht zugeben, dass er drei Hundert-Euro-Scheine dabei hatte, jedoch keinen kleineren eingesteckt hatte, bevor er aufgebrochen war. Daher erwiderte er: „Nun nehmen Sie ihn doch bitte!" Gleichzeitig drückte er ihr das Geld in die Hand. Ebenso wie er trug sie keine Handschuhe. Sie knüllte den Schein zwischen ihren zweifellos kalten Fingern zusammen. Glücklich sah sie dabei nicht aus. Vermutlich, weil sie einsehen musste, dass sie das Geld wirklich gut brauchen konnte, es ihr jedoch unangenehm war, das zuzugeben. Sie gab ihm den Schein auch nicht zurück. Na bitte, so ging es doch ... Marcel wollte nichts schuldig bleiben. Sie schüttelte den Kopf. Die unwirsche Bewegung sorgte dafür, dass eine kürzere Strähne ihres ansonsten langen dunkelblonden Haares sich aus dem Pferdeschwanz löste und sich an ihre von der Kälte rötlich gefärbte Wange schmiegte. Die Haarspitzen berührten ihre Lippen, beinahe wie ein Liebhaber es mit seiner Zungenspitze tun würde, um Einlass zu erbitten. Marie wischte die Strähne mit einer schnellen Bewegung hinter ihr Ohr. Dann steckte sie den Schein in ihre Manteltasche, als sei er nichts weiter als ein altes Taschentuch.

„Wo wollen Sie hin?", fragte Marcel, als sie sich wortlos von ihm abwandte und durch den Schnee davon stiefelte, jedoch nicht in Richtung ihres Hofs, sondern an seinem Haus vorbei zum Garten hinüber. Sie blieb stehen, und er glaubte ein Seufzen zu vernehmen. Nach einem kurzen Zögern drehte sie sich zu ihm um. Marie stand da und sah ihn einen Moment lang schweigend an, während dicke Schneeflocken auf sie niederfielen. Sie landeten auf ihrem Haar, ihren Schultern und in ihrem Gesicht. Eine traf ihre geschwungenen Wimpern. Sie zwinkerte sie fort, ansonsten rührte sie sich immer noch nicht, sondern betrachtete ihn nur gedankenverloren. Marcel spürte diesen Blick deutlich. Er durchfuhr ihn wie ein wohliger Schauer, etwas kribbelig, aber auf verwirrende Weise angenehm. Schließlich antwortete sie doch noch auf seine Frage.

„Ich gehe in die Scheune, wo das Feuerholz lagert. Sie haben nämlich selbst welches. Ich hole es Ihnen, und dann können Sie Ihr Geld zurückhaben. Schmeißen Sie es von mir aus in die Flammen, sobald das Feuer lodert, wenn Sie es unbedingt loswerden wollen!"

„Ich wusste nicht, dass mein Onkel Holz in der Scheune

gelagert hat. Sonst hätte ich es natürlich selbst geholt", versicherte Marcel peinlich berührt.

„Klar wussten Sie das nicht. Woher auch?", murmelte Marie, dann wandte sie sich wieder ab und ging in Richtung der Scheune, die Marcel bislang nicht besonders beachtet hatte. Schließlich sah die noch baufälliger aus, als das Haus. Sie war nichts von Wert, und damit außerhalb seines Fokus gewesen.

„Ich mache das schon. Das Holz wird sicher schwer sein", mutmaßte er.

„Ist nicht das erste Mal, dass ich welches trage. Gutes Training, falls man mal einem ausgewachsenen Mann aufhelfen muss."

„Trotzdem sollte ich das jetzt übernehmen." Sie winkte ab, ohne sich zu ihm umzudrehen. „Machen Sie sich keine Umstände, ich wurde ja reichlich entlohnt. Aber vielleicht bekommen Sie den halben Schein zurück." Maries Stimme klang noch kälter als die frostige Luft sich anfühlte.

„Behalten Sie ihn bitte! Für Ihre freundliche Auskunft und für … den anderen Dienst." Selbst in Marcels Ohren klang der letzte Teil des Satzes seltsam, doch er brachte es nicht über sich, ihr dafür zu danken, dass sie ihm auf die Beine geholfen hatte. Das war wirklich beschämend und immer noch surreal. Marie rügte ihn nicht für seine unbeholfene Wortwahl. Stattdessen ging sie einfach weiter, ohne ihn zu beachten. Marcel folgte ihr so schnell er konnte, ohne erneut mit seinen glatten Sohlen auszurutschen.

Zweites Kapitel

Eine mickrige Glühbirne brachte ein wenig Licht in die Düsternis der Scheune. Marcel war klar, dass er den Schalter vermutlich ewig gesucht hätte, denn der war hinter einem Stapel Heuballen versteckt. Selbst Marie hatte Mühe gehabt, ihre schlanke Hand dahinter so zu bewegen, dass sie den Drehschalter in die Position bringen konnte, die den Stromkreislauf einschaltete.

„Ich habe Edgar noch gesagt, dass er die Dinger woanders hinstellen soll, aber er hatte in vielen Dingen eben seinen eigenen Kopf." Edgar … den Namen seines Onkels aus Maries Mund zu hören, war eigenartig. Sie hatte ihn gekannt – er nicht. Und sie kannte sich auf dem Hof aus, den er jetzt sein Eigen nannte, wohingegen er keine Ahnung von nichts hatte. Immerhin erkannte sogar er auf Anhieb, dass er Feuerholz in Hülle und Fülle besaß, denn ein halber ehemaliger Wald schien an einer der Scheunenseiten zu lagern.

Teilweise waren die Stücke sicher viel zu groß für den Kamin, aber es gab auch genügend Scheite, die schon in die richtige Größe gehackt worden waren. Marie ging jedoch nicht dorthin, sondern in eine der dunklen Ecken. Marcel wollte nicht allzu neugierig gucken, was sie dort trieb. Wer wusste schon, was dieser Frau so alles einfiel? Schließlich kannte er sie ja gar nicht, und möglicherweise war sie sogar geisteskrank. Andererseits gab es dafür keinerlei Anhaltspunkte. Trotzdem konnte Marcel mit ihren Verhaltensweisen nur wenig anfangen. Die Frauen, die er kannte, waren alle vollkommen anders. Sehr auf ihr Aussehen und ihr Ansehen bedacht. Geistreich auf eine unaufdringliche Art. Theater, Oper, das gesellschaftliche Leben – vielleicht sogar ein wenig Politik, aber niemals so verbissen, dass sie penetrant eine eigene politische Meinung vertreten würden. Sie passten sich in ihre Umgebung ein. Waren perfekt für die Rolle an der Seite eines einflussreichen Mannes abgerichtet … abgerichtet?

Seit wann hatte er ein solches Wort für die zurückhaltende Art des weiblichen Geschlechts seiner Kreise im Sinn? Marcel war regelrecht erschüttert über seine eigenen Gedanken – vor allem, weil sie fast wie eine Offenbarung waren. Diese Frauen waren nicht mehr als Marionetten. Sicher, es gab auch ganz andere Naturen, aber keine davon hatte sein eigenes Leben je wirklich berührt, geschweige denn, die Familienvilla betreten. Darauf hatten seine Eltern geachtet – und am Ende vermutlich sogar auch er selbst, nachdem seine Eltern gemeinsam bei einer Reise verunglückt waren, und er das Haus allein bewohnte. Aber ja, er wusste, dass es Frauen gab, die ganz anders waren. Seltsame Wesen, seiner bisherigen Empfindung nach … seltsam, so wie Marie.

Als sie wieder aus der dunklen Ecke kam und eine Schubkarre vor sich herschob, die vor Dreck und Spinnweben nur so starrte, was Marie jedoch nicht das geringste auszumachen schien, wurde Marcel klar, dass er so etwas noch nie mit eigenen Augen gesehen hatte. Die Frauen, die ihn umgaben, trugen kleine Handtaschen, in die ihre winzigen Hündchen passten. Sie hatten lange Fingernägel, die vermutlich so künstlich waren, wie ihre operierten Oberweiten. Ihn widerten die Narben an, die unter ihren unnatürlich stehenden Brüsten prangten. Narben, die von Eingriffen stammten, die nicht der Gesundheit, sondern rein der Schönheit dienen sollten. War nur die Frage, was an dieser Art Narben so schön sein sollte. Waren nicht die schon schlimm genug, die man sich durch medizinisch notwendige Operationen zuzog? Und doch hatte ihn nichts davon abgehalten, das formgebende Silikon einfach hinzunehmen – ja, es sogar erregend zu finden.

Nun spürte er, dass er beim Anblick der körperlich angestrengten Marie eine anfängliche Erektion bekam. Verrückt! Er konnte doch kaum etwas von ihrem Körper erhaschen. Dass sie schlank und zierlich war, hatte er nur auf den viel zu großen Mantel zurückgeführt. Vermutlich hatte sie Muskeln wie ein Kerl, mit Adern, die weit hervorstanden, und Haare unter den Achseln. Er versuchte, sich das vorzustellen, um seine vollkommen unpassende und für ihn selbst absolut überraschende Erregung in den Griff zu bekommen. Marie stellte die Schubkarre vor den kleineren Holzscheiten ab und begann damit, die Stücke hineinzuwerfen. Klong, klong, klong, machte es bei jedem Stück, bis es so viele waren, dass sie den Schubkarrenboden nicht mehr trafen. Marcel atmete tief durch. Endlich war er sich sicher, dass sein Penis die Lage richtig einschätzte und sich wieder unauffälliger verhielt. Das hatte natürlich viel zu lange gedauert – peinlich lange, denn für Marie musste es so ausgesehen haben, als hätte er nur rumgestanden und ihr bei der Arbeit zugesehen. Was genau genommen auch stimmte. Nun eilte er an ihre Seite und half dabei, die Schubkarre zu füllen. Viele Scheite waren es nicht mehr, die er beisteuern konnte, bevor sie entschied: „Das sollte reichen. Sie bleiben ja ohnehin nicht so lange, wenn ich das richtig einschätze."

„Nein. Sicher nicht. Sobald die Straßen wieder frei sind, mache ich mich auf den Weg nach Hause."

„Nach Hause …", wiederholte sie, blickte ihn kurz an und sah dann schnell weg. Verwirrt über ihre eigenartige Reaktion erklärte er: „Sie denken vielleicht, ich würde jetzt glauben, der Hof meines Onkels wäre mein Zuhause. Aber ich kann Ihnen versichern, dass ich hier niemals wohnen werde – bis auf die nächsten Tage vielleicht, weil ich nicht von hier fortkomme. Aber danach werde ich den Hof verkaufen. Eventuell renoviere ich ihn erst, oder er muss sogar saniert werden. Man wird sehen. Möglicherweise verkaufe ich ihn auch einfach so, wie er ist. Dann wird er nicht viel einbringen, aber ich bin auf das Geld ohnehin nicht angewiesen. Ich war nur neugierig, was ich hier geerbt habe. Allein aus diesem Grund kam ich her."

„Nur deshalb. Ja, das dachte ich mir schon." Sie blickte immer noch in eine Richtung, in der es außer einem rostigen Traktor, der in einer dunklen Ecke stand, nichts zu sehen gab.

„Nun, ich wollte damit lediglich sagen, dass Sie nicht befürchten müssen, dass ich Ihnen nun ständig zur Last falle."

„Ja, das habe ich verstanden. Nur die nächsten Tage vielleicht." Marcel schüttelte den Kopf. „Eigentlich habe ich selbst das nicht vor. Mit dem Feuerholz sollte ich Sie genügend beansprucht haben. Nun kann ich heizen und werde nicht erfrieren. Das ist doch schon mal was." Er lächelte sie vorsichtig an, als sie ihm endlich den Blick zuwandte. „Wenn Sie nicht erfrieren, werden Sie wohl immer noch verhungern. Ich weiß nämlich, dass kaum noch etwas Essbares in Ihrem Haus ist. Und das weiß ich so genau, weil ich alles, was verderblich war, schon beizeiten herausgeholt habe. Das, was noch da ist, sind ein paar Konservendosen. Mais, Erbsen, Corned Beef, Sülze und Bohnen in Tomatensoße. Insgesamt sollte das reichen, damit Sie sich theoretisch eine Woche lang über Wasser halten könnten. Vorausgesetzt Sie können sich dazu durchringen, das morgens, mittags und abends zu essen. Aber irgendwas sagt mir, dass Sie es sowieso eher gewohnt sind, in Restaurants zu gehen, statt selbst Nahrung zuzubereiten." Marcel wurde ganz schlecht bei der Aufzählung der Dinge, die er im Vorratsschrank seines Onkels finden würde. Er lächelte jedoch tapfer und versicherte: „Ich komme schon klar. Keine Angst, Sie müssen nicht für mich kochen. Bohnen in Tomatensoße klingt doch lecker."

„Die verursachen höllische Blähungen. Vor allem, wenn man sie nicht gewohnt ist und einen Darm hat, der seine eigentlichen Aufgaben schon vergessen hat, weil er üblicherweise eher leichte Speisen verdauen darf."

Marcels Lächeln erstarb. Welche Frau hatte je mit ihm über Darmwinde gesprochen? Für Marie war das offenbar überhaupt kein Problem. Sehr undamenhaft! Schamgefühl schien sie nicht zu kennen. Blöderweise wurde er an ihrer statt rot. Sie bemerkte es wohl, ging jedoch nicht darauf ein.

„Ich bringe Ihnen später Braten mit Klößen und Rotkohl vorbei. Rustikal aber nicht so blähend wie eine große Portion Bohnen, die Sie schon brauchen würden, um satt zu werden. Keine Sorge, ich koche nicht extra für Sie. Aber ich habe ohnehin immer viel zu viel."

Marcel lief das Wasser im Mund zusammen, nur bei der Erwähnung des Essens, das für ihn in greifbarer Nähe sein würde, sofern er zustimmte. Aber durfte er das? „Ich kann das nicht annehmen. Ihr Mann wird sich ärgern, wenn er wegen mir auf einen Nachschlag verzichten muss."

Marie kniff die Augen zusammen. „Mein Mann? Der wird sich wohl kaum aus seinem Grab erheben, so sehr ich mir das auch manchmal wünschen würde. Allerdings war ich in der Tat in den vergangenen fünf Jahren noch nie mit Braten und Klößen auf dem Friedhof – einen Versuch wäre es vielleicht wert."

Marcel biss sich kurz auf die Lippe. „Es tut mir leid. Ich wusste nicht, dass Sie Witwe sind." Einen Augenblick lang sah sie fast so aus, als würde sie ihm widersprechen wollen. Doch dann lächelte sie nur traurig und versicherte: „Ich bringe Ihnen das Essen später vorbei. Versuchen Sie bis dahin, das Feuer in Gang zu kriegen. Sollten Sie Probleme haben, helfe ich Ihnen, wenn ich wieder hier bin. Aber nun muss ich gehen. Schaffen Sie es, die Schubkarre selbst zum Haus zu schieben?"

„Natürlich! Das bekomme ich hin. Ich bin schon groß, wissen Sie?"

„Ist mir nicht entgangen, dass Sie ein ziemlich großer Kerl sind. Ich habe auch keineswegs an Ihrer Kraft gezweifelt. Aber ein geprelltes Steißbein kann den stärksten Mann umhauen. Ich bringe Ihnen Salbe dafür mit. Wir sehen uns dann." Damit ließ sie ihn einfach stehen, verließ die Scheune und stapfte durch den Schnee davon. Marcel blickte ihr hinterher. Was für eine ungewöhnliche Frau! Zumindest in seiner Welt war sie das. Hier auf dem Land war sie vermutlich eine von vielen. Für ihn jedoch nicht – für ihn war sie faszinierend, wie er verwirrt feststellte. Als er die Griffe der Schubkarre umfasste und sie anhob, war jedoch sofort jeder Gedanke an aufkeimende positive Gefühle ausgemerzt. Marie hatte recht: der Schmerz haute ihn regelrecht um. Er brauchte eine gefühlte Ewigkeit, bis er das Holz endlich im Haus hatte. Und noch viel länger, bis das Feuer im Kamin nicht ständig ausging. Es glomm mehr, als dass es wirklich loderte. Doch Marcels Kräfte waren erschöpft, also setzte er sich so nah wie möglich an die Feuerstelle und lauschte seinem knurrenden Magen, bevor er in einen unruhigen Schlaf fiel.

Er träumte von einer Wettervorhersage im Fernsehen. Aber anstatt die Prognosen kundzutun, sprach die Wetterfee ihn höchstpersönlich an. Sie beschuldigte ihn, für Katastrophen ungeahnten Ausmaßes verantwortlich zu sein, weil er immer noch unpassende Erektionen bekam. Außerdem hatte sie ein Grübchen, das dafür sorgte, dass er ihr einfach nicht böse sein konnte. Nicht einmal, als sie ihn auslachte, weil er auf einem Stapel Holzscheite lag, der ihn zu verschlingen schien. Als sie merkte, dass er ernsthaft in Gefahr war, erstarb ihr Lachen, doch sie unternahm nichts. Und plötzlich wurde aus der unbekannten Wetterfee Marie. Sie stand in einer Ecke, als wäre sie unfähig, ihm zu helfen. Stumm betrachtete sie, wie er unterging. Dann zog sie ihren Mantel aus, um ihn über ihn zu werfen. „Es hätte anders sein können", stellte sie traurig fest. Und ja, genau das schien die bittere Wahrheit zu sein: Es hätte alles ganz anders sein können, wenn er doch nur begriffen hätte, was vor sich ging. Aber so sehr er sich auch anstrengte – er wusste, dass es zu spät war.

Drittes Kapitel

Ein beherztes Klopfen an der Haustür weckte Marcel. Er brauchte einen Moment, um sich aus seinem verstörenden Traum zu befreien. Mühsam erhob er sich von dem Stuhl, den er vor den Kamin geschoben hatte. Sein Steißbein protestierte gegen den plötzlichen Bewegungsdrang. An der Haustür klopfte es erneut.

„Ich komme. Bin gleich da." Marcel hatte sich angestrengt, den Schmerz aus seiner Stimme zu verbannen. Er kam nur langsam voran. Plötzlich kam ihm das Haus gar nicht mehr so klein vor. Als er endlich an der Tür angelangt war, öffnete er sie rasch. Marie stand dort, mit einigen Töpfen, die sie übereinander balancierte. Sofort bekam Marcel ein schlechtes Gewissen, weil er sie so lange hatte warten lassen.

„Kommen Sie doch bitte rein! Entschuldigung, ich muss zugeben, dass ich mich nur schlecht bewegen kann. Vielleicht sollte ich einen Arzt aufsuchen."

„Oh, das können Sie bei dem Wetter vergessen. So weit kommen Sie mit dem Auto nicht. Und auch keiner der Ärzte hier wird rauskommen, wenn es sich nicht um einen dringenden Notfall handelt. Ich vermute, Sie haben geschlafen, so wie Sie aussehen. Aber in den letzten beiden Stunden hat der Schnee noch einmal mächtig zugelegt. Selbst der Weg zwischen unseren Höfen ist nur noch schwer zu passieren."

Marcel nahm zur Kenntnis, dass sie sich sehr hatte abmühen müssen, um zu ihm zu gelangen. Aber was ihn noch mehr beschäftigte, war die Tatsache, dass sie ihm ansehen konnte, dass er geschlafen hatte. Zu gerne hätte er einen Blick in den Spiegel geworfen, um jeglichen Makel zu beseitigen, doch zunächst musste er dafür sorgen, dass Marie ihre Last endlich abstellen konnte. Also öffnete er die Tür weit, nahm ihr zwei der Töpfe ab und sagte: „Wo die Küche ist, wissen Sie wohl, da Sie ja offenbar auch die Vorratskammer gefunden haben. Wie sind Sie im Sommer eigentlich ins Haus gekommen? Da war mein Onkel doch schon einige Wochen tot."

Marie zögerte, dann sagte sie mit fester Stimme: „Ich habe einen Schlüssel. Den hätte ich Ihnen natürlich längst geben müssen. Aber ich habe mich in den letzten Jahren oft um Ihren Onkel und den Haushalt hier gekümmert, müssen Sie wissen. Er gab mir den Schlüssel, weil er mir vertraute. Und wenn Sie wieder weg sind, wäre es doch gut, wenn jemand ins Haus gelangen kann, falls mal etwas sein sollte. Aber wenn Sie möchten, gebe ich Ihnen den Schlüssel selbstverständlich."

„Sie haben einen Schlüssel zu meinem Haus?!" Marcel taxierte sie mit einem empörten Blick, der ihr augenscheinlich nicht entging. Zu seiner Überraschung wurde sie ein wenig rot.

„Ich hätte ihn niemals benutzt, solange Sie hier wohnen."

„Das will ich doch schwer hoffen! Immerhin hätten Sie mich unter der Dusche erwischen können." Der Gedanke gefiel ihm mehr, als ihm eigentlich lieb war. Marie sah ihn einen Moment lang mit einem Ausdruck an, den er nicht deuten konnte. War ihr die Vorstellung etwa zuwider? Ihre Stimme war neutral.

„Ich halte es für unwahrscheinlich, dass Sie bei der bisherigen Eiseskälte hier duschen würden. Und auch der Kamin im Wohnzimmer wird an den Temperaturen im restlichen Haus nur wenig ändern können. Wenn Sie also duschen möchten, steht Ihnen mein Bad zur Verfügung. Aber ich muss Sie warnen: zu meinem eigenen Haus besitze ich ebenfalls einen Schlüssel."

„Ich darf bei Ihnen duschen?", fragte er perplex nach.

„Ja. Wenn Sie das möchten."

„Ich möchte."

„Gut, dann wäre das ja geklärt. Und die Salbe können Sie bei der Gelegenheit auch direkt auf Ihr Steißbein auftragen. Die habe ich nämlich vergessen, mitzubringen. Aber zunächst sollten Sie etwas essen. Es mag ja so sein, dass Sie in Ihrer Welt – wie Sie die Großstadt und Ihr persönliches Umfeld zu nennen pflegen – alles im Überfluss besitzen. Nur vom Feinsten und abgehoben, wenn möglich ..." Er unterbrach sie. „Woher wissen Sie, wie ich mein Umfeld nenne? Und was ich dort besitze?"

Erst schien Marie nicht antworten zu wollen, doch dann machte sie eine abfällige Geste und erklärte: „Weil ich euch

Städter kenne – ihr glaubt, wir Menschen vom Land würden in einer gänzlich anderen Welt leben als ihr. Das mag sogar stimmen, aber ihr erwähnt gerne eure Welt, als wäre das Leben im ländlichen Bereich ein Makel.“

„Schön und gut, aber woher wissen Sie nun, dass ich persönlich den Ausdruck ‚meine Welt‘ benutze?“

„Das war nur geraten. Offenbar lag ich aber richtig.“ Er nickte. Sie lächelte kurz triumphierend, bevor sie ernst fortfuhr: „Und dass Sie ein Vermögen besitzen, weiß ich von Edgar.“

„Ach ja – natürlich“, sagte Marcel und schlug sich gedanklich vor die Stirn. Klar hatte sein Onkel erzählt, was ihm selbst als Erbe durch die Lappen gegangen war. Marie schien nicht länger über ihren verstorbenen Nachbarn sprechen zu wollen, sondern kam auf das eigentliche Thema zurück.

„Egal, welchen Luxus Sie sonst gewohnt sind, hier ist Ihnen ein voller Magen und die nötigste Körperpflege vielleicht fürs Erste genug. Dabei bin ich gerne behilflich. Nur eine Bitte habe ich …“ Sie schwieg nun und blickte ihn an, ob er bereit wäre, etwas zu akzeptieren, das sie forderte.

„Jetzt sagen Sie schon, was Sie von mir möchten!“, drängte er.

„Gut, aber hören Sie jetzt bitte genau zu!“ Sie gab ihm Zeit, ihrer ersten Forderung nachzukommen. Marcel signalisierte seine volle Aufmerksamkeit, indem er in ihre faszinierend grünen Augen blickte.

„Ich möchte, dass Sie mir in Zukunft ohne Umschweife sagen, was Sie brauchen. Und ich möchte niemals wieder, dass Sie mir Geld dafür anbieten!“

Marcel kam es vor, als würde sie ihm unterstellen, sie für eine Prostituierte zu halten. Davon war er weit entfernt. Also nickte er und versicherte sofort: „Keine Geldscheine mehr, das geht klar.“

„In Ordnung. Und noch etwas …“ Nun klang sie eher kleinlaut, wie er überrascht feststellte. Er sah sie fragend an, gab ihr jedoch die Zeit, die sie benötigte.

„Halten Sie etwas Abstand von mir, wann immer es möglich ist.“ Sie hatte es leise gesagt, dennoch trafen ihn ihre Worte wie ein Fausthieb. Fühlte sie sich etwa durch ihn sexuell belästigt? Er hatte sie doch niemals angerührt! Klar, er hatte ihr das Geld in die Hand geschoben, was vielleicht als übergriffig ausgelegt werden könnte. Aber sie hatte ihn immerhin auf die Füße gezogen, wozu sie seine Schultern ohne Vorwarnung umfasst hatte – wer hatte hier also bei wem keinen Abstand gehalten? Dennoch versicherte er: „Ich werde mich danach richten. Und es gibt ja auch keinen Grund, Ihnen zu nahe zu kommen."

„Nein … den gibt es nicht." Sie wandte den Blick ab. Dann griff sie so ungestüm nach den Töpfen, dass einer der Deckel geräuschvoll auf dem Tisch landete. Sie hob ihn auf und legte ihn an seinen Platz zurück, bevor sie die Töpfe einen nach dem anderen auf die Herdplatten stellte.

„In ein paar Minuten dürfte alles wieder warm genug sein. Dann können wir essen. Sofern Sie Gesellschaft dabei haben möchten. Ansonsten werde ich Sie verlassen, sobald die Sachen auf dem Tisch stehen." Marcel hatte mit einem solchen Angebot nicht gerechnet. Er freute sich mehr darüber, als er zeigen wollte. Dass sie seine Einsamkeit erkannt hatte, schien ihm nämlich eher unwahrscheinlich. Vielmehr war es auf dem Land wohl üblich, Menschen nicht allein speisen zu lassen. Immerhin feierten die ja auch solche Dinge wie Erntedankfest und ähnliches im großen Kreis. Hier wären sie jedoch in einem sehr kleinen – ja fast schon intimen Kreis. Das schien ihm ein Widerspruch zu dem zu sein, was sie zuvor von ihm gefordert hatte. Daher erwiderte er: „Ich würde sehr gerne mit Ihnen gemeinsam essen. Und ich verspreche, den gebührenden Abstand einzuhalten. Ist das in Ordnung für Sie?" Marie nickte. „Ja, das geht klar." Dass ihre Stimme ein wenig traurig klang, irritierte Marcel. Was für eine seltsame Frau …

Viertes Kapitel

Er war so satt gewesen, dass er um ein Haar geräuschvoll aufgestoßen hätte. Marie wusste es, weil er ganz rot geworden war, als er mit einem verunglückten Husten den Rülpser kaschierte. Sie hatte sich Mühe gegeben, nicht zu lachen. Er war so empfindlich in manchen Dingen. Und das betraf vor allem die, die ganz natürlich waren. Menschliches – Emotionen – Schwächen. In ihren Augen hatte das nur wenig mit dem Leben auf dem Land und in der Stadt zu tun. Menschen waren nun mal so, wie sie erzogen worden waren. Oder so, wie das Leben sie gemacht hatte. Und Marcel hatte nie wirklich eine Chance gehabt, sich so entfalten zu dürfen, wie es seinem Naturell entsprach. Er war von klein auf in Formen gepresst worden. Beschnitten in seinen Wünschen, Ansichten und natürlichen Regungen. Inzwischen machte er das mit Frauengeschichten wett. Vermutlich, weil er glaubte, das wäre Freiheit. Er lebte sie aus, aber in Wahrheit war er unglücklich dabei, denn sein Traum von Freiheit sah eigentlich ganz anders aus.

Marie legte das Strickzeug weg. Der Pullover würde ohnehin niemals so werden, wie in der Anleitung. Stricken war einfach nicht ihr Ding. Warum tat sie es dann? Weil auch sie inzwischen glaubte, Klischees erfüllen zu müssen? Das war doch Unsinn! Die Schauspielerei vor Marcel war schließlich schon anstrengend genug. Sie warf das Strickzeug in die Zimmerecke, wo schon ein Stapel Modezeitschriften lag, den sie zwar gekauft, aber in den sie nur äußerst widerwillig hineingesehen hatte. Unnützes Zeug! Überteuerte Klamotten, Urlaubstipps, die sie sich niemals würde leisten können. Sogar die Rezepte waren für Leute gemacht, die in Wahrheit vermutlich nur selten selbst kochten, denn die kostspieligen Zutaten gab es höchstens in Feinkostgeschäften. Nicht ihre Welt … aber seine!

Marie fühlte Tränen in ihren Augen brennen. Das alles war so viel schwieriger, als sie gehofft hatte. Seit Edgar gestorben war, wusste sie, dass die Begegnung mit Marcel fast unvermeidlich war. Und doch … sie hätte sie vermeiden können, wenn sie stärker wäre. Aber was sie sich auch einredete, ihr Herz war so weich wie Butter, wenn es um ihn ging. Und brauchte er nicht tatsächlich ihre Hilfe? Er war doch ohnehin schon auf dem Weg zu ihr gewesen. Also waren Selbstvorwürfe vollkommen fehl am Platz. Marie hätte gerne noch dem Wetter Schuld an ihrer Misere gegeben, doch der Wintereinbruch war keineswegs überraschend gekommen – für einen Städter wie Marcel vielleicht schon, aber nicht für sie. Doch was hätte sie tun sollen, als sie ihn mit dem zweifellos neu erworbenen Porsche angebrettert kommen sah? Ihm befehlen, gleich wieder umzukehren? Und das unverrichteter Dinge? Damit hätte sie sich höchstens verdächtig bei ihm gemacht. Und das galt es mit aller Macht zu verhindern.

Sie stand auf und ging in die Küche. In der Spüle stapelten sich die Töpfe, das Geschirr und Besteck, das sie benutzt hatten. Gedankenverloren nahm sie eine der Gabeln in die Hand. War es die, die er benutzt hatte? Mit ihrer Fingerkuppe strich sie zärtlich über die Zinken. Hatten sich seine Lippen darum geschlossen? Oder am Ende doch nur ihre eigenen? Vorsichtshalber nahm sie die zweite Gabel in die Hand und vollführte die Berührung auch bei dieser. Sie spürte, wie ihr Körper auf den Gedanken reagierte, seinem Mund und seiner Zunge auf diese Art nachzuspüren. Dann wurde ihr klar, wie lächerlich sie sich verhielt. Mit einem einzigen wütenden Laut warf sie das Besteck gegen die Wand. Dann atmete Marie tief durch und kämpfte die Tränen nieder, die sich erneut Bahn brechen wollten. „Jetzt reiß dich mal zusammen, du dumme Kuh! Das Schicksal hat dir gezeigt, wo's langgeht. Akzeptier das! Und akzeptiere, dass er schon bald wieder weg ist. Diesmal hoffentlich besser für immer.“

Als es frühmorgens an ihrer Tür klopfte, brauchte Marie eine gefühlte Ewigkeit, bis sie die Augen aufbekam. Dann blickte sie sich irritiert um, bevor sie realisierte, dass sie auf der Couch eingeschlafen war. Die leere Flasche Rotwein gab ihr einen deutlichen Hinweis darauf, wie das passieren konnte. Offensichtlich hatte der Alkohol ihr Problem aber nicht fortspülen können, denn das stand wohl vor ihrer Haustür und bat um Einlass.

„Warum läuft eigentlich immer alles falsch?", murmelte Marie und verzog angewidert das Gesicht, als sie ihre pelzige Zunge spürte. Sie fuhr sich mit den Fingern durchs Haar, um es ein wenig zu bändigen, aber ihr war klar, dass die Strähnen machten, was sie wollten, solange sie sie nicht mit einem Haargummi in die Schranken wies. Immerhin trug sie noch ihren Pulli und die Jogginghose, in die sie geschlüpft war, bevor sie die Weinflasche aus dem Vorratsschrank geholt hatte. In diesen Klamotten die Tür zu öffnen, schien passend zu sein ... passend zu der ohnehin total bescheuerten Situation.

„Guten Morgen! Habe ich Sie etwa geweckt? Es ist immerhin schon halb acht. Ich dachte, die Menschen auf dem Land wären alle Frühaufsteher." Marcel war bereits geschniegelt und gestriegelt. Er hielt ihr ein Einmachglas unter die Nase.

„Normalerweise hätte ich ja eine Tüte Brötchen mitgebracht – frisch und noch warm, direkt vom Bäcker. Aber leider komme ich mit meinem Auto nicht vom Fleck. Ich habe es probiert und bin fast gegen die Hauswand gefahren. Statt Brötchen habe ich deshalb nur Marmelade. Vermutlich Erdbeere ... denke ich. Ich habe sie im Vorratsraum meines Onkels gefunden; stand hinter den Bohnen in Tomatensoße." Er grinste.

„Es ist Erdbeer-Rhabarber mit einem Hauch Vanille. Ich habe sie eingemacht und Edgar fünf Gläser davon gegeben. Er mochte sie ziemlich gerne – erstaunlich, dass überhaupt noch ein Glas da war."

„Oh! Hätte ich mir wohl denken können, dass er die nicht selbst eingemacht hat. Nun, dann bringe ich Ihnen zum Frühstück Ihre eigene Marmelade wieder mit. Das ist ... unangenehm." Marcel hatte wenigstens den Anstand, zerknirscht dreinzuschauen.

„Wir waren zum Frühstücken verabredet?", fragte Marie ungnädig. Marcel wand sich. „Naja, nicht so direkt, fürchte ich. Aber ich dachte an Ihr freundliches Angebot wegen der Dusche. Und dann fiel mir ein, dass wir ja vielleicht zusammen frühstücken könnten, bevor ich Ihr Bad in Beschlag nehme."

„Wie nett. Das heißt, Sie hoffen, dass ich Sie heute Morgen

noch durchfüttere, bevor ich Ihnen gleich ganze Räume meines Hauses überlassen muss?"

„Nur das Bad. Und ich versichere Ihnen, dass ich nicht lange brauche. Ich habe mich drüben schon rasiert und die Zähne geputzt. Zum Glück hatte ich nämlich noch einen Kulturbeutel im Auto. Der stammt von meiner letzten geschäftlichen Reise nach Hamburg."

Marie fragte sich, ob er es ihr auch erzählt hätte, wenn er den Beutel dort deponiert hatte, falls er mal eine neue Flamme auftat und überraschend bei ihr nächtigte. Für ihn war es enorm wichtig, gleich nach dem Aufwachen wie das blühende Leben auszusehen. Nur, dass er nicht wusste, dass sie es wusste. Und irgendwas bewog sie, nun selbst genau das Gegenteil zu demonstrieren. Sie gähnte herzhaft und hielt sich nur ansatzweise dabei die Hand vor den Mund, bevor sie gelangweilt die Tür ein bisschen mehr öffnete. Er würde sich hindurchquetschen müssen, und genau das tat er, als sie sagte: „Dann kommen Sie halt schon rein. Aber bevor Sie das Bad belegen, lassen Sie mich noch aufs Klo gehen."

Da war er, der entsetzte Blick, den sie mit ihren Worten hatte hervorrufen wollen. Marcel aus der Ruhe zu bringen, war nämlich nicht ansatzweise so schwer, wie er wohl glaubte. Und sie genoss es durch und durch, zu sehen, wie er sich wand. War das etwa eine sadistische Ader, die sie bislang noch gar nicht an sich entdeckt hatte? Oder doch letztendlich nur eine Form von Rache, die ihr zwar irgendwie zustand, die aber doch reichlich niederträchtig war. Sie entschied, gnädiger zu sein, als sie sich momentan fühlte. Daher sagte sie so freundlich wie möglich: „Ich muss sowieso erst noch meinen alten Kater füttern. Gehen Sie einfach schon mal in die Küche. Im Gefrierschrank sind Aufbackbrötchen. Mit einem Backofen können Sie hoffentlich umgehen?"

„Ja, kann ich." Sein strahlendes „Der-frühe-Morgen-ist-mein-bester-Freund"-Lächeln war endlich verschwunden. Marie verspürte deshalb ein wenig Gewissensbisse, aber unterm Strich war sie sehr zufrieden damit. Es war einfach unerträglich, wenn jemand so überhaupt kein Morgenmuffel war. Sie stieg die knarrenden Stufen hinauf, ging an ihrem Schlafzimmer vorbei bis zum Kinderzimmer, das bei ihr das Katzenzimmer war. Jerry empfing sie mit einem viel zu lauten Miauen, auf das noch viele weitere folgten. Seit er fast blind war, hatte er sich das Schreien angewöhnt. Vermutlich war er inzwischen auch so gut wie taub und bekam selbst gar nicht mit, welchen Höllenlärm er für so ein kleines hageres Fellbündel produzierte. Die Vorhänge waren geöffnet, aber da es draußen noch stockfinster war, sah Marie den dunkel getigerten Kater kaum. Sie drehte am Lichtschalter, bis die Deckenlampe offenbarte, dass Jerry das neue Kissen auseinandergenommen hatte.

„Na, das Ding hat sich wohl nicht genug gewehrt", sagte Marie und seufzte. Sie würde sich später um das herausgequollene Innenleben kümmern. Das Katzenklo hingegen würde sofort ihre Aufmerksamkeit benötigen. Jerry verließ das Zimmer so gut wie gar nicht mehr, und Marie wusste, dass er den Frühling vermutlich nicht mehr erleben würde. Also schimpfte sie nicht mit ihm. Sie kaufte ständig neues Futter, weil er meist keine Sorte zweimal hintereinander fraß. Manchmal schnitt sie ihm frisches Fleisch klein oder holte ihm extra Fisch. Da sie selbst keinen mochte, war es immer eine Überwindung, an die Fischtheke im Supermarkt zu gehen, doch Jerry sollte es auf seine letzten Tage noch so gut wie möglich haben.

Während sie ihm seinen Futternapf mit einem Tütchen Katzenfutter Deluxe füllte, fragte sie, an das Tier gerichtet: „Und, meinst du, bis Weihnachten packst du es noch? Ist nur noch eine knappe Woche bis dahin. Du bekommst auch deinen eigenen kleinen Baum, mit Weihnachtskugeln, die du wie früher zu Boden reißen und mit der Pfote so lange rumschubsen kannst, bis sie kaputt gehen. Oder vielleicht auch nicht, denn die werden aus Kunststoff sein. Sorry, Kleiner, aber ein paar Zugeständnisse müssen wir alle im Leben machen. Ich zum Beispiel muss so tun, als wäre ich schon eine alte Frau – weil ich offensichtlich zum Leben einer alten Frau verdammt bin. Und ich muss so tun, als wäre ich nicht verliebt. Hast du eigentlich eine Ahnung, wie schwer das ist? Nein, bestimmt nicht, denn so ein Kater läuft nur rum und deckt läufige Katzen, aber von Liebe keine Spur! Und dann gerät man ausgerechnet an einen Kerl, der im Grunde nichts anderes tut als ein Kater. Wobei … es hätte anders sein können. Hätte … wäre … würde. Wem nutzt das? Niemandem! Genau … und nun friss das teure Zeug und vergiss, dass ich je mit dir darüber gesprochen habe. Denn wenn du auch nur ein einziges Wort darüber verlierst, wirst du Weihnachten auf keinen Fall mehr erleben!“ Sie blickte auf das Tier, das sie nicht weiter beachtete, als es seine Nase in den Futternapf eintauchen ließ. „Gut,“, sagte Marie, „ich denke, ich kann mich auf deine Verschwiegenheit verlassen.“

Fünftes Kapitel

Ja, es war dreist gewesen, einfach herzukommen. Aber dass sie ihn das so deutlich spüren lassen würde, damit hatte Marcel nicht gerechnet. In seiner Welt überspielte man, wenn man genervt von jemandem war. Zumindest, wenn es keine erheblichen finanziellen Verluste bescherte. Man lud solche Leute trotzdem zu seinen Feiern ein, man schickte ihnen Geschenke zu festlichen Anlässen oder überließ ihnen das Ferienhaus oder die Yacht – auch wenn man ihnen eigentlich die Pest an den Hals wünschte. Aber war das vielleicht der wahre Grund? Fürchtete Marie um ihre finanzielle Sicherheit, wenn sie ihm ihre Gastfreundschaft gewährte? Er wollte immerhin bei ihr frühstücken und futterte ihr vermutlich die letzten Aufbackbrötchen weg, die sie sich im Dezember noch leisten konnte. Marcel öffnete den Gefrierschrank. Da lagen noch mindestens fünf Beutel mit Brötchen. So schlimm konnte es also nicht sein.

Er schwor sich trotzdem, für Marie einkaufen zu fahren und ihre Schränke wieder zu füllen, bevor er die Eifel verlassen würde. Damit drückte er ihr ja kein Geld in die Hand, aber er entlastete sie finanziell trotzdem – was immerhin seine Pflicht war, wenn er schon ein oder zwei Tage auf ihre Kosten leben würde. Als die Brötchen im Ofen waren, überlegte Marcel, ob er auch ein paar Eier kochen sollte.

Die Packung stand auf dem Schrank, aber er wusste natürlich nicht, ob Marie harte oder weiche Frühstückseier bevorzugte. Darum ging er zum Fuß der Treppe und rief hinauf: „Möchten Sie ein Ei zum Frühstück? Und wenn ja, wie hätten Sie es gerne?" Eine Tür wurde geöffnet, Marie rief: „Weich. Aber es ist nicht schlimm, wenn dir das nicht gelingt. Ich esse es auch hartgekocht." Hatte sie ihn gerade geduzt? Marcel war erstaunt, aber er rief zurück: „Ich werde mir trotzdem Mühe geben, es hinzubekommen." Bevor er in die Küche zurückging, warf er rasch einen Blick ins Wohnzimmer. Auf der Couch war eine Decke ausgebreitet. Auf dem Tisch daneben standen eine leere Flasche Wein und ein Glas, das noch eine rötliche Färbung zeigte. Marie hatte wohl Kummer. Kein Wunder, wenn ihr Mann tot war, und sie hier wie eine Einsiedlerin lebte, obwohl sie noch so jung war. Eigentlich hatte sie das Alleinsein gar nicht nötig. Aber die Liebe machte komische Dinge mit einem. Glücklicherweise war er selbst dagegen ziemlich gefeit. Man musste die Liebe eben wie ein Geschäft sehen. Nur investieren, wenn man dafür auch etwas zurückbekam. Klar, den Tod konnte man nicht einkalkulieren. Er wollte sich lieber nicht vorstellen, wie schmerzhaft es war, jemanden für immer zu verlieren, mit dem man noch Jahrzehnte lang hätte glücklich sein können. Trotzdem, sie war noch jung genug, um ihr Herz erneut an einen Mann verlieren zu können. Und Marcel hoffte, dass der es ihr nicht genauso brechen würde, wie Veronika ihm seins gebrochen hatte.

Als Marie in die Küche kam, war Marcel gerade dabei, die Eier abzuschrecken. Marie holte die Brötchen aus dem Ofen und schnupperte daran. Ihre Nase kräuselte sich leicht, während sie die Lider genießerisch schloss. Sie sah einfach bezaubernd aus, stellte Marcel fest.

„Fehlt nur noch der frisch aufgebrühte Kaffee. Und Ihnen mache ich einen Tee", sagte Marie, als sie die Augen wieder geöffnet hatte. Marcel sah sie überrascht an. „Woher wissen Sie, dass ich Tee trinke?" Marie hatte sich bereits abgewandt, um die Tür eines Hängeschranks zu öffnen, während sie erwiderte: „Ihr Städter seid ja meist mehr auf eure Gesundheit bedacht als wir Landmenschen. Alles muss vegan, kalorienarm, koffeinarm und so gut wie möglich klimaneutral sein. Da schien es mir nur logisch, wobei Tee selten klimaneutral sein kann. Ich habe übrigens auch keinen Mate- oder Sencha-Tee. Nur Earl Grey aus dem örtlichen Supermarkt, also in Beuteln. Aber der geht klar, oder?"

„Ja, tut er. Aber ich nehme auch gerne einen Kaffee."

„Ach? Hm … okay. Da lag ich wohl falsch."

„Sieht ganz so aus. Außerdem wäre ich Ihnen dankbar, wenn Sie mich nicht immer einen Städter nennen. Denn so wie Sie behaupten, ich würde das Landleben als Mangel auslegen, kommt es mir umgekehrt bei Ihnen so mit dem Stadtleben vor."

„Ich verstehe. Entschuldigung", sagte Marie mit einem bedauernden Ausdruck in den Augen. Marcel war besänftigt, aber er musste doch noch einiges klarstellen.

„Wie klimaneutral ich orientiert bin, sehen Sie ja vermutlich an meinem Auto. Was das Kalorienarm angeht … ich liebe Steaks, Pommes Frites und Eisbecher mit Sahne. Vorzugsweise jedoch im Sommer – also, ich meine den Eisbecher. Jetzt tut es auch süße Marmelade, in der sicher tonnenweise Zucker steckt." Marcel wollte sich seine Verärgerung nicht anhören lassen, aber so ganz gelang ihm das nicht. Diese Marie schob ihn in Schubladen, wie es ihr passte. Er hatte zwar tatsächlich schon lange keinen Kaffee mehr getrunken, aber jetzt schien ihm die passende Gelegenheit zu sein, wieder damit anzufangen. Und während Marie das dunkle Gebräu zubereitete, fand er diese Entscheidung umso verlockender, denn der Duft war köstlich.

„In der Marmelade ist wirklich tonnenweise Zucker. Aber Ihnen können ein paar Kalorien mehr auch nicht schaden." Marcel überlegte, ob er fragen sollte, ob sie ihn für zu dünn hielt, entschied sich jedoch dagegen. Er war schlank, aber auch muskulös. Würde sie ihn später unter der Dusche sehen, könnte sie sich davon selbst überzeugen. Da das jedoch nicht geschehen würde, blieb ihm nicht viel übrig, als sie im Unklaren zu lassen, wenn er nicht eingebildet erscheinen wollte. Marie schien das Thema auch nicht länger zu interessieren. Sie konzentrierte sich ganz auf den Filterkaffee, den sie von Hand in zwei Tassen aufgoss. Auch das hatte Marcel noch nie gesehen, doch vielleicht konnte sie sich keine Kaffeemaschine leisten. Obwohl es die Dinger ja nun wirklich auch für kleines Geld gab.

Er begann sich zu fragen, womit Marie ihren Lebensunterhalt verdiente. Barista war sie vermutlich schon mal nicht. Dann entschied er, nicht länger darüber nachzudenken, denn im Grunde ging es ihn nicht das Geringste an. Nur ein paar Minuten später saßen sie gemeinsam am Frühstückstisch. Marcel probierte die Marmelade. Er hatte das Gefühl, kleine Engel würden auf seiner Zunge tanzen. Es war nicht zu viel Zucker darin, sondern gerade genug, um perfekt zu sein. Ein Traum von Marmelade, den man seines Wissen nach industriell hergestellt so gar nicht kaufen konnte. Er machte ein dementsprechendes Geräusch. Dann bemerkte er, dass Marie ihn beobachtete. Als er sie ansah, blickte sie rasch fort. Er tat, als habe er es nicht mitbekommen und sagte gut gelaunt: „Wissen Sie eigentlich, dass Sie mich eben geduzt haben?" Ihre Augen flogen wieder zu ihm. Sie sah entsetzt aus.

„Was? Wann?"

„Als ich zu Ihnen rauf rief, ob Sie ein Frühstücksei möchten, und Sie mir geantwortet haben."

„Oh ... da habe ich Sie geduzt? Das tut mir wirklich leid!"

„Mir nicht. Ich finde es eigentlich passend, wenn wir schon zusammen essen und ich Ihr Haus teilweise in Beschlag nehmen darf. Also, ich würde gerne zum Du wechseln, wenn das für Sie okay ist." Marie schien mit sich zu hadern, doch schließlich willigte sie ein. „Kannst du mir bitte mal das Salz reichen?", probierte Marcel die neue Anrede aus. Er bemerkte Maries kurze Verunsicherung, doch dann gab sie ihm das Salz und erwiderte:

„Wenn du mir dafür die Butter rübergibst, sind wir quitt." Es lag ihr offenbar viel daran, stets mit ihm auf Gleichstand zu liegen. Marcel wusste nicht, warum ihr das so wichtig war, aber er nahm sich vor, es zu respektieren.

Als sie zu Ende gefrühstückt hatten, ließ Marie ihm den Vortritt im Badezimmer. Marcel wollte das eigentlich nicht, aber sie bestand darauf, und er verstand, dass sie vermutlich froh war, wenn er endlich fertig war und ihr Haus verließ. Da sie ihm fürs Mittagessen bereits einen eingefrorenen Eintopf bereitgestellt hatte, den er nur aufwärmen musste, hatte sie den Rest des Tages Ruhe vor ihm. Das Abendessen würde er einfach ausfallen lassen – war ohnehin besser für seine Figur. Und wenn er Glück hatte, hätte sich am nächsten Morgen die Wetterlage soweit beruhigt, dass er seinen Wagen nehmen konnte, um wenigstens ins Dorf zu fahren und ein paar Einkäufe zu erledigen.

Wann er wieder nach Düsseldorf aufbrechen konnte, stand noch in den Sternen, aber so langsam gefiel ihm das kleine Abenteuer ganz gut. Er war über den Gedanken selbst erschreckt, denn eigentlich gab es wirklich keinen Grund, dem Ganzen etwas Positives abzugewinnen. Das Erbe war ein Reinfall. Der Zeitaufwand dafür vollkommen unnötig. Außerdem litt er zum ersten Mal im Leben wirklich unter Kälte. Und vermutlich wäre er schon halb verhungert, oder hätte sich zumindest den Magen verdorben, wenn Marie ihn nicht verpflegen würde. Dass er nun bei ihr duschen konnte, war ebenfalls furchtbar nett von ihr.

Ja, Marie war der Grund, warum er seine Lage als gar nicht mehr so schlimm empfand. Und das lag nicht nur daran, dass er von ihr umsorgt wurde. Er musste zugeben, dass sie ihn trotz ihrer einfachen Art faszinierte – vielleicht sogar gerade deswegen. Sie erschien ihm so unkompliziert. Nicht aufgesetzt. Geradeheraus und auf fast schon beängstigende Art ehrlich. Wie sie von ihm gefordert hatte, ihr nicht zu nahe zu kommen, das hatte ihn berührt. Sie musste ihren Mann wirklich sehr geliebt haben, wenn sie sogar, nachdem er bereits fünf Jahre tot war, immer noch nicht die Nähe eines anderen Mannes ertrug. Harmlose Nähe … Etwas anderes hatte er ohnehin nicht vorgehabt. Harmlos … vielleicht ein Streicheln über den Arm. Oder er könnte ihr helfen, eine der widerspenstigen Strähnen hinter ihr Ohr zu streichen. Er könnte mit seinen Lippen ihre Wange berühren … ja, das wäre harmlos.

Beinahe musste Marcel über sich selbst lachen. Wem wollte er eigentlich etwas vormachen? Nichts davon war harmlos! Die einzige harmlose Berührung wäre ein Händedruck. Und selbst da war er sich nicht sicher, ob er Marie nicht würde küssen wollen, wenn er ihre schlanken Finger an seiner Handfläche spürte. Als sie sich zwei Tage zuvor das erste Mal begegneten, war sie so aufgebracht gewesen, dass ein Händeschütteln gar nicht infrage gekommen war. Und nun war es dafür natürlich zu spät. Also blieb ihm nicht einmal diese höfliche Berührung, um zu testen, wie er damit klarkäme.

Vielleicht war das besser so, denn eins stand wohl fest: er reagierte sehr stark auf sie. Sich das einzugestehen war nicht einfach. Denn wie ihm plötzlich klar wurde, waren es nicht nur die körperlichen Regungen, die er auch bei anderen attraktiven Frauen empfand – und die für ihn eine Art von Legitimität besaßen, weil er nun mal ein heterosexueller Mann war. Es war noch etwas anderes an Marie. Etwas, das ihn tief in seinem Inneren berührte – seine Seele vielleicht, wenn man denn daran glaubte. Er wollte diese Frau verstehen. Und er wollte nicht, dass Marie falsche Dinge über ihn dachte. Möglicherweise war er daher immer so aufgewühlt, wenn sie ihm Sachen unterstellte. Klar, in vielem hatte sie recht, aber er wollte vor ihr im bestmöglichen Licht dastehen. Doch warum? Wieso kümmerte ihn, was sie über ihn dachte? Sie hatten so wenig Berührungspunkte im Leben, dass er sich keinen Deut darum scheren sollte, wie sie ihn sah. Und sobald ihre kleinen Zusammenkünfte beendet werden konnten, würde er genau das tun: in sein Auto steigen und Marie wieder ihrem eigenen Leben überlassen. Er verspürte einen Stich bei dem Gedanken. Verrückt, dass er sich ernsthaft in dieser kurzen Zeit in eine für ihn vollkommen unpassende Frau vergucken konnte. Aber genau das war wohl passiert, wie er sich eingestehen musste.

„Brauchst du ein Badetuch?“ Marie hatte die Frage durch die geschlossene Tür gestellt. Er sah zu dem Handtuch, das über einer Stange hing, die neben der Dusche montiert war. Hatte sie ihm das schon hingehangen oder war das ihr eigenes? Marcel war sich nicht sicher, außerdem bevorzugte er große Handtücher. „Ja, das wäre gut“, gab er daher zur Antwort. „Okay, ich habe eins mitgebracht.“ Er hatte sein Hemd bereits ausgezogen. Seine Hose war noch geschlossen, also öffnete er die Tür und streckte seinen Arm aus, um das Handtuch entgegenzunehmen. „Danke“, sagte er, dann fiel ihm ihr Blick auf. Er streifte seinen Oberkörper und bewegte sich abwärts zu seinem Bauch. Sie schien beeindruckt zu sein. Das Training hatte sich offenbar ausgezahlt, und Marcel wusste wieder, wofür er sich regelmäßig im Fitnesscenter abstrampelte. Bislang hatte noch jede seiner Bettgefährtinnen eine positive Bemerkung über seine Muskeln gemacht. Doch Marie sagte nichts. Sie schaute nur, dann wandte sie sich ab und ließ ihn mit seinen Gedanken allein.

Verwirrt schloss Marcel die Tür. Sollte er abschließen? Da sich ein Teil von ihm sehnlichst wünschte, sie würde sich zu ihm verirren, ließ er es bleiben. Er zog seine Hosen und die Socken aus, dann drehte er das Wasser auf. Als es die richtige Temperatur hatte, stellte er sich darunter und ließ die warmen Strahlen seinen Körper verwöhnen. Ab und zu blickte er zur Tür, doch sie blieb geschlossen. Als er schließlich fertig geduscht hatte und das Handtuch um seine Körpermitte schlang, musste er über sich selbst den Kopf schütteln. Wie blauäugig war er eigentlich, dass er gehofft hatte, Marie würde zu ihm unter die Dusche steigen, um seinen Körper mit ihren Händen zu erkunden. Er durfte nicht darüber nachdenken, was er dann bei ihr getan hätte. Nun eine Erektion zu bekommen, war nicht gerade hilfreich, denn er wusste, dass sie darauf wartete, dass er endlich wieder ging. Also trocknete er sich ab, zog die frische Unterwäsche an, die zum Glück ebenfalls in der Tasche verstaut gewesen war, die im Auto gelegen hatte, und schlüpfte dann wieder in die restliche Kleidung.

Normalerweise hätte er niemals nach dem Duschen etwas angezogen, das nicht zuvor gewaschen worden war, doch diesmal blieb ihm nichts anderes übrig. Zumindest, wenn er Marie nicht fragen wollte, ob sie ihm einen ihrer Pullover und eine Jeans leihen könnte – die vermutlich reichlich seltsam an ihm ausgesehen hätten. Er musste bei dem Gedanken grinsen, riss sich dann zusammen und verließ das Bad. Marie war dabei, ein paar Blumen im Flur zu gießen. Sie wandte sich zu ihm um. Er bemerkte, dass ihr Blick unstet war.

„Bist du klargekommen?", fragte sie beinahe scheu und sah dabei mal ihn, mal die Wand hinter ihm an. Marcel nickte. „Ja, alles bestens." Gedanklich fügte er an: Auch wenn ich lieber Gesellschaft von dir gehabt hätte. Sie nickte ebenfalls. „Gut. Also, falls du länger hier nicht wegkommst, kannst du natürlich nochmal bei mir duschen. Ich verkrafte das schon irgendwie." Sie biss sich auf die Lippe. Ein eigenartiger Kommentar. Und ihre Reaktion auf die eigenen Worte war noch rätselhafter. Vermutlich hatte sie es anders sagen wollen. Vielleicht, dass sie den Wasserverbrauch verkraften würde? Marcel lächelte unsicher. „Okay. Und danke. Vielleicht muss ich darauf zurückkommen." Marie wandte sich ab und zupfte an einem Blatt herum, das für Marcel eigentlich makellos aussah.

„Ich sollte dann jetzt gehen", sagte er.

Ohne sich zu ihm zu drehen, wandte sie ein: „Aber dein Haar ist noch nass. Du wirst dir den Tod holen, wenn du so rausgehst. Tut mir leid, aber ich habe keinen Föhn.“

„So lange Haare, aber du hast keinen Föhn?“

Sie drehte sich endlich zu ihm um. „Nein. Meine Haare werden spröde, wenn ich einen benutze. Also, wenn du warten möchtest, bis deine Haare trocken sind, kann ich dir noch einen Kaffee machen.“

„Das Angebot nehme ich gerne an. Ich glaube, was deinen Kaffee angeht, bin ich wirklich auf den Geschmack gekommen.“ Sie lächelte ihn kurz an, dann wandte sie ihren Blick wieder ab. Beinahe hatte er das Gefühl, sie suche nach einem Versteck. Hatte sein Anblick sie wirklich so nachhaltig aus der Fassung gebracht? Andererseits … fünf Jahre, das war eine sehr lange Zeit, um in so jungen Jahren enthaltsam zu leben. Für ihn selbst war es sogar unvorstellbar. Sie schien von seinen Gedankengängen nichts zu ahnen, als sie sagte: „Dann geh doch einfach schon mal in die Küche. Ich bin kurz im Bad, dann koche ich uns Kaffee.“

Als sie die Badezimmertür hinter sich geschlossen hatte, blickte Marcel sich im Flur um. Die Pflanzen schienen trotz der recht dunklen Umgebung gut zu gedeihen. Marie hatte wohl einen grünen Daumen. Ein großer Spiegel hing neben der Tür. Praktisch, damit man nicht nur halb angezogen das Haus verließ. Er dachte an das Bild, das sie ihm bei ihrer ersten Begegnung geboten hatte. Da hatte sie den Spiegel wohl ignoriert. Dann fiel ihm der Herrenmantel auf, den sie getragen, aber nicht zugeknöpft hatte. Er hing an der Garderobe, zusammen mit einer Strickjacke und einem Regenschirm. Vermutlich war der Wollmantel ein Andenken an ihren Mann. Warum sonst sollte eine Frau einen Mantel tragen, der ihr viel zu groß war, wenn nicht aus nostalgischen Gründen? Marcel fuhr mit der Hand über den Stoff. Sehr gute Qualität. Maries Mann schien nicht nur einen ausgezeichneten Kleidungsgeschmack gehabt zu haben, sondern er musste auch das entsprechende Geld dafür ausgegeben haben. Marcel besah sich das Innenfutter. Edel. Dann nahm er den Mantel vom Haken, um sich das Markenschild ansehen zu können. Als er nicht nur das fand, sondern auch ein eingesticktes Namensschild, gab er einen verblüfften Laut von sich. Das konnte doch nicht wahr sein! Auf dem Schild war sein eigener Name eingestickt: Marcel Dahlheym. Er starrte darauf. Seine Gedanken rasten. Das ergab absolut keinen Sinn! Die Tür des Badezimmers öffnete sich. Marie trat heraus. Als sie sah, was er in den Händen hielt und voller Unverständnis anstarrte, schloss sie die Augen und seufzte beklommen.

„Was ist das? Wieso steht mein Name in diesem Mantel?", blaffte Marcel. Noch energischer forderte er zu wissen: „Woher hast du ihn? Hast du etwa meinen Namen da reinsticken lassen? Aber warum? WAS SOLL DAS, VERFLUCHT?" Marie öffnete die Augen wieder; ihr war offenbar schwindlig. Sie suchte Halt am Türrahmen. Ihre Stimme klang ebenfalls schwankend, aber doch kraftvoll genug, dass er sie deutlich verstand. „Marcel, wir sollten reden."

Sechstes Kapitel

Er sah so wütend aus. Natürlich war er wütend – oder vielleicht doch eher verzweifelt, weil er nicht verstand, was vor sich ging. Es war eine Situation, die er nicht überblicken konnte: ein Horrorszenario für einen Mann wie Marcel Dahlheym. Keine Kontrolle zu haben, war ein Albtraum für ihn. Und er schien zu ahnen, dass es um sehr viel mehr ging als um ein Namensschild. Denn ihm musste trotz aller Aufregung klar sein, dass es wenig Sinn ergab, zu glauben, sie selbst hätte seinen Namen hineinsticken lassen. Für ihn war sie bis gestern eine Fremde gewesen, warum also hätte sie das tun sollen. Es wurde Zeit, ihm zu sagen, was er nicht mehr wusste. Ob er es allerdings glauben würde, war eine ganz andere Sache. Maries Herz schlug ihr bis zum Hals, als er ihr in die Küche folgte. Sie konnte spüren, wie sehr er unter Anspannung stand. Diese Nervosität ergriff auch von ihr selbst Besitz. Sie schnürte ihr die Kehle zu und ließ ihren ganzen Körper auf höchst unangenehme Art erzittern. Marie gab sich Mühe, sich das alles nicht anmerken zu lassen. Doch natürlich hatte Marcel es bemerkt – und er schien hin und her gerissen zwischen Ungeduld und der Verpflichtung, sich wie ein Gentleman zu benehmen. Dennoch entschied er sich für die Ungeduld.

„Sag mir, was du zu sagen hast! Je schneller du das hinter dich bringst, desto besser ist es vermutlich für uns beide. Was auch immer du getan hast, ich verzeihe dir.“

„Was auch immer ICH getan habe?“ Marie starrte ihn ungläubig an. „Himmel, Marcel, was glaubst du denn, was ich getan haben könnte?!“

Er sah sie herausfordernd an. Dann milderte sich der ärgerliche Ausdruck, ohne jedoch gänzlich zu verschwinden. Marcel kratzte sich an der Stirn. „Das weiß ich nicht“, gab er zu, um dann gleich eine krude Theorie zu liefern. „Vielleicht hast du den Mantel aus dem Haus meines Onkels mitgehen lassen. Ganz ähnlich wie die verderblichen Lebensmittel. Immerhin hast du einen Schlüssel, wie du ja zugegeben hast.“ Marie wartete einen Moment, aber er war anscheinend nicht gewillt, diesen Unsinn zurückzunehmen.

„Du meinst also, ich würde Dinge stehlen. Ganz reizend! So etwas damit zu begründen, dass ich Obst und Gemüse aus dem Haus mitgenommen habe, das höchstens Ungeziefer angelockt hätte, wenn es verdorben wäre, finde ich schon ziemlich dreist. Aber okay, wenn das deine Meinung über mich ist, kann ich dich wohl kaum davon abbringen. Eigentlich kann ich rein gar nichts daran ändern, wenn du dir etwas in den Kopf gesetzt hast. Das ist soweit in Ordnung, und ich kann damit leben. Nur eins würde mich noch brennend interessieren: Wenn ich den Mantel aus dem Haus deines Onkels mitgenommen habe, wie kam er dann überhaupt dorthin?“

Marcel schien die Frage nicht erwartet zu haben. Nach einem Zögern erläuterte er jedoch: „Vielleicht hat meine Mutter ihn irgendwann hergebracht. Sie hat schon ein paar Mal meine abgetragenen Klamotten eingesackt, um sie an irgendwelche Organisationen zu spenden. Warum also nicht an ihren Bruder, der in der Einöde lebte?“ Marie fiel der Unterkiefer herunter. Marcel hatte sich in seinem Kopf alles Mögliche parat gelegt, doch die Wahrheit hatte er in dem Chaos seines Hirns anscheinend nicht gefunden.

„Du weißt aber schon, dass deine Mutter den Kontakt zu ihrem Bruder rigoros beendet hatte? Und das schon vor Jahrzehnten.“

Mit ihrer Frage schien sie etwas in ihm auszulösen. Denn obwohl er versuchte, seine Gesichtszüge unter Kontrolle zu halten, huschte ein kurzer Schmerz darüber. Sie war sich sicher, dass er seine eigene Familiengeschichte in diesem Moment alles andere als vorzeigbar fand. Doch sie wollte ihn nicht länger damit quälen, daher fragte sie in milderem Ton: „Sieht der Mantel für dich denn abgetragen aus?“

„Nein, eigentlich sogar eher neu“, gab Marcel zu.

„Und kannst du dich erinnern, je einen solchen Mantel besessen zu haben?“

„Nein, das kann ich nicht. Was nur bestätigt, dass du ihn selbst gekauft und das Namensschild eingenäht haben musst. Die Frage ist nur, warum?“

Marie musste sich zusammenreißen, um nicht allzu erschüttert über die neuerliche Unterstellung zu sein. Sie gab sich Mühe, sich abzulenken, um nicht aus der Haut zu fahren. So gefasst wie möglich sagte sie daher: „Ich koche uns jetzt erst mal einen Kaffee, wie wir es besprochen haben. Marcel, ich möchte, dass du dich an den Küchentisch setzt und dich beruhigst. Sobald ich auch sitze, werde ich es dir erklären."

„Da bin ich aber verdammt gespannt", knurrte er. Es kam selten vor, dass er Kraftausdrücke oder Flüche benutzte. Dass er es nun tat, zeigte Marie deutlich, wie es um seine Nerven bestellt war. Doch er setzte sich. Marie bemerkte, dass er mehrmals tief durchatmete, um auf diese Art tatsächlich runterzukommen. Sie widmete sich ihrer Beschäftigung und dachte darüber nach, wie sie Marcel so schonend wie möglich in Kenntnis setzen konnte. Als sie sich zu ihm an den Tisch setzte und die Tassen mit der dampfenden Flüssigkeit vor ihnen standen, umklammerte sie ihre, obwohl sie eigentlich viel zu heiß war. Marcel betrachtete ihre Hand. Er zog die Augenbrauen zusammen. Marie gab es auf, auf diese schmerzhafte Art Halt zu suchen. Sie befand sich nun in luftleerem Raum, wie ihr schien. Was sie zu sagen hatte, würde nicht nur alte Wunden aufreißen. Es drohte auch, alle Mauern zum Einsturz zu bringen, die sie in den letzten Monaten mühsam um sich herum aufgebaut hatte. Dennoch blieb ihr nichts anderes mehr übrig, also begann sie zu erzählen.

„Dein Onkel Edgar war ein netter Mensch. Ein bisschen eigenbrötlerisch, aber durchaus umgänglich, wenn man sich nicht an seinen vielen Marotten störte. Das tat ich nicht. Und man könnte wohl sagen, dass wir befreundet waren."

„Und deshalb hat er dir meinen Mantel geschenkt?", versuchte Marcel die Sache abzukürzen. Marie sah ihn verärgert an. „Nein. Willst du die Geschichte nun hören oder nicht? Also, falls du keine Zeit hast, lassen wir es einfach. Den Mantel kannst du sowieso wiederhaben. Er ist mir viel zu groß. Und so, wie die Dinge jetzt liegen, will ich ihn um nichts in der Welt behalten."

„Ich will ihn nicht wiederhaben. Ich habe einen ganz ähnlichen zuhause in Düsseldorf."

„Ich weiß." Marie ließ diese beiden Worte ihre Wirkung entfalten. Marcel sah sie verwirrt an. Dann entschied er sich wieder für Verärgerung. „Unsinn! Wie kannst du das wissen?"

„Du wirst es nie erfahren, wenn du mich lieber unterbrichst, statt zuzuhören. Soweit ich weiß, hast du aktuell keine geschäftlichen Termine. Du hast überhaupt keine Termine, um genau zu sein. Weil du nämlich hier festhängst – mit mir! In meinem Haus. Aber du kannst auch gehen, dann kannst du die Stille besser genießen."

„Nein, schon gut. Es tut mir leid. Ich werde dich nicht mehr unterbrechen." Er griff zu seiner Kaffeetasse und führte sie an den Mund. Marie betrachtete, wie er den Kaffee schlürfte. Diese Lippen … sie hing ihren Gedanken nach, bevor sie sich darauf besann, den Gesprächsfaden wieder aufzunehmen.

„Als Edgar mir erzählte, dass er das Haus dringend sanieren lassen müsse, weil ihm sonst das Dach über dem Kopf einstürzt, wussten wir uns anfangs keinen Rat. Ich selbst habe leider nicht so viel Geld, dass ich ihm unter die Arme greifen konnte. Und die Bank … na ja, die Bank konnten wir beide auch vergessen. Aber dann fiel mir ein, dass er mal von einem recht vermögenden Neffen erzählt hatte. Jemand, zu dem er zwar keinen Kontakt hatte, aber mit dem eigentlich nie etwas Unangenehmes vorgefallen war. Ihr hattet keinen Streit oder so. Also ermutigte ich Edgar, dir zu schreiben und dich um ein zinsloses Darlehen zu bitten. Erst weigerte er sich, aber als es auf seinem Dachboden hineinzuregnen begann, fasste er sich ein Herz und schrieb dir."

Marcels Blick hatte sich zusehends verdüstert. Als er plötzlich abfällig schnaubte, sah Marie ihn fragend an. „Was? Los, raus mit der Sprache!", forderte sie, als er offenbar Wort hielt und sie nicht unterbrach.

„Bist du Schriftstellerin oder sowas? Wie kannst du dir aus dem Stegreif nur so eine Geschichte ausdenken?"

„Ich denke sie mir nicht aus."

„Doch, das musst du wohl, denn nichts davon ist passiert. Ich habe keinen Brief von meinem Onkel erhalten. Und schon gar nicht mit der Bitte um Geld."

Marie blickte kurz zur Decke, um sich zu sammeln. Als sie

Marcel in die Augen sah, setzte ihr Herzschlag für einen Moment aus. Warum war das alles nur so schwer? Und sie wusste, es würde noch viel schwerer werden – und schmerzlicher.

„Den Brief habe ich an mich genommen. Ich kann ihn dir zeigen, wenn du willst. Ich muss ihn dazu nur holen. Er ist in …“

„Spar dir die Mühe! Du nähst Namensschilder in Kleidungsstücke, die meinen ähnlich sehen. Du verfasst Briefe, die angeblich an mich adressiert waren … bist du eine der durchgeknallten Psychotanten, von denen man immer mal wieder hört? Warum hast du es ausgerechnet auf mich abgesehen? Willst du Geld?“

Marie traten die Tränen in die Augen. Doch es geschah nicht aus Trauer, sondern aus Wut. Sie zischte ihn an: „Hör auf, über dein bescheuertes Geld zu sprechen! Das hat mich nie interessiert! Und wenn du bereit wärst, mal in dich reinzuhorchen, dann wüsstest du das auch. Ich weiß, dass du eine schlimme Zeit durchgemacht hast – ABER DAS HABE ICH AUCH! Ich bin nach deinem Unfall fast verrückt geworden.“ Die Tränen strömten ihr nun übers Gesicht. Fahrig wischte sie sie fort, ohne damit nachhaltigen Erfolg zu erzielen.

„Woher weißt du von meinem Unfall?“ Er sah sie an, während sie sich die brennenden Augen rieb. Dennoch klang seine Stimme misstrauisch als er sich die Antwort selbst gab. „Okay, es gab ja genügend Zeitungsberichte und Meldungen im Internet. Sowas wie mein Unfall lässt sich leicht recherchieren.“

„Ja, sicher, vermutlich schon. Aber das habe ich nicht! Das Einzige, was ich jemals über dich recherchiert habe, war deine Postadresse, damit Edgar dir schreiben konnte. Du hast diesen Brief bekommen. Du hast dir sogar die Mühe gemacht, herzukommen. Und zwar aus einem einzigen Grund: nämlich dem, Edgar die Meinung zu sagen, was du von Bittstellern hältst.“

„Das klingt schon eher nach mir“, gab Marcel zu.

„Tja, anfangs hast du ihn auch ganz schön rund gemacht. Aber als du dann erfahren hast, dass ich diejenige war, die deinen Onkel dazu überredet hat, dich anzupumpen, kamst du zu mir rüber. Durch den Schnee bist du gestapft, wie ein wütender Stier, mit deinen schicken und ebenso unpassenden Schuhen. Ganz genauso wie du sie jetzt trägst. Ich weiß, dass du zornig gewesen sein musst, denn die Schneeklumpen klebten praktisch an deiner gesamten Kleidung. Sogar in den Haarspitzen, so sehr hast du die weiße Decke mit deinen ungestümen Schritten aufgewirbelt. Ein Jahr ist es her, dass du bei mir wie ein Berserker an die Tür gehämmert hast. Deine Tiraden habe ich immer noch im Ohr. Aber ich habe damals ebenso so wenig darauf gegeben, wie ich es jetzt tun würde. Denn das Wohl deines Onkels lag mir am Herzen. Und ich fand es dumm und kleinlich von dir, ihm nicht helfen zu wollen. Das sagte ich dir damals. Du bist explodiert. Hast behauptet, alle hätten es immer nur auf dein Geld abgesehen. Vor allem diese Veronika, die sich von dir in die teuersten Restaurants ausführen ließ, und der du Geschenke von großem Wert gemacht hast. Nur, damit sie dann mit deinem besten Freund vögelt. Ja, du hast vögelt gesagt. Es klang so, als würdest du das Wort eigentlich selten benutzen, aber du hast es dann mehrfach wiederholt, als würdest du dich an den unschönen Klang gewöhnen müssen. Dann bist du zusammengebrochen, mitten auf meiner Türschwelle. Ich wusste kaum, wie mir geschah. Also habe ich dich irgendwie reinbefördert und dich auf einen meiner Küchenstühle gesetzt. Du saßt da wie eine Marionette, bei der man die Schnüre durchtrennt hatte. Nur noch ein Häufchen Elend, das sich selbst verachtete. Ich war wütend auf dich, zugleich hatte ich aber auch Verständnis für deine Lage. Du warst nicht Herr deiner Sinne, und ich verzieh dir deine ungestüme – ja wirklich unverschämte Art. Nach ein paar Minuten ging es dir besser. Aber ich wollte dich noch nicht gehen lassen, denn ich hatte Angst, du würdest direkt wieder in deinen Audi steigen und dich davonmachen. Das wäre weder für Edgar noch für dich gut gewesen. In diesem Zustand wollte ich dich einfach nicht all die Kilometer fahren lassen. Also überredete ich dich, noch etwas bei mir zu bleiben. Damals wollte ich dir Kaffee kochen, aber du hast mir gesagt, dass du nur Tee trinkst. Daher habe ich dir welchen zubereitet und dir zugehört, während du dieser Liebe nachgetrauert hast. Ich kannte dich gar nicht, aber es hat mich bewegt, dich so unglücklich zu sehen. Und du …

du warst so verwirrt. So verletzlich. Fernab von der Welt, die du kennst. Du warst bei mir. Und dann ist es geschehen." Marie spürte, dass ihre Wangen sich rot färbten. Marcel starrte sie an. Offenbar hatte er endlich begonnen, ihr zu glauben. Denn dass sie von Veronika wusste, war ihm wohl Beweis genug, dass nur er selbst ihr offenbart haben konnte, wie sehr ihn diese Geschichte verletzt hatte. Seine Stimme klang belegt, als er fragte: „Was ist geschehen?"

Marie biss sich auf die Lippe. Dann erwiderte sie so sachlich wie möglich: „Wir hatten Sex. In meiner Küche. Es war … leidenschaftlich. Du brauchtest es. Ich ebenfalls, denn ich war zu diesem Zeitpunkt bereits so lange allein gewesen. Und du warst …"

„Ich war da?", versuchte Marcel seine Überraschung mit einer humorvollen Bemerkung zu überspielen. Marie ließ jedoch nicht zu, dass er ihre Erinnerungen an die erste sexuelle Begegnung zwischen ihnen nun herunterspielte.

„Deine pure Anwesenheit war nicht der Grund, warum ich mit dir Sex hatte. Das war schon etwas komplexer. Du warst zärtlich, stürmisch, gebend und nehmend zugleich. Du warst alles, was ich mir so lange erträumt hatte. Und dabei warst du nun wirklich nicht der netteste Mensch in meinem Leben. Damals nicht, und heute bist du es auch nicht. Aber ich war trotzdem vom Fleck weg in dich verliebt. Wir haben uns oft gesehen. Und wir hatten oft …", sie verstummte. Das Blitzen in seinen Augen zeigte ihr, dass er verstanden hatte.

„Wir hatten oft Sex?"

„Ja."

„Von welchem Zeitraum sprechen wir?"

„Eine Woche."

„Wir reden von nur einer einzigen Woche?!"

„Ja."

„Dann haben wir praktisch nichts anderes getan, als miteinander zu schlafen?"

Marie schloss kurz die Augen, um sich zu sammeln. Dann öffnete sie sie wieder, räusperte sich und erklärte: „Doch, wir haben auch andere Dinge getan. Vieles sogar. Wir waren einfach die ganze Zeit zusammen. Und wann immer es ging, waren wir zärtlich miteinander."

Er seufzte. „Zärtlich … und wir waren die ganze Zeit zusammen. Das klingt wirklich zu gut, um wahr zu sein. Aber ich fürchte, ich muss ablehnen, es als Wahrheit zu betrachten. Denn wenn es so wäre, wie du behauptest, hätte ich es ganz bestimmt nicht vergessen."

„Vielleicht hättest du das nicht, wenn du es dir hättest aussuchen können. Aber das konntest du nicht."

„Der Unfall …" Marcel kniff die Augen zusammen, als würde er Schmerz verspüren.

„Ja, dein Autounfall."

Er presste die Lippen aufeinander. Jetzt holte ihn diese schreckliche Phase seines Lebens doch ein, obwohl er sich viel Mühe gegeben hatte, sie gedanklich zu verbannen. Bitter sagte er: „Du hast dafür gesorgt, dass ich bei dir blieb, damit mir nichts passiert, als ich wegen Veronika so durch den Wind war. Und dennoch hatte ich einen Autounfall, als wäre es so vorherbestimmt gewesen."

„Keine Ahnung, ob das dein Schicksal sein sollte. Aber du hast recht, ich konnte es nicht verhindern. Das hat mich lange enorm belastet. Zumindest, nachdem ich endlich gehört hatte, was passiert war. Niemand wusste, wo du herkamst, als du dich kurz vor Düsseldorf auf der Autobahn überschlagen hast. Du hattest niemandem von dem Brief erzählt. Und keine Menschenseele wusste davon, dass du eine Woche lang in der Eifel gewesen warst. Auch nicht von mir … und natürlich auch nichts von dem Deal mit Edgar, auf den du mir zuliebe doch noch eingegangen warst."

„Ich bin darauf eingegangen?"

„Ja, bist du. Aber nur zu deinen Bedingungen."

„Welche waren das?"

„Du hast gefordert, dass er dich als Erben einsetzt, damit dein Geld, das du in den Hof steckst, nicht zum Fenster rausgeworfen ist. Dafür wolltest du auf eine Rückzahlung verzichten. Alles sollte instandgesetzt und modernisiert werden. Edgar war sehr dankbar für diesen Vorschlag. Und weil er ein äußerst korrekter Mensch war, ging er sofort am nächsten Tag zum Notar und ließ dich als Erben eintragen. Das war, noch bevor das Geld geflossen ist. Du meintest, nach Neujahr wäre noch früh genug, die Dinge zu regeln. Du wolltest nach den Feiertagen wieder herkommen. Aber Edgar hatte seine Formalitäten schon erledigt, kaum dass du abgereist warst. Dass du einen Unfall erlitten hattest, wussten weder er noch ich. Niemand informierte uns, dass du im Krankenhaus warst – in Lebensgefahr. Eigentlich wolltest du mich gleich nach deiner Ankunft in Düsseldorf anrufen. Ich wartete zwei Tage, dann hielt ich es nicht mehr aus. Erreichen konnte ich dich allerdings nicht, sondern es ging immer nur die Mailbox ran, die bereits so voll war, dass ich keine Nachricht hinterlassen konnte. Abermals sprang Edgar mir zuliebe über seinen Schatten und rief eine Bekannte von euch an, mit der er seit vielen Jahren keinerlei Kontakt mehr gehabt hatte. Sie erzählte ihm von dem Unglück – und auch davon, dass du eine Schädelverletzung davongetragen hattest und im künstlichen Koma liegen würdest. Ich wusste, dass man mich nicht zu dir lassen würde. Schließlich gehöre ich nicht zur Familie, und keiner von denen kannte mich. Ich ahnte, dass ich ohne jeden Beweis, dass wir uns ineinander verliebt hatten, wie eine Lügnerin dastehen würde, die nur an dein Geld kommen wollte, während du dich nicht dagegen wehren konntest. Also tat ich nichts als abwarten. Edgar versuchte mich zu trösten. Er sagte, sobald du wieder wach und aus dem Krankenhaus entlassen wärest, würdest du zu mir zurückkommen. Er selbst hoffte es natürlich ebenfalls, denn die Sanierung war ohne deine Hilfe nicht möglich. Aber du kamst nicht. Und Edgar starb kurz vor Ostern überraschend an einem Schlaganfall. Ich habe Monate gebraucht, um mich an den Gedanken zu gewöhnen, dass deine Erinnerungen an mich einfach ausgelöscht waren – an unsere gemeinsame Zeit. Aber ich habe es irgendwie geschafft, denn der Verlust meines Mannes hat mich gelehrt, dass man manche Dinge nicht zurückholen kann. Und Menschen schon dreimal nicht, egal wie sehr man es sich auch wünschen mag. Nur der Mantel, den du zusammen mit dem anderen auf dem Weg hierher in Bad Münstereifel in einer Herrenboutique gekauft hattest, blieb mir noch. Eigentlich wolltest du nur einen behalten und den anderen auf dem Rückweg umtauschen. Doch dann hast du dich anders entschieden. Du wolltest, dass ich den zweiten bei mir im Haus lasse, damit du ihn tragen kannst, wenn du zu mir zurückkommst. Aber du kamst nicht … du kamst einfach nicht. Der Mantel war alles, was mir von dir geblieben ist."

Tränen liefen ihr über die Wangen. Es hätte noch so vieles gegeben, das sie von ihrer gemeinsamen Zeit berichten wollte. Die Spaziergänge, die Gespräche, das Lachen und das gemeinsame Schlagen der Tanne im Wald, die ihr Weihnachtsbaum werden sollte. Sie hatte die Tanne nicht ins Haus geholt. Weihnachten war im letzten Jahr für sie ausgefallen. Zu schmerzlich war der Gedanke gewesen, dass Marcel nicht bei ihr war. Aber es war schließlich nur eine Woche gewesen ... Sie war darüber hinweggekommen – bis zu dem Moment, als er mit dem Porsche in die Einfahrt fuhr, vor dem Hof hielt und ausstieg. Ihn wiederzusehen war Segen und Fluch zugleich gewesen.

„Ich war mir sicher, dass du nicht lange bleiben würdest. Und ich nahm mir vor, dir nichts von dem zu erzählen, was zwischen uns geschehen war. Denn wozu sollte das gut sein? Mir war klar, dass es nur Schmerz verursachen würde. Nun … mein Vorhaben konnte ich trotzdem nicht einhalten."

„Vielleicht sollte ich sagen, dass es mir leidtut, dich in diese Lage gebracht zu haben. Aber das wäre gelogen. Es tut mir nicht leid, dass ich nun weiß, was damals geschehen ist." Marcel sah ihr direkt in die Augen, als wolle er mit dieser Geste seine Worte untermauern.

Marie schüttelte dennoch leicht den Kopf und erwiderte mit leiser Stimme: „Ich wollte eigentlich nicht zu Edgars Haus gehen, als ich dich sah. Ich wusste natürlich, dass du irgendwann vorbeikommen würdest, und ich dachte, ich wäre inzwischen dafür bereit. Vielleicht habe ich mir dennoch eingebildet, ich könnte deine Erinnerungen zurückholen. Deshalb zog ich den Mantel über. Ich war so ein dummes Schaf! Ich stellte mir vor, du würdest ihn sehen, mich wiedererkennen, und alles wäre schlagartig wieder in deinem Gedächtnis. Ich träumte davon, du würdest mich in die Arme ziehen, mich küssen und mir sagen, dass du mich immer noch liebst. Ich lag falsch … total falsch." Die Tränen strömten immer heftiger. Fahrig wischte Marie sie weg.

Siebtes Kapitel

Als sie wieder und wieder über ihre Wangen rieb und sich dadurch rote Striemen bildeten, griff Marcel vorsichtig nach ihren Händen, um sie festzuhalten. Er machte ein beruhigendes Geräusch, woraufhin sie tief durchatmete. Seine Stimme klang sanft.

„Ich weiß, ich habe dir mein Wort gegeben, mich von dir fernzuhalten. Aber das geht jetzt nicht. In Ordnung?" Sie nickte und versuchte, ein Schniefen zu unterdrücken. Ihr Anblick berührte Marcel. Reumütig sagte er: „Statt mich zu erinnern, warf ich dir vor, mich bestohlen zu haben. Ich kann verstehen, wie verletzt du sein musst. Und ich wünschte, ich könnte mich erinnern. Aber das kann ich nicht." Er sah ihr in die verquollenen Augen.

„Das wusste ich ja – eigentlich. Es tut trotzdem weh."

„Wenn ich es ändern könnte, würde ich es tun."

Marie nickte wissend – und auch einen Hauch Dankbarkeit glaubte er zu erkennen. Er fühlte sich hilflos. Die Erinnerungen an den Unfall waren sehr vage. So, wie Marie in den letzten Monaten gelernt hatte, damit zu leben, dass er sie vergessen hatte, hatte er sich bemüht, den Unfall aus seinem Gedächtnis zu streichen. Die Narbe an seinem Schädel war von Haaren bedeckt. Er konnte sie zwar spüren, aber er tastete so gut wie nie danach. Sie war ihm unheimlich, denn sie war ein Zeichen für absoluten Kontrollverlust. Er wollte nicht fühlen, was ihm geschehen war – doch nun spürte er es umso deutlicher, denn Marie rief Emotionen in ihm hervor, die er trotz allen Vergessens nicht einfach von der Hand weisen konnte. Er hatte tief empfunden. Vielleicht so tief wie nie zuvor. Und obwohl er es in einer Ecke seines Gedächtnisses behalten hatte, hatte er es fälschlich Veronika zugeordnet.

Wahrscheinlich hatte sie ihn nicht halb so sehr verletzt, wie er in den letzten Monaten geglaubt hatte. Denn seine Gefühle hatten nicht mehr ihr gegolten, auch wenn sie die letzte war, an die er sich erinnerte. Möglicherweise galt die Erinnerung an eine intensive Liebe tatsächlich Marie. Aber woher sollte er wissen, ob es so war?

Woher die Gewissheit nehmen? Alles war so verworren. Wie Spinnweben – nein, süßer und verfänglicher zugleich. Es war wie Zuckerwatte. Man wurde gierig danach, aber kaum glaubte man, sie erwischt zu haben und labte sich an dem Geschmack, brauchte man auch schon wieder mehr davon. So war Marie. Er wollte mehr von ihr. Aber hatte er sie je wirklich gehabt? Sie behauptete es zwar, aber war es tatsächlich so gewesen? Warum nur konnte er sich nicht mehr daran erinnern? Seine Gedanken fuhren Karussell – und ihm wurde ganz schlecht davon.

„Ich glaube, du brauchst Zeit, um das alles erst mal zu verdauen. Du solltest dich ausruhen." Marie schien sich gefangen zu haben.

„Mir fehlt eine ganze Woche an Erinnerung", erwiderte er matt.

„Nur eine Woche – das ist nicht viel", wandte sie ein.

„Es ist eine Ewigkeit, denn es ist die Zeit mit dir. Und ich fühle, dass es so viel mehr gewesen sein muss als nur eine Episode. Wie konnte ich das vergessen?"

„Der Unfall war schuld. Und vielleicht war es besser, dass du diese Zeit vergessen hast. Wir passen nicht zusammen, Marcel. Für eine Woche – für einen Winter vielleicht. Aber niemals ein Leben lang. Und genau das ist es, was ich mir wünsche. Liebhaber kann ich jede Menge haben, wenn ich will. Aber ich sehne mich nach einem Partner, der in sämtlichen Lebenslagen zu mir steht. Das warst du nicht. Und das wirst du auch niemals sein."

Er wusste, dass sie recht hatte. Aber er wünschte sich, dass er ihr das Gegenteil beweisen könnte. Zunächst blieb ihm jedoch nur, ihre Ansicht zu respektieren. „Ich bin wirklich vollkommen erledigt", gab er zu.

„Dann leg dich ins Bett. Ich lasse dich so lange schlafen, wie du willst."

„Aber es ist noch Vormittag. Ich bin doch erst vor kurzem aufgestanden, wie kann ich da schon wieder müde sein?"

„Es gibt Tage, an denen ist das so. Und da du ohnehin nicht viel machen kannst, solange nicht wenigstens die wichtigsten Straßen geräumt wurden, hast du mal ganz viel Zeit für dich selbst und deine Bedürfnisse."

„Das klingt eigentlich gut und vernünftig", gab er zu.

„Das klingt nicht nur so, das ist auch gut und vernünftig. Und Marcel, du brauchst dir keine Sorgen zu machen, ich werde mich nicht zu dir ins Bett schleichen. Denn eines bin ich mit Sicherheit nicht: eine durchgeknallte Psychotante.“

„Es tut mir leid, dass ich dir das unterstellt habe. So vieles tut mir leid.“

„Unsere einwöchige Beziehung?“

„Nein. An der tut mir nur leid, dass ich mich nicht erinnere. Ich wette, sie wäre es wert.“

„Ja, das ist sie. Aber es ist nun mal, wie es ist. Vielleicht ist es ein Zeichen, dass genau diese Woche aus deinem Gedächtnis verschwunden ist.“

„Das mag so aussehen. Vielleicht ist es aber eben doch kein Zeichen. Zumindest keines, das irgendwie darauf hindeuten soll, dass wir nicht füreinander geschaffen wären. Denn es ergibt Sinn, dass vielleicht gerade dieser Zeitraum aus meinem Gedächtnis verschwunden ist. Die Ärzte sagten mir, dass es sein kann, dass meine Amnesie unfallbedingt dafür sorgt, dass gerade ein besonders einschneidendes Erlebnis für mein Bewusstsein nicht mehr zugänglich ist. Und dass sie nicht sagen könnten, ob dieses Erlebnis besonders positiv oder negativ für mich war. Na ja, so oder ähnlich haben sie es formuliert. Da ich bislang nicht wusste, welches einschneidende Erlebnis das wohl betreffen könnte, habe ich nicht weiter darüber nachgedacht. Aber jetzt denke ich, dass mein Hirn mir einen verdammt schlechten Streich gespielt hat, ausgerechnet die Erinnerungen zu verbergen, die mich schneller hätten genesen lassen.“

„Glaubst du das wirklich? Also, dass du schneller gesund geworden wärst, wenn du dich an mich – an uns erinnert hättest?“

Marcel nickte überzeugt. „Wenn ich gewusst hätte, dass es jemanden gibt, der auf mich wartet, wäre ich weniger niedergeschlagen gewesen. Und ich bin überzeugt davon, dass mich das auch eher auf die Beine gebracht hätte. Manchmal kommt es mir so vor, als wäre ich seit dem Unfall in einem Zustand der Dauermüdigkeit.“

„Du bist erschöpft. Und das, was du nun verarbeiten musst, ist keine Kleinigkeit. Gerade für dich ist so ein Kontrollverlust ein wahrer Schlag, das ist mir klar.“

„Nein, eine Kleinigkeit ist es für mich tatsächlich nicht. Ich werde lernen müssen, mit der Tatsache umzugehen, dass ein Teil meines Lebens vor mir selbst verborgen bleiben wird.“

„Du wirst das schaffen. Geh dich ausruhen, Marcel. Ich lege mich auch noch ein wenig auf die Couch. Es wird uns beiden guttun.“

„Kann ich nicht die Couch nehmen?“ Marie winkte sofort ab. „Ich habe die letzte Nacht schon darauf verbracht und gedenke nicht, sie jetzt jemand anderem zu überlassen.“

„Na gut, dann muss ich wohl klein beigeben.“ Sie bestätigte es durch ein entschiedenes Nicken. Marcel schob seinen Stuhl zurück und erhob sich. Er deutete in Richtung Treppe. „Welches Zimmer?“, fragte er.

„Gleich das erste rechts. Die Vorhänge sind noch geschlossen. Leg dich einfach ins Bett und ruh dich aus. Wenn du dich besser fühlst, komm herunter. Ich werde nicht zu dir ins Zimmer kommen.“

„Das sagst du mir nun schon zum zweiten Mal.“ Er versuchte ein Lächeln. Marie zuckte mit den Schultern. „Das passiert mir manchmal, wenn mir etwas wichtig ist.“

„Und warum ist es dir so wichtig? Aus demselben Grund, aus dem du mich gebeten hast, dass ich dir nicht zu nahekommen soll?“

„Ja, aus genau diesem Grund.“

„Das hat jetzt aber hoffentlich nichts mehr damit zu tun, dass ich dich für eine Psychotante halten könnte.“

„Nein, das ist es nicht.“ Sie wich seinem Blick aus.

„Es ist, weil du es nun ablehnst, dass ich dich berühre?“

Marie bemerkte offenbar, dass seine Stimme einen tieferen Ton angenommen hatte. Marcel verspürte Verlangen, das sie ihm zweifellos anhören konnte. Sie blickte ihm auf die Lippen, dann sah sie rasch weg. Ohne ihn anzusehen, erwiderte sie: „Ich würde mir nichts sehnlicher wünschen. Aber es wäre falsch, denn es würde nicht gut enden. Und noch einmal möchte ich den Verlust nicht durchmachen."

„Ich verstehe." Marcel schluckte. Was in seinem Körper gerade passierte, musste er unbedingt für sich behalten. Sie hatte zugegeben, dass sie wollte, dass er sie berührte. Und es war so hart, es dennoch nicht tun zu dürfen. Natürlich könnten sie sich vergessen – für dieses eine Mal. Nur für ein kurzes, aber erfüllendes Glücksgefühl, das die Spannung zwischen ihnen endlich lösen würde. Er spürte, dass ihr das ebenso klar war, wie ihm. Aber es ging hier um sehr viel mehr als unverbindlichen Sex. Denn Marie war nicht irgendeine Frau – sie war seine Bestimmung. Und wie er mit ihr umging, würde über seine gesamte Zukunft entscheiden.

Diese Gedanken waren verwirrend, denn sie würden doch gar keine Zukunft miteinander haben, wie er inzwischen wusste. Das Karussell in seinem Kopf nahm wieder an Fahrt auf. Er verabschiedete sich rasch und ging die Treppe hinauf. Um sich von seinem unerwünschten Verlangen abzulenken, sah er sich um. Kam ihm etwas bekannt vor? Nein nichts. Die Tapete, die Beleuchtung – nichts klingelte in seinem Gedächtnis. Eine Woche fehlte ihm? Warum ausgerechnet die mit Marie? Abermals fragte er sich, ob er wirklich sicher sein konnte, dass es diese Woche mit ihr tatsächlich gegeben hatte. Oder hatte sie ihn vielleicht doch belogen? Es gab niemanden mehr, der ihre Behauptung untermauern konnte, denn der Einzige, der davon angeblich gewusst hatte, war inzwischen tot. Wenn sie herausgefunden hatte, dass er einen Unfall erlitten hatte, wäre es ein Leichtes, ihn auf diese Art hinters Licht zu führen. Doch wozu? Um einen kostspieligen Mantel zu behalten, der doch ohnehin schon in ihrem Besitz gewesen war? Oder wollte sie jetzt das Geld für die Sanierung von Edgars Haus, das er angeblich versprochen hatte? Das war totaler Blödsinn, denn nun gehörte es ja ihm, also musste er ohnehin dafür bezahlen. Und ihn an sich binden wollte sie ebenfalls nicht, denn wenn sie sich eigentlich nur einen reichen Kerl angeln wollte, ginge sie nun mit Sicherheit mit ihm ins Bett. Und so sehr er sich das auch wünschte, war er genau aus diesem Grund froh, dass sie darauf verzichtete.

Oder war er doch nicht froh darüber …? Marcel spürte, wie die Gedanken ihm entglitten. Nie zuvor hatte er es sich gestattet, so früh am Tag bereits wieder aufzugeben. Und das, obwohl sein Gehirn seit dem Unfall ständig in tiefem Schnee zu versinken schien. Doch er hatte das Gefühl gehabt, wenn er dem auch nur einmal nachgeben würde, wäre er am Ende. War er es nun, da er auf dem Weg in Maries Bett war, weil er nicht mehr konnte? Hatte sie ihn wie eine Spinne eingewoben und würde ihn in Kürze genüsslich aussaugen? Falls ja, würde er ihr zumindest keine Steine in den Weg legen. Er wollte sich dieser Frau mit Haut und Haaren ergeben, denn er war sich sicher, dass sie es wert war. Er betrat ihr Schlafzimmer. Es duftete nach Veilchen, die Einrichtung war geschmackvoll, obwohl die Möbel von preiswerter Qualität waren. Die Heizung verströmte eine angenehme Wärme. Das noch schwache Tageslicht wurde durch die Vorhänge größtenteils aus dem Zimmer verbannt. Sicher schneite es schon wieder, aber das wollte Marcel jetzt ohnehin nicht sehen. Er sehnte sich nach einem bequemen Bett und dem Duft der Frau, die er nicht haben durfte. Schnell zog er seine Sachen aus und schlüpfte nur mit Unterhose bekleidet unter die Decke. Das Bett war unifarben in einem frühlingshaften Grün bezogen. Er griff sich das Kissen und roch an ihm. Seine Erwartungen wurden nicht enttäuscht.

Das Bettzeug duftete nach Marie. Er stellte sich vor, wie sie sich in diesem Raum geliebt hatten. Und wie sie über eine Frühlingswiese gerannt waren, heftig atmend und einander spielerisch jagend. Um dann ins hohe Gras zu fallen, wo er sie küsste, während sie ihm die Hand in den Nacken legte, um ihn dazu zu ermuntern, bloß nicht so schnell damit aufzuhören. Aber ihm war klar, dass die Bilder gerade erst in seinem Kopf entstanden. Das machte sie nicht weniger reizvoll, doch Erinnerungen waren es nicht, wie er sich enttäuscht eingestehen musste. Und das war ganz logisch, weil sie überhaupt keinen Frühling miteinander verbracht hatten. Aber vor allem wurde es ihm dadurch bewusst, dass er keine Ahnung hatte, wie Maries Küsse schmeckten.

„Tja, du bist ein Idiot, wenn du das wirklich vergessen hast", schalt er sich selbst. Dann schloss er die Augen und versuchte, an gar nichts mehr zu denken. Und vor allem versuchte er, die Erektion zu ignorieren. Um nichts auf der Welt wollte er sich in

Maries Bett selbst befriedigen. Zum Glück sorgte die Müdigkeit dafür, dass er dieser Versuchung nicht allzu lange widerstehen musste.

Als Marcel zwei Stunden später erwachte, war er noch halb im Traum gefangen. Die Bilder verblassten schnell, doch er wusste, dass er von dem Mantel geträumt hatte. Seltsam, dass das Kleidungsstück schon wieder eine Rolle in seinem Traum gespielt hatte. Oder träumte er vielleicht sogar noch? Denn plötzlich sah er ein Bild vor seinen Augen, das so deutlich war, dass er leise keuchte. Eine Frau trug den Mantel, er war nicht zugeknöpft, und darunter war sie nackt. Ihre Scham bedeckte sie, indem sie den Mantel im Schritt zusammenhielt. Sie beugte sich leicht nach vorne und lachte aus vollem Halse. Es war zweifellos Marie. Sie wusste genau, was sie tat und welchen Anblick sie bot. Und Marcel genoss diesen Anblick mit brennendem Verlangen. Er betrachtete ihre kleinen festen Brüste, die aus dem Mantel hervorblitzten. Das Innenfutter umschmeichelte die verlockenden Rundungen seitlich, die Brustwarzen mit ihren dunklen Höfen lugten kokett hervor.

In einer Brustwarze trug Marie einen goldenen Ring. Marcel sah im Geiste, wie er sich zu dieser Brustwarze hinabbeugte und den Nippel zwischen seine Lippen sog. Seine Zunge spielte mit dem Ring. Marie stöhnte vor Lust auf. Nun entfuhr ihm selbst ein lautes Keuchen. Er riss die Augen auf. Der Raum war vollkommen unverändert. Er war allein; das gedämpfte Tageslicht ließ alles nur schemenhaft erkennen. War er etwa wieder eingeschlafen und hatte diese erotische Szene geträumt? Oder war das diesmal ein Flashback gewesen? Eine Erinnerung an etwas, das er wirklich erlebt hatte. So oder so musste er zusehen, dass er seine Erregung abermals in den Griff bekam, denn er hörte Marie unten in der Küche hantieren. Und ihm war klar, dass er nicht ewig in ihrem Bett liegen bleiben konnte. Irgendwie musste er mit all dem klarkommen – aber das Einzige, was ihm derzeit klar war, war die Tatsache, dass ihm eine wirklich schwierige Zeit bevorstand, die all seine Selbstdisziplin erfordern würde.

Achtes Kapitel

Er lag in ihrem Bett. In dem Bett, in dem sie Stunden voller Lust und Leidenschaft miteinander verbracht hatten. Marie versuchte sich nicht allzu sehr in diese Zeit zurückzuversetzen, denn sie spürte, dass ihr Schoß bei der Erinnerung zu kribbeln begann. Verdammte Begierden! Aber es war nicht nur der Sex, der ihr bereits wieder seit einem Jahr fehlte. Es waren die Zärtlichkeiten, das Haut-an-Haut Gefühl und die innige Vertrautheit, die mit dem Akt einhergingen. Einen Moment lang ließ sie zu, dass ihre Erinnerungen an die gemeinsamen Stunden mit Marcel aufflammten.

Nur eine einzige Woche waren sie zusammen gewesen, aber es hatte sich angefühlt, als würden sie sich schon sehr viel länger kennen. Stürmisches Verlangen hatte sie das erste Mal dazu gebracht, sich einander hinzugeben. Marie konnte fast wieder spüren, wie das Feuer in ihrem Inneren alles andere ausgelöscht hatte. Marcel war es wohl nicht anders ergangen, und doch war er in der Lage gewesen, ihre Wünsche zu erspüren. Er hatte alles richtig gemacht. Als hätte er ihre Gedanken lesen können. Und tatsächlich hatten sie sich später, bei einem Spaziergang über ihr Grundstück, darüber unterhalten, dass sie sich wie Seelenverwandte fühlten.

Jetzt kam ihr das sehr seltsam vor, denn offensichtlich waren sie doch grundverschieden. Vor einem Jahr jedoch hatte alles sich so wundervoll ineinandergefügt. Hatte der Unfall ihn vielleicht verändert? War er nach der Tragödie noch mehr zu dem Menschen geworden, den seine Eltern sich gewünscht hatten? Möglich …

Damals war da so vieles gewesen, das er ihr offenbart hatte. Seine Träume und Sehnsüchte, die nicht in das Bild passen wollten, das sich die Geschäftswelt von ihm machte. Als sie die Wiesen hinaufgingen, um auf die Anhöhe zu gelangen, von der aus man einen Ausblick über das weitläufige Tal hatte, waren plötzlich zarte Flöckchen vom Himmel gefallen. Wie Puderzucker hatte der Schnee sich auf die Landschaft gelegt. Sie hatten das Schauspiel mit einem inneren Frieden verfolgt, der sie sich wunderbar verbunden fühlen ließ. Die Brücke mit ihren Rundbögen im Tal hatte bezaubernd ausgesehen. Als eine Dampflok darübergefahren war, kamen sie sich vor wie in eine andere Zeit versetzt – vielleicht in eine bessere, die weniger bedrohlich wirkte. Und dann hatten sie sich angesehen. Marcels Augen hatten ihr offenbart, wie sehr er sich wünschte, ein anderes Leben zu führen als das, welches ihm aufgezwungen war. „Wenn ich etwas ändern könnte …", hatte er gesagt. Doch sie hatte seinen Mund mit einem Kuss verschlossen, denn es war noch viel zu früh für gravierende Änderungen, die sie einbeziehen würden. Und als die zarten Flöckchen sich auf sein dichtes dunkles Haar legten, hatte sie geglaubt, ihre gemeinsamen Wünsche hätten genügend Zeit, um ganz natürlich zu wachsen und sich zumindest teilweise zu erfüllen.

Marcel hatte zum Himmel hinaufgeblickt. Dann hatte er die Zunge ausgestreckt und versucht, die winzigen Kristalle damit einzufangen. Marie erinnerte sich, wie sie bei dem Anblick gelacht hatte. Der Mann, der sie zuvor noch so selbstsicher körperlich verwöhnt hatte, war dem kleinen Jungen gewichen, der einfach tat, was ihm gerade in den Sinn kam. Sie hatte beides gewollt: den Liebhaber und den impulsiven Fratz. Und für eine kurze Zeit hatte sie beide Seiten an ihm genießen können – doch behalten durfte sie nichts davon. Natürlich nicht, denn es war einfach zu schön gewesen, um wahr sein zu können. Nun lag er wieder in ihrem Bett, und sie wusste, dass sie ihm nicht mehr verfallen durfte, denn er würde sie erneut verlassen. Marie seufzte tief, dann entschied sie, Plätzchen zu backen, um sich abzulenken.

Als sie gerade das letzte Blech aus dem Ofen holte, kam Marcel die Treppe hinunter. Er stand im Türrahmen und blickte sie an. Ganz eindeutig schnupperte er auch, dann gab er ein wohliges Seufzen von sich. „Kekse?" Marie war nicht verwundert, dass man ihm kaum noch ansah, dass er geschlafen hatte. Vermutlich war er schon länger wach und nur noch nicht erschienen, damit er wie immer hellwach wirkte. Dass er nur so wenige Kleidungsstücke dabeihatte, machte ihm bestimmt zu schaffen.

„Ja, Plätzchen. Immerhin ist bald Weihnachten. Sie sind unter dem Tuch in der großen Schüssel. Bedien dich!"

„Bist du dir sicher? Ich meine, wenn die für Weihnachten sind, sollte ich vielleicht nicht …"

„Nun nimm dir schon ein paar! An Weihnachten wirst du nicht mehr hier sein, und ich habe doch ohnehin viel zu viele für mich allein." Marcel kam in die Küche und griff sich ein paar Stücke des noch warmen Gebäcks. „Bist du an Weihnachten wirklich allein?" Er bemühte sich offenbar, seine Frage nicht allzu neugierig klingen zu lassen.

„Na ja, ich könnte auch zu meiner Schwester nach Berlin fahren. Aber sie wohnt in einer winzigen Wohnung. Und ehrlich gesagt, mag ich weder ihren besserwisserischen Mann noch ihre beiden ungezogenen Kinder. Da bleibe ich lieber hier und feiere allein."

„Das klingt traurig", urteilte Marcel. Marie lächelte tapfer. „Vielleicht treffe ich mich in den nächsten Tagen mal mit Ricarda oder Johanna. Das sind zwei ehemalige Mitschülerinnen, mit denen ich noch befreundet bin. Wir besuchen uns manchmal gegenseitig – aber beide sind verheiratet und haben Kinder. Daher sind sie an Weihnachten natürlich bei ihren Familien. Und auch in der Vorweihnachtszeit ist es schwierig, weil sie sehr beschäftigt sind. Aber das ist nicht schlimm. Ich bin gerne allein." Sie klang nicht halb so überzeugend, wie sie es sich gewünscht hatte.

Um ihre Schwäche zu überspielen, griff sie nach dem Backblech und schob es wieder in den Ofen. Dabei vergaß sie, dass es noch heiß war. „Au! Verflucht!" Sie ließ das Blech los. Sofort war Marcel bei ihr, griff nach ihren Händen und sah sie sich an.

„Du solltest sie kühlen." Er ging mit ihr zum Wasserhahn, drehte das Wasser auf und führte ihre Hände unter den Strahl. Marie ließ zu, dass er sie weiterhin hielt – es fühlte sich auf eine Art vertraut an, die ihr die Sinne raubte. Der Schmerz ließ schnell nach. Und als er sich hinabbeugte, um das Wasser nach einer Weile abzustellen, küsste Marie ihn. Eine kurze Berührung ihres Mundes mit seinen Lippen. Es schien so natürlich und unwiderstehlich, dass sie erst begriff, was sie getan hatte, als er sie verwirrt ansah. Sie musste sich entschuldigen, soviel stand fest! Entschuldigen für diesen flüchtigen Kuss, der doch weit über das hinausging, was man tat, wenn man sich von jemandem fernhalten wollte. In Gedanken formte sie schon die Worte, doch statt sie auszusprechen, küsste sie ihn erneut. Er roch so fantastisch. Und seine Nähe schien sie wie betrunken zu machen. Ein Rausch – ein Marcel-Rausch, dem sie nicht entkommen konnte. Oder wollte sie es gar nicht? Als er ihren Mund mit seiner Zunge eroberte, wusste sie, dass die Frage beantwortet war. Und Marcel wollte ihr offensichtlich ebenso wenig entkommen. Es tat so unendlich gut, ihn wieder schmecken zu dürfen! Es war aufregend – wundervoll erotisch. Seine Arme umschlangen sie, und er presste sich an sie. Seine Kraft nahm sie gefangen.

Welch herrliche Wärme er ausstrahlte. Sie wollte sich von ihm versengen lassen. Ja, sie wollte mehr von ihm – von seinem Körper. Also tastete sie nach den Knöpfen seines Hemdes. Marcel half ihr, es auszuziehen. Mit verlangenden Fingern strich sie über seine muskulöse Brust. Als sie eine seiner Brustwarzen streichelte, stöhnte er erregt auf. Sie wusste, dass ihre noch kühlen Hände einen besonderen Reiz bei ihm auslösten. Und ihr war bewusst, dass es nun kein Zurück mehr gab. Doch das wollte sie auch gar nicht. Sie zogen sich gegenseitig aus. Marcel war geschickt, doch nachdem er ihren BH geöffnet und abgestreift hatte, hielt er kurz inne. Sein Blick lag auf ihrem Brustwarzen-Piercing, dann stahl sich ein Lächeln auf sein Gesicht.

„Was ist los?", fragte sie und lächelte ebenfalls, wenn auch etwas unsicher.

„Nichts … oder doch! Dieses Piercing – ich weiß jetzt, dass ich Erinnerungen an unsere gemeinsame Zeit habe. Sie sind vergraben, aber sie sind noch da!"

Marie verstand seine Begeisterung darüber. „Das ist schön! Ich hoffe, du erlangst noch mehr davon zurück. Aber im Zweifelsfall sollten wir vielleicht einfach ein paar neue schaffen." Ihr ganzer Körper loderte vor Leidenschaft. Sie wollte, dass er sie besaß. Und das so schnell wie möglich! Marcel schien nicht das Geringste dagegen zu haben. Er wartete jedoch geduldig, bis sie Kondome aus ihrem Schlafzimmer geholt hatte. Die Packung stammte noch von einem gemeinsamen Streifzug in die Apotheke des nächsten Dorfes. Sie waren sich damals wie Teenager vorgekommen, so verschämt waren sie beim Kauf gewesen. Doch sie hatten den Inhalt gut zu nutzen gewusst. Marie war heilfroh, dass sie eine besonders große Packung genommen hatten, die in ihrem Nachtschrank Platz gefunden hatte und immer noch dort lag. Natürlich wusste Marcel nichts mehr davon, doch momentan schien er auch nicht sonderlich daran interessiert, wie sie in deren Besitz gelangt war. Sie gingen nahtlos zum Liebesspiel über, als sie zurückgekehrt war. Er beugte sich hinab, leckte sanft ihre Brustspitzen, dann spielte seine Zunge mit dem Piercing. Schon damals hatte er sich darüber gewundert, dass sie eines besaß. Und auch da hatte er es äußerst erregend gefunden.

Marie genoss die Empfindungen, die seine Begierden bei ihr auslösten. Als er mit der Hand ihren Schoß erkundete, war es ihr nicht unangenehm, dass er so deutlich spüren konnte, wie bereit sie für ihn war. Mit einer einzigen geschmeidigen Bewegung hob er sie auf die Anrichte. Sie küssten sich unter immer lauter werdendem Stöhnen. Ihre Zungen verschmolzen. Er streifte ein Kondom über, dann vereinigten sich ihre Körper. Es war wundervoll, ihn in sich zu spüren. So unerwartet und doch zutiefst ersehnt. Er nahm sie in einem Tempo, das ihrer Lust entsprach. Erst langsam, dann immer schneller. Es wurde wild – genau das, was sie nun brauchte. Wiederum schienen sie perfekt zueinander zu passen. Dass es anders war, verdrängte Marie in diesem höchst sinnlichen Augenblick. Sie waren eins, und nur das zählte. Endlich durfte sie ihm wieder zeigen, wie sehr sie ihn brauchte. Und er genoss sie mit Haut und Haaren. Es dauerte nicht lange, bis sie Erfüllung fanden. Er verströmte sich, während ihr Schoß erbebte. Den Höhepunkt der stürmischen Vereinigung gleichzeitig zu erleben, war fantastisch! Es kam ihr vor wie ein Traum, doch es war herrliche Realität.

Marie konnte Marcels Herzschlag spüren, während er sie festhielt, als würde er sie nie wieder loslassen wollen. Er flüsterte ihren Namen und schwelgte noch in dem lustvollen Taumel, den sie sich gegenseitig bereitet hatten. Erst als sie das Gefühl der

Nähe vollends ausgekostet hatten, half er ihr von der Anrichte herunter. Nackt standen sie beide da, immer noch keuchend, doch zugleich sichtlich befriedigt. Ein Lachen entfuhr ihr, als sie sah, wie unordentlich sein Haar nun war. Sie hatte es in ihrer Ekstase zerwühlt, und auch seine Kleidung lag mit ihrer zusammen achtlos hingeworfen auf dem Küchenfußboden. Sie hatte seinen Perfektionismus torpediert und seine Selbstkontrolle dahingerafft. Marie genoss bis in den letzten Winkel ihres Körpers, das bewerkstelligt zu haben. Wohlige Hitze und tiefe Zufriedenheit eroberten ihren Geist und sorgten dafür, dass einfach alles wundervoll war. Ein Gefühl, das sie am liebsten nie wieder entbehren wollte.

„Wow, das war überraschend – und einfach fantastisch", sagte Marcel immer noch ein wenig atemlos.

„Dann wolltest du es wirklich?" Marie presste die Lippen zusammen. Was, wenn sie ihn überfallen hatte, und er letztendlich nur nicht hatte unhöflich sein wollen? Obwohl das selbst in ihren Gedanken recht seltsam klang, musste sie in Betracht ziehen, dass hauptsächlich ihre eigenen Begierden zu dem Liebesspiel geführt hatten.

„Machst du Scherze? Also, das wirst du doch wohl gemerkt haben …" Er sah sie entgeistert an. Nun musste Marie tatsächlich über ihre eigene Dummheit lachen. Oh ja, sie hatte gespürt, wie sehr er sie gewollt hatte. An seiner Leidenschaft gab es keinen Zweifel. Dennoch war die Vereinigung nun vorbei, und sie wollte fair sein. Sie würde nicht von ihm verlangen, dass diese Sache auch nur das Geringste zwischen ihnen änderte. Und so bemühte sie sich auch um eine neutrale Stimme, als sie sagte: „Vielleicht sollten wir uns jetzt besser wieder anziehen. Es wird nicht mehr lange dauern, bis der Postbote kommt. Ich erwarte heute ein paar Pakete."

„Meinst du wirklich, bei diesem Wetter schafft er es bis hierher?"

„Ja – mit Verspätung, aber er wird kommen. Weißt du, für uns ist es nicht weiter ungewöhnlich, dass es starken Schneefall gibt. Wir richten uns darauf ein. Und Wolfgang ist einiges gewöhnt in den Jahren, in denen er schon Postbote ist. Aber bei mir macht er immer einen Zwischenstopp – trinkt einen Kaffee, erzählt mir, was es an Neuigkeiten gibt …“

„Ah, dein persönlicher Nachrichtensender.“

Marie lachte. „Ja, nur dass es sich mehr um Klatsch und Tratsch aus dem Dorf handelt. Es macht ihm Spaß, mir zu berichten, was er erfahren hat.“

„Und außerdem bereitet es ihm wohl Vergnügen, auszuplaudern, was man ihm anvertraut hat. Womöglich sogar unter dem Siegel der Verschwiegenheit.“

Marie hatte den Unterton sehr wohl gehört. Natürlich, in der Geschäftswelt war Verschwiegenheit eine sehr wichtige Eigenschaft. Sie schüttelte den Kopf und schlüpfte in ihr Höschen, während auch Marcel sich die Unterhose anzog.

„Bei Wolfgang ist es anders. Jeder weiß, dass er weitererzählt, was er erfahren hat. Wenn man ihm also etwas anvertraut, dann tut man es in dem Wissen, dass bald jeder davon Kenntnis haben wird. Das kann sehr praktisch sein!“ Sie schloss ihren BH. Marcel zog sich das Unterhemd über den Kopf, reichte Marie ihre Jeans und griff dann zu seiner eigenen Hose.

„Verstehe. Nützlich, wenn man zum Beispiel etwas verkaufen will. Oder eine Wohltätigkeitsveranstaltung plant. Oder man sich verlobt hat …“

„Ja, bei solchen Dingen.“

„Aber was ist, wenn er etwas erfährt, das man eigentlich für sich behalten wollte?“

„Dann muss man ihn umbringen.“

Stille. Ihr anschließendes Lachen wurde von einem Geräusch vor dem Fenster unterbrochen. Marie spürte, wie sie schreckensbleich wurde.

„Was war das? Ein Schneerutsch vom Dach?“, fragte Marcel.

„Ja … bestimmt“, machte Marie sich Mut. Dann läutete es an der Haustür.

„Kein Schneerutsch – es sei denn, der Schnee klingelt, damit wir ihm wieder aufs Dach raufhelfen.“ Marcel grinste schief. Er bückte sich und reichte Marie wortlos ihren Pullover, den sie hastig anzog. Rasch schnappte sich Marcel sein Hemd und seine Socken, dann machte er Marie eine Geste, dass er ins Wohnzimmer verschwinden würde. Sie nickte, während sie sich fahrig durch die Haare strich, um sie provisorisch zu kämmen. Dann ging sie zur Tür und öffnete.

„Hallo Marie! Ganz schön ungemütlich heute. Da ist es gut, wenn man es sich zuhause so richtig einheizen kann. Noch besser natürlich, wenn man dabei Hilfe hat." Wolfgang grinste von einem Ohr bis zum anderen.

„Äh … Ja, hallo, Wolfgang." Marie stand da und hoffte, die Welt um sie herum würde einfach zersplittern. Ein Effekt, der in Filmen gerne verwendet wird, wenn die bislang angenommene Realität sich plötzlich als Traum herausstellt. Aber da zersplitterte nichts – stattdessen blieb alles peinlich real. „Willst du einen Kaffee?", fragte Marie, um die unangenehme Stille und Wolfgangs Grinsen zu beenden. Er nickte nur, grinste jedoch weiter. Auch das Glänzen in seinen Augen wollte nicht abnehmen. Marie kümmerte sich um den Kaffee. Wolfgang legte ihre drei Pakete auf den Küchentisch, dann ließ er sich wie gewohnt auf ‚seinem' Stuhl nieder. „Ganz schön viel Schnee", sagte Marie, während sie mit dem Rücken zu ihm gewandt werkelte. „Ja, da ist eine ganze Menge runtergekommen. Die Hauptstraßen sind inzwischen aber wieder frei. Und der Weg hier rauf war auch einigermaßen zu bewältigen."

„Oh … gut zu wissen." Marie hörte selbst, wie enttäuscht sie klang. „Das waren wohl nicht die Neuigkeiten, die du hören wolltest." Wolfgang lachte gutmütig. „Doch, das sind gute Nachrichten", sagte Marie und wandte sich kurz zu ihm um, um ihre Worte glaubhafter zu machen. Wolfgang zog eine Augenbraue hoch und lächelte wieder. „Dann teilst du dem Porschefahrer von nebenan also mit, dass er sein schickes Auto mal freischaufeln kann?"

„Ja, sicher. Mache ich. Wenn ich ihn sehe."

„Hmhm. Kann nicht so lange dauern, oder? Wie weit wird er inzwischen wohl gekommen sein? Ins Bad? Wohnzimmer? Oder sogar noch die Treppen rauf?"

Marie entschied sich für einen Frontalangriff. „Okay, Wolfgang, ich habe kapiert, dass du uns in flagranti erwischt hast. Ist mir echt unangenehm." Sie spürte, dass sie rot geworden war. Wolfgang winkte ab. „Ich bin derjenige, dem das unangenehm sein müsste. Aber ich gehe halt am Küchenfenster vorbei. Da hätte ich schon blind sein müssen."

„Und, ist es dir unangenehm?", kam Marie auf seine Worte zurück.

„Nö."

Marie seufzte.

„Tut mir leid, dass es mir nicht unangenehm ist. Reicht dir das?"

„Ich muss wohl nehmen, was ich kriegen kann", knurrte Marie. Im selben Moment kam Marcel aus dem Wohnzimmer. Offenbar hatte er jedes Wort mitbekommen. Er war vollständig angezogen, doch sein Haar sah immer noch zerzaust aus. Trocken stellte er fest: „Du hattest recht, Marie, uns bleibt jetzt nur noch übrig, ihn umzubringen."

Wolfgang erhob sich rasch von seinem Stuhl und hob die Handflächen in einer defensiven Geste. Obwohl er recht groß war und Marcel um ein gutes Stück überragte, wirkte er, als wäre er auf dem Rückzug. „Moment, Moment! Nicht so voreilig, Marcel!", sagte er. Marie wusste, dass die beiden Männer nur Spaß machten, aber als Wolfgang Marcel bei seinem Vornamen nannte, klappte dem der Unterkiefer runter. „Was? Woher …?"

Mehr brachte er nicht über die Lippen, bevor Marie eingriff. Dem offenbar ebenfalls verdutzten Wolfgang erklärte sie: „Ich habe dich damals angelogen, okay? Marcel hatte mir gar nicht den Laufpass gegeben. Er war verunglückt. Ziemlich schwer. Und er hat seine Erinnerung an die Zeit hier verloren." Nun setzte sich Wolfgang wieder, ohne Marcel aus dem Blick zu lassen. Auf seinem Gesicht zeichnete sich eine Mischung aus Entsetzen und Mitleid ab. Dann strich er sich mit der Hand über seinen rötlichen Bart. „Oh Mann … das ist übel. So was wünscht man seinem schlimmsten Feind nicht." Als Marcel ihn nur anstarrte, erklärte der Postbote schnell: „Feinde waren wir allerdings auch nicht!

Eigentlich entwickelte sich sogar eine anfängliche Freundschaft, wenn ich das richtig interpretiert habe." Marcel legte den Kopf schief. Seine Stimme klang mehr als skeptisch. „Freundschaft? Ich war doch nur eine Woche hier. Oder war das etwa gelogen? Wie lange war ich denn nun wirklich hier? Am Ende finde ich noch heraus, dass mich jeder einzelne Dorfbewohner kennt." Die letzten Sätze galten Marie. Sie schüttelte den Kopf. „Nein, das war nicht gelogen. Nur eine einzige Woche. Aber wie ich dir schon sagte, war die Zeit intensiv. Wolfgang, Edgar und ich sind die einzigen, die du hier kennengelernt hast, soweit ich das beurteilen kann."

„Okay, dann wüsste ich jetzt gerne, wie das gelaufen sein soll, mit dieser ultraschnellen Freundschaft."

Wolfgang strich sich abermals über den Bart, diesmal mit einem verlegenen Gesichtsausdruck. „Ist mir jetzt unangenehm, dass ich von Freundschaft gesprochen habe. Wie gesagt, ich dachte, es könnte eine werden. Und ich hätte es mir halt gewünscht."

Marcel nickte knapp, doch mit dieser Geste unterstrich er nur noch seine Ungeduld. Wolfgang rutschte unbehaglich auf seinem Stuhl umher, dann begann er zu erzählen.

„Eigentlich war es gar nicht mal so viel anders als heute. Nur, dass ich euch nicht beim Sex erwischt habe, sondern dich, wie du im Hof versucht hast, durch Maries Badezimmerfenster ins Haus zu gelangen." Marie spürte, wie sie bei der Erwähnung des Wortes Sex erneut rot wurde. Die Männer hielten sich damit jedoch nicht länger auf. Für sie schien das gar kein so großes Ding zu sein. Zumindest richtete Marcel seine Aufmerksamkeit auf einen anderen Teil der Geschichte. Er runzelte die Stirn. „Willst du damit sagen, dass du mich dabei ertappt hast, wie ich hier eingebrochen bin?"

„Ja. Nein. Natürlich nicht!"

„Was denn nun?", gab Marcel sich erneut wenig geduldig. Marie spürte mit jeder Faser ihres Körpers, wie nervös er war. Sie hoffte, dass Wolfgang ebenfalls zu diesem Schluss kam. Denn dass Marcel nicht unhöflich sein wollte, sondern sich hilflos vorkam, weil er immer mehr begriff, wie tiefgreifend der Gedächtnisverlust war, fühlte sie überdeutlich.

„Eigentlich wolltest du nur checken, ob das Haus einbruchsicher ist. Aber das konnte ich ja in diesem Moment nicht wissen. Also habe ich dir eine verpasst.“

„Wie bitte?!“

„Tja, also … Ich habe dich geschlagen.“

Marcel verdrehte die Augen. „Klingt tatsächlich wie der Beginn einer wundervollen Freundschaft.“

„Nicht wirklich. Du warst ganz schön sauer.“

„Ach?“, gab sich Marcel so eindeutig gespielt überrascht, dass Marie lachen musste. Dann mahnte sie sanft: „Nun gib Wolfgang doch eine Chance. Er hat ja auch nicht ewig Zeit. Die anderen Dorfbewohner möchten heute noch ihre Post haben, wenn es irgendwie möglich ist.“ Die letzte Mahnung ging an Wolfgang. Der schien sich endlich wieder seiner Pflichten bewusst zu werden und setzte seine Erzählung diesmal mit festerer Stimme und in einem angemessenen Tempo fort.

„Ich habe zumindest versucht, dir einen Kinnhaken zu verpassen. Der war mehr schlecht als recht, um ehrlich zu sein. Das war auch der Grund, warum du sofort zurückschlagen konntest.“

„Na, wenigstens das.“

„Wir waren beide über die Sache dann aber doch ziemlich erschrocken, denn inzwischen rief Marie, dass du harmlos seist.“

„Harmlos – ja, das ist meine Lieblingseigenschaft.“ Marcel schnaubte. Wolfgang ließ sich nun jedoch von seinen Zwischenbemerkungen nicht mehr irritieren.

„Wir entschuldigten uns beide und tranken Versöhnungskaffee und -tee, die Marie uns vorsetzte. Dann begannen wir zu plaudern. Und wir stellten fest, dass wir gemeinsame Interessen haben.“

„Interessen – gemeinsame – du und ich … Okay, jetzt reicht’s! Ihr belügt mich doch nach Strich und Faden! Was soll das hier alles werden? Betrug? Was wollt ihr von mir? Und wie viele Leute sind noch eingeweiht, die versuchen werden, mir eine Geschichte aufzutischen, die nichts – absolut NICHTS mit mir zu tun hat!“

Diesmal hielt Wolfgang lange inne. Marie hatte das Gefühl, die Stille nun besser nicht zu unterbrechen. Zumal sie spürte, wie ein Kloß in ihrem Hals wuchs. Dass Marcel aufgebracht war, verstand sie. Und dass er ihnen nicht glaubte, ebenfalls. Aber sie wusste nicht, wie sie ihn überzeugen konnte. Wie oft hatte er vor einem Jahr gesagt, dass er sich selbst nicht mehr wiedererkannte. Und wenn er damals so empfunden hatte, wie sollte er es dann jetzt besser verstehen? Marie sah, wie Wolfgang den Kopf schüttelte. Auch er schien ratlos zu sein. Ihr Mut sank. Nun, da die Straßen passierbar waren, konnte Marcel seinen Wagen sicher rasch aus den Schneemassen im Hof befreien, und dann würde er nach Hause fahren. Fort aus ihrem Leben. Sie hatte gewusst, dass es so kommen würde, doch nun zerbrach ihr Herz in tausend Stücke, während sie einfach nur dasaß und kein Wort über die Lippen brachte. Sie war wie eine hilflose Zuschauerin, die beobachtete, wie eine Flutwelle alles davonriss.

Wolfgang griff nach seiner Posttasche. Er gab also auch auf und wollte gehen. Klar, ihm war bestimmt ebenfalls elend zumute, denn er hatte zugegeben auf Freundschaft gehofft zu haben, stattdessen wurde ihm Betrug unterstellt, genau wie ihr zuvor. Marie wusste, wie sich das anfühlte, und sie konnte verstehen, dass Wolfgang die Erkenntnis hatte, ihn überzeugen zu wollen wäre sinnlos. Jemand, der sich nicht erinnerte, war wohl immer voller Argwohn, man würde ihm etwas vormachen wollen. Und jemand der ein Vermögen besaß, reagierte ganz sicher noch viel heftiger – genau so, wie Marcel es nun tat. Er blickte sie an. In seinen Augen stand eine Mischung aus Missbilligung und Trauer. Es tat unendlich weh, auf diese Art angesehen zu werden. Wolfgang nahm seine Tasche auf den Schoß und wühlte darin. „Ah, hier ist es ja." Er holte sein Handy hervor. Dann tippte er darauf herum, schließlich hielt er es Marcel unter die Nase. „Kannst ruhig durchblättern." Marie sah wie Marcel die Stirn runzelte. Dann wischte er auf dem Display umher. „Oh", sagte er schließlich und reichte das Handy Wolfgang zurück. Der nahm es an sich, stand auf und griff sich seine Tasche.

„Ich gehe dann mal. Gibt noch viel zu tun heute für mich." Ehe er sich auf den Weg zur Tür machen konnte, erhob Marcel sich ebenfalls, blickte den Postboten an und sagte: „Es tut mir leid. Die Vorwürfe … und auch die Tatsache, dass ich mich nicht erinnern kann."

„Schon okay. Nur als Lügner stehe ich nicht gerne da." Die beiden Männer nickten sich zu.

„Bis morgen, Marie", sagte Wolfgang schließlich. Sie begleitete ihn zur Tür. Wolfgang stapfte zu seinem Postauto und stieg ein. Als er auf die Hauptstraße abbog und in der verschneiten Landschaft davonfuhr, schloss Marie die Tür. Marcel stand immer noch in der Küche. Sie konnte seinen Gesichtsausdruck nur schwer deuten.

„Also habe ich das Holz sogar selbst in kleinere Stücke gehackt, das ich in meinem Kamin verbrannt habe?", fragte er.

„Ja, hast du. Und Wolfgang hat geholfen – und Fotos gemacht."

„Aber warum?"

„Weil du ihn darum gebeten hattest. Du meintest, dass du dir das zuhause angucken willst, um dich dran zu erinnern, wie es war, sich mal selbst die Hände schmutzig zu machen. Tja, das mit der Erinnerung hat wohl nicht so ganz geklappt."

„Kein Wunder, ich habe die Fotos ja auch niemals bekommen. Was nutzt es, wenn sie auf dem Handy von Wolfgang sind?"

„Du hast sie nicht bekommen, weil ich ihn gebeten hatte, noch zu warten, bevor er sie dir schickt."

„Und warum hast du das getan?"

Marie seufzte. „Weil ich meine Zweifel hatte, ob du dich wirklich würdest erinnern wollen. Als du losgefahren bist, war alles so seltsam zwischen uns. Neu und aufregend – aber vor allem eben neu. Ich hatte Sorge, du meinst es nicht ernst, dass du zurückkommen möchtest. Und wie du sicher gesehen hast, war ich auf vielen Fotos mit drauf. Ich wollte nicht in eine Sammlung eroberter Frauen eingehen. Also wollte ich warten, bis du dich meldest – sehnsüchtig nach mir verzehrend. Dann erst sollte Wolfgang dir die Fotos schicken. Und weil er auf meine Wünsche Rücksicht genommen hat, hat er sich dran gehalten, sich nicht bei dir zu melden. Dass er sie dir nun doch gezeigt hat – ohne mich vorher zu fragen – beweist, wie sehr du ihn mit deinen Verdächtigungen verletzt hast. Damit muss jetzt wirklich Schluss sein. Wenn du mir also nach all dem immer noch nicht glaubst, möchte ich, dass du jetzt gehst." Sie spürte, dass ihr Tränen in die Augen stiegen, weil sie damit rechnen musste, dass er sie nun wirklich verließ. Doch stattdessen zog er sie in seine Arme, küsste sie aufs Haar und sagte: „Ich glaube dir. Und langsam beginne ich zu verstehen, was vor einem Jahr in mir vorging. Denn ich spüre, dass ich mich wieder in den Mann verwandle, der ich eine Woche lang war. Nur eine einzige Woche … das ist zu wenig. Viel zu wenig!"

Neuntes Kapitel

So viele unterschiedliche Gefühle in so kurzer Zeit hatte er ewig nicht mehr durchlebt. Er wusste, dass die Überforderung, damit umzugehen, ihn zu einer ungerechten und launischen Person werden ließ. Aber das hatten weder Marie noch Wolfgang verdient. Denn auch wenn ein winziger Teil von ihm immer noch skeptisch war, spürte er immer mehr, dass sie die Wahrheit sagten. Vielleicht war er damals – vor ziemlich genau einem Jahr – nicht unbedingt zu dem Reh aus seiner Schneekugel geworden, aber er hatte wohl immerhin eine Rolle abgestreift, die er nicht länger spielen wollte. Der unbeugsame Firmenchef, der die Leute, ohne mit der Wimper zu zucken, aus der Firma kegelte, wenn die Zahlen mal nicht so perfekt waren, wie sie es sein könnten. Der Verführer, der sich selbst aufs Kreuz legte, weil er sich ausschließlich Frauen ins Bett holte, die höflich über seine Scherze lachten und sich erhofften, sie wären die eine, die ihn mit wohldosierten Lauten der Lust davon überzeugen könnte, sie zu ehelichen. Der Freund, der gerne mal was springen ließ, und sich dabei ausrechnete, was er im Gegenzug fordern konnte. Selbst das hatte seine Mutter ihn gelehrt: „Sei nett zu Menschen in deinem Umfeld. Aber behalte stets im Auge, ob sie deine Nettigkeiten mit barer Münze oder attraktiven Extras zurückzahlen können."

Wie erfrischend musste es gewesen sein, einer Frau wie Marie zu begegnen, die einfach nur tat, was sie selbst für nötig hielt. Seit er hier war, hatte sie nicht ein einziges Mal eine Gegenleistung für das verlangt, was sie für ihn getan hatte. Sie war einfach nur sie selbst, ohne Wenn und Aber. Zwar lachte sie selten von Herzen, doch wenn sie es tat, war es echt und ansteckend. Und obwohl sie offenbar keinen gesteigerten Wert auf ein attraktives Äußeres legte, war sie zweifellos die schönste Frau, die er je kennengelernt hatte. Kein Wunder also, dass er sich damals in sie verliebt hatte – und auch diesmal hatte es ihn wieder voll erwischt. Ein so aufregend prickelndes Gefühl, dass sein Bauch einen Bienenschwarm zu beherbergen schien. Und nun saß Marie da und blickte ihn an, als

könne sie ihm nicht so recht glauben. Konnte er ihr das wirklich
verübeln, so, wie er sich ihr gegenüber bislang verhalten hatte?

„Ich möchte hierbleiben, wenn du einverstanden bist", sagte er.
Sie schüttelte leicht spöttisch lächelnd den Kopf. „Du besitzt hier
ein Haus. Also brauchst du mich nicht zu fragen."

„Doch, ich finde schon, dass ich das sollte. Denn ich möchte
nicht so sehr an diesem Ort bleiben, als vielmehr in deinem Leben."
Er spürte, dass ihm das Herz bis zum Hals schlug. Ein ungewohntes
Gefühl der Nervosität und Angst vor Ablehnung. Hatte er etwa all
die Jahre die Kunst der harten Verhandlungen umsonst erlernt?
Hatte er gelassen Millionendeals abgeschlossen, um sich nun bei
einer Frau zu fühlen wie ein Teenie vor dem ersten Kuss? Aber
Marie war eben nicht irgendeine Frau. Und der Vergleich mit
dem Abschluss eines geschäftlichen Deals hinkte, denn das, was
gerade passierte, war etwas vollkommen anderes. Hier ging es um
Gefühle, mit denen er bislang sparsam umgegangen war. Es ging
um Liebe. Und es fühlte sich sehr viel gewaltiger an als alles, was
er bislang je in seinem Leben gefühlt hatte. Nicht umsonst wurde
diese großartige, aber auch verwirrende Emotion in unendlich
vielen Liedern besungen, in Filmen dargestellt, und in etlichen
Büchern zum Hauptthema gemacht. Die meisten davon hatten
ein Happy End, weil es dem Publikum so am besten gefiel. Aber
wie würde seine eigene Geschichte nun weitergehen? Zum ersten
Mal wusste er nicht, was er tun sollte. Es gab keine Regeln. Keine
Prioritäten, die er abwägen und danach entscheiden konnte. Oder
wollte er einfach keine Regeln und Prioritäten, weil ausschließlich
sein Herz wählen sollte? Ja, ganz sicher war es so! Denn das, was
er zu tun bereit war, war allumfassender als jede geschäftliche
Entscheidung es je hätte sein können. Dennoch konnte er nicht
allein die Wahl treffen. Marie würde das letzte Wort haben. Und
ganz egal, welche Verhandlungstaktiken er auch beherrschte, er
wollte sich an das halten, was sie sich wünschte.

„Bleib hier! In Edgars – in deinem Haus. Und in meinem
Leben. Aber nur, wenn es dir ernst ist. Finde es heraus! Ich gebe
dir Zeit. Ein paar Wochen. Auf jeden Fall bis ins neue Jahr hinein.
Wenn du deine Entscheidung bis dahin nicht treffen kannst, werde

ich es tun. Eine Entscheidung für mich – und damit auch für uns beide. Das ist meine Bedingung. Die einzige. Bist du damit einverstanden?"

„Du bist ein harter Verhandlungspartner", sagte er lächelnd. Sie lächelte nicht zurück. „Ich bin nur fair. Zu dir und zu mir. Abgesehen davon bin ich keine Traumtänzerin. Das war ich ohnehin nie, aber nach Thomas' Tod habe ich noch mehr Illusionen verloren. Ich bin einfach vorsichtig geworden."

Er verstand sie gut. Die Erwähnung ihres verstorbenen Mannes rüttelte ihn in gleich mehrfacher Hinsicht wach.

„Wie war er so, dein Thomas?" Marie presste kurz die Lippen zusammen, ehe sie sagte: „Er war lebenslustig. Nett zu Mensch und Tier. Voller Tatendrang. Die Krankheit kam so plötzlich, dass er wohl bis zuletzt nicht recht begriffen hat, dass alles aus ist. Ebenso wenig wie ich. Es war hart, ohne ihn leben zu müssen. Aber ich habe es geschafft. Vielleicht hatte ich mich ziemlich zurückgezogen. Nein, nicht vielleicht, sondern ganz sicher. Unglücklich war ich nicht. Aber ein bisschen allein. Dann kamst du, und ich begriff, dass ich immer noch so viel mehr empfinden kann, wenn ich es nur zulasse. Innerhalb dieser einen Woche hast du sämtliche Emotionen wieder ausgegraben, die ich so gut mit allem bedeckt hatte, was das Leben erträglich, aber vielleicht nicht wunderschön macht: einem geregelten Alltag. Einem Job, der mich einigermaßen über Wasser hält. Dem Arbeiten auf meinem und Edgars Hof."

Dass sie ihm zugestand, sie aus ihrem Alleinsein geholt und Emotionen in ihr geweckt zu haben, machte Marcel mutig. Er wollte dieses Abenteuer wagen, der Liebe so viel Raum in seinem Leben zu geben wie nie zuvor. „Ich nehme deine Bedingungen an", versicherte er. Marie nickte und lächelte leicht. Er hätte es auch gerne gesehen, dass sie seine Entscheidung mit einem stürmischen Kuss entgegennahm, aber er begriff, dass sie es nach allem, was ihr widerfahren war, langsam angehen lassen wollte. Marcel hingegen verspürte nun Neugierde, die er weder bremsen konnte noch wollte. „Was machst du beruflich?"

„Ich zeichne. Für ein paar Verlage. Als Illustratorin verdiene ich keine großen Summen, aber doch regelmäßig so viel, dass ich über die Runden komme. Der Hof ist abbezahlt."

„Das klingt gut. Und du bist also Illustratorin. Eine Zeichnung im Haus meines Onkels ist mir aufgefallen. Am Ende des Flurs im ersten Stock. Die letzte, die an der Wand vor der Treppe hängt. Ich fand sie recht gut. Ist sie von dir?"

„Recht gut … Das ist ja fast ein Kompliment." Marie lachte, dann bestätigte sie: „Ja, die ist von mir. Mag sein, dass ich nicht perfekt bin, aber ich gebe mir Mühe."

„Und man veröffentlicht deine Zeichnungen offenbar, also bin ich wohl eher der Laie, der nicht beurteilen kann, wie gut sie wirklich sind."

Marie winkte ab. „Es reicht mir, wenn sie dir aufgefallen ist. Mehr Lob brauche ich nun wirklich nicht. Allerdings zeichne ich normalerweise nicht auf Papier, sondern am PC. Wie gesagt, verdiene ich damit etwas Geld. Und vor allem macht es mir Spaß, zu zeichnen. Die Pakete, die ich heute bekommen habe, darin sind Manuskripte, mit denen ich mich in den nächsten Wochen beschäftigen werde, um dafür zu zeichnen. Das heißt, mein Auskommen ist vorerst wieder gesichert."

„Ein kreativer Job – ich finde, das passt zu dir."

Marie lachte. „Na, dann bin ich ja beruhigt. Stell dir mal vor, ich wäre Atomphysikerin oder Mathematikerin. Dann wärst du bestimmt von mir enttäuscht gewesen."

„Das nun nicht gerade", gab Marcel zu und grinste. Wieder ernst bekräftigte er: „Ich finde deinen Job wirklich spannend. Vielleicht zeigst du mir irgendwann mal was von deinen Zeichnungen."

„Schon wieder? Das habe ich doch erst letztes Jahr gemacht." Sie grinste neckisch. Marcel seufzte. „Ich denke, ich werde noch viele Dinge fragen, auf die du mir schon längst Antworten gegeben hast. Es muss lästig für dich sein, dass ich dich nun schon wieder neu entdecken möchte."

„Das ist nicht lästig für mich. Ich freue mich, dass ich das ein oder andere Déjà-vu erleben darf. Und ich zeige dir gerne nochmal die Dinge, die du schon gesehen hattest. Aber wir können das alles langsam angehen lassen. Meine Zeichnungen zeige ich dir, wenn wir heute Abend gemütlich vor dem Kamin sitzen, okay?"

„Natürlich. Wenn du das möchtest, dann machen wir es so. Lass uns rausgehen!", fügte Marcel plötzlich mit einem Enthusiasmus an, den er schon lange nicht mehr bei ganz einfachen Dingen empfunden hatte.

„Soll ich dir etwa helfen, deinen Porsche auszugraben?"

„Was? Nein! Der kann so bleiben wie er ist. Ich möchte nirgendwo hinfahren. Ich würde gerne mit dir spazieren gehen."

„Das klingt gut. Ja, das würde mir gefallen."

Marie war so schnell startklar, dass Marcel staunte. Keine Spur von Unentschlossenheit, welche Schuhe wohl am besten zum Mantel passten oder ob die Mütze nicht das sorgsam frisierte Haar plattdrücken würde. Wirklich erfrischend anders, als er es gewohnt war. Selbst seine Mutter hatte immer Ewigkeiten gebraucht, bevor sie sich in der Lage fühlte, im richtigen Outfit das Haus zu verlassen. Marcel dachte an den Brief zurück, den seine Mutter ihrem Bruder geschrieben hatte. Was, wenn sie auch nur ein klein wenig von den Genen abbekommen hätte, die Edgar offensichtlich in sich getragen hatte. Was, wenn sie mehr auf ihre Gefühle als auf den Verstand gehört hätte? Sähe dann Marcels Leben nicht ebenfalls vollkommen anders aus? Was, wenn sie nicht die Firma übernommen und weiter aufgebaut hätte? Wenn sie ebenfalls ein einfaches Leben wie ihr Bruder gewählt hätte? Was wäre er dann wohl geworden? Ein Versicherungsmakler? Ein Schuhverkäufer? Vielleicht ein Obdachloser – immerhin hatte seine Mutter ihm stets genau damit gedroht, wenn er aus der Schule eine schlechtere Note als eine zwei mit nach Hause brachte.

Als junger Teenager hatte er sich dann in Gedanken immer verwahrlost auf einer Bank am Marktplatz sitzen sehen, mit einem Zeugnis voller dreier Noten auf seinem Schoß. Für viele vielleicht gut genug, aber für Familie Dahlheym ein Armutszeugnis. Seine Mutter war hartnäckig geblieben, was ihre Forderungen an ihn anging, und er blieb ebenfalls hart gegen sich selbst. Statt Partys und pubertäre Liebeleien gab es für ihn nur den Lehrstoff. Daher hatte er sein Abitur auch mit einem Einser-Durchschnitt abgeschlossen. Das Studium war ebenfalls hervorragend verlaufen, begleitet von streng durchgeplanten Studienreisen. Er war seinen Weg erfolgreich gegangen. So konnte ihm immerhin in der Firma niemand nachsagen, er hätte seine Position nur dem Familienerbe zu verdanken. Dass seine Angestellten trotzdem hinter seinem Rücken nicht immer gut über ihn sprachen, war ihm allerdings klar. Auch er war kein Traumtänzer … Und dass er vor lauter Erfolgsstreben einige Dinge verpasst hatte, die zwischenmenschlich absolut wichtig waren, war ihm ebenfalls klar geworden. Es gab etliches nachzuholen, wenn er das Risiko einging, seine sorgsam inszenierte Welt aus Glamour und strikt eingeübten Selbstgefälligkeiten zu verlassen.

„Möchtest du über die Wiesen auf meinem Grundstück laufen oder traust du dich in den Wald?", fragte Marie in seine Gedanken hinein. Marcel war über ihre Frage erstaunt.

„Ob ich mich in den Wald traue? Was gibt es denn zu befürchten? Wohnt da der große böse Wolf?"

„Nein, der wohnt schon seit einiger Zeit in der Stadt, in einem kleinen Apartment. Es jagt sich in dieser Umgebung leichter, weil die Leute so viele Dinge im Kopf haben, dass sie sonst nichts mehr mitbekommen. Im Wald kann dir aber immer noch ein Ast auf den Kopf fallen. Womöglich sogar ein ganzer Baum. Zumindest wird davor gerne im Radio gewarnt. Und ja, möglich wär's, dass wir von Mutter Natur erschlagen werden."

Marcel zuckte mit den Schultern. Mit anerkennender Stimme sagte er: „Der große böse Wolf ist ziemlich weise, dass er in die Stadt gezogen ist, wo er von keinem Baum erschlagen, sondern höchstens vom Bus überfahren wird. Was den Rest angeht: einige Stimmen werden immer lauter, dass der Mensch es verdient hat, von Mutter Natur den Garaus gemacht zu bekommen. Ich melde mich freiwillig als mögliches Oper im Namen der Gerechtigkeit."

Marie sah ihn mit großen Augen an. „Das ist sehr edelmütig von dir", urteilte sie.

„Ja, vielleicht. Aber um ehrlich zu sein, hoffe ich doch inständig, dass sie mich verschont."

„Das hoffe ich natürlich auch. Aber ich glaube, es gibt ein anderes Problem, das du gerade bei aller Begeisterung über einen kleinen Ausflug aus den Augen verloren hast.“

„Und das wäre?“

Marie hob eine Augenbraue und betrachtete ihn von oben bis unten. „Na, dass du in deinen piekfeinen und viel zu dünnen Klamotten wohl kaum einen Spaziergang im Schnee machen kannst. Von den edlen Schuhen mit ihren glatten Sohlen mal ganz zu schweigen.“

Marcel kam sich vor wie ein Idiot. Warum hatte er das tatsächlich nicht bedacht? Die Antwort lag jedoch auf der Hand. Er hatte es einfach verdrängt, weil er unbedingt mit Marie durch den Schnee wandern wollte, sodass ihm etwaige Hindernisse vollkommen egal waren. Zum Glück wusste Marie Rat.

„Du bekommst ein paar Sachen von Thomas. Sie sollten dir sogar ungefähr passen.“

„Du meinst, ich soll Kleidung von deinem toten Mann tragen?“ Marcel war entsetzt.

„Nun, er wurde ja nicht in ihnen beerdigt, sonst könntest du sie wohl auch kaum anziehen. Thomas trug sie zuletzt vor Jahren, als er noch quicklebendig war. Aber wenn du lieber erfrieren möchtest, dann geh halt in deinen Sachen – oder auch gleich nackt. Der Unterschied ist dann auch nicht mehr gravierend.“

Marcel stutzte. „Für dich kommt es auf dasselbe raus, ob ich meine Designerkleidung trage oder vollkommen unbekleidet bin?“, fragte er und hob eine Augenbraue.

„Natürlich nicht! Also, ich erkenne den Unterschied praktisch auf den ersten Blick.“ Sie grinste, fügte dann jedoch an: „Mutter Natur hingegen wird den Unterschied kaum erkennen können. Sie packt dich mit ihrer eisigen Hand, schnürt dir die Glieder ab und verpasst dir ein paar heftige Frostbeulen.“

„Uaaah, das klingt nicht gut! Und an meinen Gliedern hänge ich ziemlich. Da wäre ich nicht begeistert, wenn auch nur eines davon wegen Unterkühlung dahingerafft wird. Ich nehme dein Angebot also an.“

„Geht doch“, sagte Marie. Ihre blitzenden Augen bewiesen, welche Freude sie an dem kleinen Disput mit den lebhaften Bildern gehabt hatte.

Wenig später standen sie in Winteroutfits vor Maries Haus. Sie hatte recht behalten, Thomas' Kleidung passte Marcel hervorragend. Außerdem roch sie keineswegs muffig, wie er insgeheim befürchtet hatte. Dennoch fühlte es sich seltsam an, denn er trug zum ersten Mal in seinem Leben Kleidungsstücke, die zuvor jemand anderem gehört hatten. Marie rückte ihre Strickmütze zurecht und zog ihren Schal enger. Ihre Nasenspitze war leicht rötlich vor Kälte, was Marcel absolut bezaubernd fand.

„Also gehen wir in den Wald, wie du es dir gewünscht hast."

Marcel blickte in den Himmel. Zurzeit war er über ihnen erfreulich hell, aber das täuschte nicht darüber hinweg, dass der nächste heftige Schneefall sich bereits ankündigte. Marcel senkte den Kopf und sah sich die Gegend an. Verschneite Baumwipfel wechselten sich mit großen weißen Flächen ab, die sich seinem Blick durch leichten Nebel entzogen. Am bleigrauen Horizont in der Ferne drehten sich die Flügel einiger Windkraftanlagen, die aus dieser Perspektive dicht zusammenzustehen schienen. Die kurvige Landstraße verlor sich hinter zahlreichen Bäumen.

„Ist es weit? Ich meine, für mich sieht es hier überall nach Wald aus."

„Ja, hier gibt es wirklich viel Wald. Aber wir wollen ja auch einen Weg nehmen, der zu dieser Jahreszeit zu bewältigen ist. Denn ich gehe mal davon aus, dass du nicht bis in die schon früh hereinbrechende Dunkelheit unterwegs sein möchtest. Geschweige denn, bis in die Nacht."

„Stimmt, nicht unbedingt. Da hatte ich eigentlich etwas anderes vor." Er grinste. Marie nickte und lächelte. „So, so. Schlafen vermute ich mal."

„Das auch. Hinterher." Marie quittierte seine Antwort mit einem koketten Augenaufschlag, sagte dann jedoch aufgeräumt: „Wir nehmen den Weg, der sonst eine halbe Stunde in Anspruch nimmt. Jetzt dürften wir ungefähr doppelt so lange unterwegs sein. Ich finde das reicht erstmal für einen Städter wie dich. Denn der Wald hier ist keine Parkanlage, das solltest du wissen."

„Danke für die Erklärung. Uns Stadtbewohnern muss man aber auch alles erstmal erläutern, stimmt's?"

„Absolut richtig! Aber ich mache das gerne", ulkte Marie. Dann fügte sie gutmütig an: „Und damit du dich auch nicht verläufst, falls wir uns verlieren sollten, gibt's eine kurze Wegbeschreibung für dich."

„Oh, ein menschliches Navi. Dann mach mal!"

„Wir nehmen den kürzesten Weg in den Wald. Dazu überqueren wir die Hauptstraße und gehen dann am halb verfallenen Hof vom alten Meier vorbei, bis wir rechts auf den Waldweg kommen. Von da an bleiben wir immer auf dem Hauptweg, der durch Markierungen an den Bäumen gekennzeichnet ist. Er führt im Kreis, sodass wir an derselben Stelle herauskommen, wo wir den Wald betreten haben. Dann wieder am alten Meier-Hof vorbei – einfach weitergehen, egal, was du von dort hörst. Danach überqueren wir die Straße, und schon sind wir zurück in der warmen Stube."

„Klingt spannend, der verlassene Hof." Marcel grinste.

„Warte, bis der Geist von Werner Meier dir Beine macht, dann wird dir das Grinsen schon noch vergehen." Marcel sah sie forschend an, aber Marie lachte nicht. „Das war ein Scherz, oder?", hakte er nach. Sie schüttelte den Kopf. „Du wirst dich schon noch dran gewöhnen, dass er sich immer aufregt, wenn man über sein ehemaliges Land läuft. Er hat es verloren, weil er hoch verschuldet war. Der Suff, weißt du. Und jetzt hört man ihn mit Flaschen klirren, jammern und zetern, wenn man an den Hofmauern vorbeigeht."

Marcel versuchte immer noch einzuschätzen, ob Marie ernsthaft glaubte, ihm mit so einer abstrusen Geschichte Angst machen zu können. Das wäre ihr beim leisesten Anflug eines Grinsens auch kaum gelungen, doch sie wirkte so ernst, dass es ihn in der Tat ein wenig gruselte. Oder hatte sie nur einen Hang zur Dramatik? Er entschied, das Thema nicht weiter zu verfolgen. Sie gingen Maries Einfahrt entlang, die großen Rhododendronbüsche rechts und links waren von zentimeterhohem Schnee bedeckt. Nur ab und zu konnte man einen Blick auf die tiefgrünen Blätter erhaschen, die sich unter ihrer Last weit hinab bogen. Es schneite nur leicht, aber der dunkle Himmel in der Ferne verriet, dass sich das schon bald ändern konnte. Sie kamen an die Landstraße, die in der Tat wieder stellenweise Asphalt zeigte. Wolfgang hatte also recht, dass man sie befahren konnte, wenn man vorsichtig war. Doch Marcel zog nichts von diesem Ort fort – ganz anders als nur einen Tag zuvor. Er begann zu verstehen, was nur eine einzige Woche an Maries Seite bei ihm hatte bewirken können. Sie überquerten die Straße, auf der kein Auto weit und breit zu sehen war. Anscheinend wollten sich doch nur wenige mit dem Eifeler Winter anlegen, solange er zumindest verkehrstechnisch nicht besser gebändigt war. An den Straßenrändern waren die reinsten Schneeberge zu sehen. Über einen von ihnen mussten Marie und er klettern, um auf den kaum sichtbaren Weg dahinter zu gelangen. Sie gingen ein Stück die Straße entlang, bis Marcel einen verfallenen Hof sah.

„Der alte Meier wartet bestimmt schon auf uns", witzelte er. Sie bogen ab. Marie ging vor, einen schmalen Weg entlang, direkt an der brüchigen Hofmauer vorbei. Auf der anderen Seite trotzten Brombeerzweige dem idyllischen Winter, indem ihre Stacheln drohend durch die schneebedeckten Äste piksten. Stücke der Backsteinmauer waren auf das frische Weiß gerieselt. Der stetige Verfall des Hofs ist damit wohl amtlich, dachte Marcel. Er fragte sich, ob das Anwesen so preiswert war, dass er über einen Kauf nachdenken sollte. Konnte schließlich nicht schaden, noch mehr Land in der Nähe zu seinem geerbten Hof zu besitzen. Vielleicht ließ sich damit irgendwann mal richtig Geld machen ... Ein Splittern von Glas holte ihn aus seinen Gedanken. Er blieb stehen und sah Marie an, die ebenfalls Halt gemacht hatte. Das Geräusch wiederholte sich – diesmal noch lauter. „Jetzt sag mir nicht, dein Geist wirft mit Flaschen", sagte Marcel. „Also mein Geist ist er ganz bestimmt nicht. Aber ja, Werner Meier wirft mit Flaschen, weil er nicht angetan davon ist, dass wir hier sind."

„Was wird er dann erst tun, wenn er erfährt, dass ich darüber nachdenke, sein ehemaliges Grundstück zu kauf..." Ein Heulen unterbrach Marcel. Er spürte, wie sich ihm die Nackenhaare aufstellten.

„Warum solltest du das tun wollen?", fragte Marie, als habe sie selbst das schauerliche Geräusch überhaupt nicht gehört.

„Es könnte sich irgendwann auszahlen", gab Marcel automatisch Auskunft, doch seine Aufmerksamkeit war aufs Lauschen gerichtet.

Das Heulen wurde zu einem schrillen Pfeifen. Erneut klirrte Glas.

„Ich glaube, das ist keine gute Idee", merkte Marie an. Dann ging sie einfach weiter. Marcel spitzte die Ohren, doch nun hörte er nichts mehr vom Geist des alten Meier. Zögerlich folgte er Marie. Der Schnee knirschte unter ihren Sohlen, als ein schwarzer Vogel plötzlich aus dem Unterholz kam und mit hektischen Flügelschlägen und rauem Krächzen direkt vor Marcels Gesicht in den Himmel aufstieg.

„Scheiße!", fluchte Marcel ganz untypisch. Sein Atem ging so schnell, dass er einer Dampflok gleich Hauchwolken ausstieß. Marie starrte ihn mit weit aufgerissenen Augen an. Im selben Moment brach ein Mann durch die Büsche. Er war groß, in einen dunklen Mantel gehüllt, sein zausiger Bart verbarg die Hälfte seines Gesichts. Trotzdem konnte man deutlich erkennen, wie grimmig er war. Ohne zu zögern, ging der Kerl auf Marie zu und murmelte dabei Verwünschungen. Das allein hätte schon ausgereicht, um Marcel in Alarmbereitschaft zu versetzen. Doch als er sah, dass der Mann ein Gewehr bei sich trug, hastete er zu Marie und drängte sich schützend zwischen sie und den Aggressor. Ein unheimlicher Kerl! Aber war das wirklich der Geist des alten Meier? Dafür sah er ziemlich leibhaftig aus.

„Verfluchte Bande! Dreckige Bastarde!", stieß der Bewaffnete immer noch aus, während er Marcel zornig anfunkelte. Vielleicht doch der Geist des ehemaligen Grundstückbesitzers – warum sonst sollte er ihn anfeinden?

„Keine Sorge, ich kaufe das Grundstück schon nicht. Gehen Sie einfach wieder dahin, wo Sie hergekommen sind!" Marcel hatte es mit fester Stimme gesagt. Der Mann sah ihn überrascht an.

„Was für'n Grundstück denn? Wer is'n das, Marie?", fragte er dann in gänzlich anderem Tonfall.

„Das ist Marcel. Du hast uns erschreckt, Karl." Der Mann schulterte das Gewehr, und nun erkannte Marcel endlich, dass es sich um einen Jäger handelte.

„Tut mir leid, das wollte ich nicht. Aber diese verdammten Jugendlichen bringen mich noch um den Verstand! Und ich weiß genau, wer von denen der Anführer ist. Aber dem Sohn des Bürgermeisters kann ich ja schlecht die Hosen strammziehen. Ein Elend ist das mit dem jugendlichen Pack heutzutage!" Damit stapfte er ohne einen Gruß zurück zwischen die Büsche und entfernte sich mit raschen Schritten.

„Einen Moment lang habe sogar ich fast geglaubt, dass der alte Meier hier noch herum spukt", sagte Marie mit einem verlegenen Lachen. Marcel schüttelte den Kopf über sie, aber vor allem auch über sich und seine eigene Leichtgläubigkeit. „Also war das alles nur erfunden? Nur eine Show für den naiven Städter?" Marie wiegte den Kopf hin und her. „Wenn du es so nennen willst."

„Aber dieser Karl wusste doch nicht, dass du mich veralbern willst. Und was waren das für Geräusche?"

Marie blickte zum Himmel und erwiderte: „Ich werde es dir erklären. Aber wir sollten dabei weitergehen, sonst kommen wir noch in tiefstes Schneegestöber, bevor wir den Spaziergang überhaupt richtig begonnen haben."

Zehntes Kapitel

Es war schön, ihn an ihrer Seite zu haben. Als Marcel ihr mitgeteilt hatte, dass er bei ihr bleiben wollte, hatte ihr Herz einen so heftigen Hüpfer gemacht, dass ihr ganz schwindlig vor Glück geworden war. Doch ihm das zu zeigen, wäre absolut nicht klug gewesen. Er sollte selbst herausfinden, ob er die richtige Wahl getroffen hatte. Denn sie beabsichtigte nicht, es ihm sonderlich leicht zu machen. Zu viel Zeit war seit ihrer ersten ungestümen Liebschaft vergangen. Und nun war es zwar fast genauso stürmisch zugegangen, aber es stand so vieles zwischen ihnen, das sie nicht einfach vom Tisch wischen konnte. Marcel führte ein gänzlich anderes Leben. Vor einem Jahr noch hatte sie geglaubt, er würde all das aufgeben können. Was für eine Närrin sie doch gewesen war! Und wenn er es auch nicht selbst so entschieden hatte, so hatte doch das Schicksal ihn in seine alten Bahnen zurückgezwungen.

Vielleicht war das ein Zeichen, dass sie einfach nicht füreinander bestimmt waren. Doch warum war er dann wieder hier? Noch dazu an ihrer Seite? Wieso hatte er sich trotz der Angst, die er augenscheinlich gehabt hatte, zwischen sie und Karl gestellt? Immerhin war der bewaffnet gewesen, und Marcel hatte ihn aufgrund ihrer Erzählungen wohl tatsächlich kurzzeitig für einen gehässigen Geist gehalten. Seltsam, dass man ihn mit so etwas wirklich hinters Licht führen konnte. Aber wenn sie sich seinen Werdegang ansah, dann war ihr klar, dass er nie das angenehme Gefühl des Grusels im Kino oder in der Literatur erlebt hatte. Marcel hatte nach eigenen Angaben immer nur gelernt. Und dabei hatte er so vieles verpasst, was Marie für selbstverständlich hielt.

Es juckte ihr in den Fingern, ihn in Dinge einzuweihen, die er bislang vernachlässigt hatte. Vielleicht würde Marcel niemals ein echter Horrorfan werden, aber es gab noch so viel mehr, das sie mit ihm gemeinsam erleben konnte. Doch war er bereit dafür? Wollte er sich wirklich auf sie einlassen – und damit auf ein Leben, das den verwöhnten Sohn reicher Eltern aus seiner Komfortzone holte? Nur die Zeit würde es zeigen können. Ob dafür wirklich nur ein paar wenige Wochen reichten, wagte Marie zu bezweifeln, doch irgendeinen Anfang musste sie schließlich machen. Und wenn Marcel nach einigen Tagen bereits beschloss, das Leben mit ihr sei nichts für ihn, war eine rasche Trennung ohnehin das Beste, auch wenn es ihr erneut das Herz herausreißen würde. Erstmal war es jedoch ihre Aufgabe, ihn über die Dinge aufzuklären, die ihn in Aufregung versetzt hatten. Marie konnte immer noch spüren, wie seine Nervosität sie gekitzelt hatte. Dass er sie überwunden hatte, um sie vermeintlich zu beschützen, hinterließ ein wohlig berauschendes Gefühl der Wärme und Zuneigung in ihr. Sie befanden sich bereits in einem ziemlich düsteren Abschnitt des Waldes, als sie zu erklären begann.

„Karl hat doch auf die Jugendlichen so geschimpft. Das hat folgenden Grund: ein paar der Kids aus dem Dorf hassen es, dass er Tiere erschießt."

„Finde ich auch nicht gerade toll", gab Marcel von sich.

„Tja, ich auch nicht. Doch das ist nun mal sein Job. Aber glaub mir, die machen ihm das Leben ganz schön schwer. Man könnte fast schon sagen, sie haben sich regelrecht gegen ihn organisiert. Zumindest schaffen sie es, in regelmäßigen Abständen unbemerkt Schnüre zwischen den Bäumen zu spannen. Die verlaufen kunstvoll zu Brettern, auf denen sie Glasflaschen aufgestellt haben. Sobald ein Tier – oder auch ein Mensch – in die Schnüre läuft, werden die Bretter umgerissen. Die Flaschen darauf fallen dann in Kisten und verjagen mit ihrem Klirren die Tiere. Die Kids tun das auch auf Meiers ehemaligem Land, weil sich hinter den Hofmauern viele Hasen einen Bau gegraben haben. Und vermutlich halten die Jugendlichen sich auch gerne in der Ruine auf, um dort zu trinken, zu kiffen oder sonst was zu treiben."

„Und hier ist so viel los, dass das für eine ständige Geräuschkulisse sorgt?"

„Nein, eigentlich eher selten, um ehrlich zu sein. Aber heute war mal echt viel los. Das hat sogar mich überrascht. Ich hatte gedacht, wir gehen hier lang und du wunderst dich, warum es nur ein bisschen pfeift."

„Na, das war schon ziemlich laut. Und dieses Heulen … Woher

stammt das? Treiben die Jugendlichen sich hier rum und machen das?"

Marie schüttelte den Kopf. „Eher nicht. Bei dem vielen Schnee sind sie sicher nicht oft hier. Aber sie hängen Heuler und Pfeifen so auf, dass der Wind ihnen Töne entlocken kann. Wenn es richtig stürmt, kannst du es sogar bis zu dir ins Haus hören."

Marcel schnaubte. „Dann hatte dieser Karl also recht. Es handelt sich um eine Bande kleiner Bastarde, denen es vollkommen egal ist, dass sie andere mit ihrem Unsinn belästigen oder sogar ihren Job ruinieren."

Marcels Worte waren wie eine kalte Dusche – was angesichts der Temperaturen nicht gerade angenehm war. Marie blieb stehen und sah ihn an, während der aufkommende Wind Schneepulver von den hohen Tannen auf sie rieseln ließ.

„Diese Jugendlichen tun doch nur, was sie für richtig halten. Du hast selbst gesagt, dass du es nicht gut findest, dass Karl Tiere schießt. Aber hast du so etwas je selbst gesehen?"

„Ich selbst? Nein. Meine Ahnen waren allerdings auf der Jagd. Es gab sogar Feste zu diesem Anlass."

„Verschon mich mit diesem dekadenten Gehabe! Ich möchte wissen, was du je selbst geschossen hast."

„Nichts."

„Nicht mal auf der Kirmes?"

„Was? Nein! Ich war noch nie auf einer Kirmes."

Marie stöhnte. „Im Ernst? Du wohnst in Düsseldorf! Die Rheinkirmes kenne ja sogar ich. Und du warst wirklich niemals dort? Du hast nicht mal als Jugendlicher an der Schießbude gestanden und versucht, künstliche Rosen oder dämliche kleine Schraubenzieher zu schießen?"

„Die nennt man jetzt Schraubendreher", korrigierte Marcel. Marie verdrehte die Augen. „Schön. Spannend, dass du das weißt. Obwohl ich wette, dass du selbst davon noch keinen in den Händen hattest."

Marcel zuckte unschlüssig mit den Schultern. „Glaube nicht." Marie seufzte. Ungeduldig fuhr sie fort: „Also, was ist nun? Raupe fahren und knutschen? Kotzen nach einer Runde in der

Schiffschaukel? Oder von mir aus auch Rumhängen mit Kumpels auf dem Spielplatz, während man das mühsam ergatterte Bier zischt. Nichts von alledem hast du je gemacht?"

„Nein, nichts davon. Tut mir leid. Und ich habe auch wirklich noch nie auf irgendwas geschossen. Nur um das nochmal zu erwähnen."

Marie ging weiter. Marcel schloss sich ihr an. Sie gingen eine Weile schweigend nebeneinanderher. Plötzlich sprang in einiger Entfernung ein Reh auf den Weg. Fast so, als hätte es Marcels Worte von vorhin gehört und wollte diesen Beifall spenden, sah es zu ihnen und senkte kurz den Kopf. Dann war es bereits mit einem weiteren Sprung auf der anderen Seite des Weges wieder im Wald verschwunden.

„Wow", sagte Marcel.

„Ja … Und nun stell dir vor, du bekommst live mit, wie es durch einen Schuss gemeuchelt wird. Genau das ist es, was die Jugendlichen mit ihrem Tun verhindern wollen. Denn die meisten von ihnen haben genau das schon mit eigenen Augen gesehen. Und sie fanden es anscheinend ziemlich schockierend. Daher betreiben sie den ganzen Aufwand, um es zu verhindern. Obwohl ich auch nicht daran zweifle, dass sie eine Menge Spaß an ihren Aktionen haben. Dass sie manchmal Scherben auf dem Boden liegen lassen, die nicht in die Kisten gefallen sind, macht keine Heiligen aus ihnen. Aber ich würde sie ebenso wenig für ihr Tun verdammen, wie Karl dafür, dass er seinen Job macht."

Marcel schien über ihre Worte nachzudenken, während sie weiter durch den Schnee stapften. „Ich denke, du bist ein wirklich guter Mensch", sagte er schließlich. Und sie hätte dasselbe fast erwidert, denn sie ahnte einfach, dass er im Innersten ebenfalls einen großen Hang zur Gerechtigkeit besaß. Auch wenn seine Familie versucht hatte, ihm das gründlich zu vermiesen. Vor allem wohl seine Mutter. Marie entschied, das Thema anzuschneiden. „Wurde dir eigentlich je von Edgar erzählt?"

Eine ganze Weile sagte Marcel nichts. Außer dem Wind in den Bäumen, Vogelgezwitscher und ihren Schritten, die den Schnee zum Knirschen brachten, war kaum etwas zu hören. Schließlich erwiderte Marcel: „Nein, kein Wort hat man mir von ihm berichtet. Ich glaube, meine Mutter erwähnte mal, dass sie früher einen Bruder hatte. Ich weiß nicht mehr genau, was ich damals dachte. Vermutlich, dass er tot sei und ich sie besser nicht weiter nach ihm fragen sollte, weil ihr das bestimmt wehtäte. Wenn ich doch damals nur schon die Wahrheit gewusst hätte!“

„Wie hättest du dich verhalten, wenn du gewusst hättest, dass er noch lebt und wo er zu finden ist?“

Marcel überlegte. Marie ließ ihm Zeit. Sie wollte keine schnelle Antwort, sondern eine ehrliche. Schließlich erwiderte er: „Ich fürchte, die Nachricht wäre mir ziemlich egal gewesen. Zumindest, wenn meine Mutter mir nicht dazu erzählt hätte, warum sie sich verkracht haben. Und was für einen Brief sie ihm geschrieben hat.“ Marie blickte ihn verblüfft an. „Woher kennst du den Brief?“

„Woher kennst *du* ihn?“, gab Marcel die Frage zurück.

„Na, von Edgar. Woher auch sonst? Er hat ihn mich vor ein paar Jahren lesen lassen.“ Marie sah Marcel auffordernd an, damit er ihr ihre Frage ebenfalls beantwortete.

„Ich habe ihn in einem Familienalbum im Haus meines Onkels gefunden. Als ich ihn las, war ich ziemlich erstaunt über die Kaltschnäuzigkeit meiner Mutter.“

„Du meinst wohl eher über ihre abgrundtiefe Herzlosigkeit.“

Marcel atmete tief durch. Vor seinem Mund tanzten Hauchwolken. „Das kann man natürlich so sehen – also, dass sie herzlos gehandelt hat. Und ein Teil von mir sieht das ebenfalls so.“

„Und die anderen Teile von dir?“ Einen Moment lang war Marie sich nicht sicher, ob sie die Antwort wirklich hören wollte. Doch nun war die Frage über ihre Lippen geschlüpft, und sie würde sie nicht zurücknehmen.

„Ich denke, dass sie im Gegensatz zu ihrem Bruder gehandelt hat, wie man es von einer Dahlheym erwartete. Sie hat viel Wert auf Traditionen gelegt.“

Marie musste lachen. „Wohl weniger auf Traditionen als vielmehr auf ihren Stammbaum. Wären es die Traditionen gewesen, die ihr wichtig waren, hätte sie wohl nach der Hochzeit den Familiennamen deines Vaters angenommen, statt ihm ihren eigenen überzustülpen. Und ihn dann ein Leben lang spüren zu lassen, dass er es nur ihr zu verdanken hatte, dass er zu Reichtum und Ansehen gekommen war. So zumindest legte es Edgar aus. Und ich glaube ihm. Versteh mich nicht falsch, ich selbst finde, dass eine Frau durchaus das Recht dazu hat, nur dass ich ihr dann nicht zugestehen mag, sie würde an Traditionen festhalten."

„Sie war sehr zielstrebig, ja. Ich finde das nicht falsch, falls du das von mir hören möchtest."

Marie blieb stehen. Marcel bemerkte es erst, als er ein paar Schritte weitergegangen war. Dann machte auch er Halt und blickte sich zu ihr um. Sein Gesicht zeigte eine Mischung aus Verwunderung und einem Hauch Ärger.

„Ich möchte gar nichts von dir hören, Marcel!", sagte sie so laut, dass ein paar Vögel aus den Baumwipfeln flogen. Seine Augen verengten sich zu Schlitzen. Der Ärger nahm zu. Marie schob ihre Mütze ein wenig höher, die bereits drohte, ihr in die Augen zu rutschen. Dann winkte sie ab. „Ich wollte damit nicht sagen, dass du den Mund halten sollst. Sondern dass *du* sagen sollst, was du möchtest, nicht ich", stellte sie dann klar.

„Aber das tue ich doch!"

„Gut. Dann sollen wir uns also darauf einigen, dass deine Mutter richtig gehandelt hat und Edgar falsch?", fragte Marie herausfordernd.

„Das habe ich nicht gesagt. Sie hatte wohl nur stets andere Prioritäten als er. Was ich nicht einfach so mit richtig oder falsch bewerten kann. Aber dass sie mir wegen ihm nie etwas gesagt hat, finde ich eindeutig falsch. Er war nun mal mein Onkel. Sie hätte ihn mir nicht vorenthalten dürfen."

„Damit du vor ein paar Jahren hättest vorbeikommen und gemeinsam mit ihm Holz hacken können?"

Nun sah Marcel eindeutig verärgert aus. „Warum nicht?", blaffte er. „Ist es nicht genau das, was ich letztes Jahr gemacht habe? Oder stimmt es etwa doch nicht, dass ich hier war? Dass Edgar das Geld von mir wollte. Und dass ich zugestimmt habe. Dass ich mich ihm auf eine gewisse Art angenähert habe. War das alles gelogen?“

„Nein, das war es nicht – ich wiederhole das notfalls noch hundert Mal, wenn du das brauchst.“

„Okay“, knurrte Marcel. Sie setzten ihren Weg fort. Der Schneefall wurde langsam wieder stärker. Marcel richtete seinen Schal, den er Maries Mann zu verdanken hatte. Als die Stimmung zwischen ihnen sich wieder einigermaßen normalisiert hatte, fragte er: „Hat Edgar je mit dir darüber gesprochen, ob er gerne in den Schoß der Familie zurückgekehrt wäre?“

„Nein, darüber hat er mit mir nicht gesprochen. Aber nach deinem Besuch hat er mir erzählt, dass du ihn gefragt hast, ob er deiner Mutter je verziehen hat. Er gab dir damals nämlich selbst den Brief zum Lesen, den du nun im Fotoalbum entdeckt hast.“ Marie gab Marcel Zeit, zu verkraften, dass er die ganzen Wahrheiten bereits zum zweiten Mal erfuhr, ohne sich an das erste Mal erinnern zu können. Er räusperte sich, wohl um sein Unbehagen zu überspielen.

„Und was hat er auf meine Frage geantwortet?“

Marie lachte unglücklich, bevor sie erklärte: „Er hat gesagt, dass er dir darauf eine eindeutige Antwort geben konnte, die jedoch zwischen ihm und dir ein Geheimnis bleiben soll.“

„Na das ist ja großartig! Nun wird sie auf jeden Fall für immer ein Geheimnis bleiben, so wie’s aussieht.“

Sie waren erneut stehengeblieben. Marie streckte ihre Arme nach ihm aus, und er zog sie sanft an seine Brust. „Das ist noch nicht sicher. Wer weiß, vielleicht kommt dein Gedächtnis irgendwann zurück.“

„Möglich. Und dann werde ich vielleicht feststellen, dass ich mich in Wahrheit in Wolfgang verliebt hatte, mit dem ich durchbrennen wollte.“

„Auf die Malediven“, stieg Marie auf die Witzelei ein.

„Hatte ich dir gesagt, dass ich auf die Malediven wollte?“, fragte Marcel überrascht.

„Da du letztes Jahr schon um diese Zeit hinwolltest, gehe ich davon aus, dass das auch dieses Jahr geplant war.“

„War es“, stimmte Marcel zu. Marie sah ihm in die Augen und

sagte leise: „Dann tut es mir leid, dass du stattdessen jetzt mit mir mitten im Wald stehst."

„Ich stehe gerne mit dir im Wald. Sehr gerne sogar!" Sie küssten sich zärtlich. Marie spürte die angenehme Wärme, die ihren ganzen Körper ergriff. Marcels Küsse schmeckten einfach himmlisch! Als dicke Schneeflocken auf ihre Gesichter fielen, beendeten sie den Kuss und blickten beide zum Himmel hinauf. Das Flockengewirr machte sie ganz schwindelig. In einem atemberaubend schnellen Fall stürzten die Schneeflocken hinab, dann kam Wind auf und entführte die Flocken über ihnen in einem wilden Ritt durch die Luft, während andere immer noch auf Marie und Marcel trafen.

„Mein Gesicht wird ganz kalt", sagte Marie. Marcel wischte sich eine Flocke aus den Wimpern. „Wie lange brauchen wir noch bis nach Hause?"

„Zu dir oder zu mir?", fragte Marie grinsend.

„Kommt doch fast aufs selbe raus."

„In beiden Fällen benötigen wir noch ungefähr eine Viertelstunde. Zumindest wenn wir jetzt nicht mehr stehenbleiben."

Marcel seufzte und sagte dann theatralisch: „Ich will zurück in meinen Stadtpark. Da ist zwar der meiste Schnee voller gelber Flecken, aber man hat eine viel bessere Orientierung als hier am Nordpol."

Bei der Erwähnung des gelben Schnees hatte Marie kurz das Gesicht verzogen. Dabei spürte sie, dass es tatsächlich teilweise taub wurde. „Dann folge jetzt deinem Expeditionsleiter – und immer schön den Eisbären ausweichen." Marie schritt schnell voran. Marcel folgte ihr und überholte sie dabei fast schon. Sie seufzte innerlich. Er war einfach ein Kerl. Und denen fiel es leichter, kraftvoll durch den immer höher werdenden Schnee zu schreiten. Aber Marie hatte die Ausdauer einer Landfrau und hielt mit ihm Schritt, bis sie den Wald verließen, den Hof des alten Meier wieder passiert hatten und schließlich in ihr Haus zurückkehrten. Während sie ihre Mäntel und Schuhe auszogen, sah Marcel sie immer mal wieder an. Marie griff sich an die Nase. War da etwa ein Tropfen, den sie gar nicht bemerkt hatte? Aber sie spürte nichts. Als Marcel ihre Verunsicherung bemerkte, sagte er mit sanfter Stimme: „Tut mir leid. Ich sehe dich nur einfach so gerne an. Deine geröteten Wangen. Deine glänzenden Augen. Dein teilweise feuchtes Haar …" Sein Blick bekam einen Ausdruck, den Marie gut kannte. Und er steckte sie mit seiner Sehnsucht nach Zärtlichkeit und dem Wunsch nach einem feurigen Liebesspiel an. Diesmal zogen sie jedoch das bequeme und kuschelige Bett vor, statt in der Küche übereinander herzufallen. Sie liebten sich stürmisch, voller Leidenschaft und so hemmungslos, wie es Marie gefiel. Als sie später in seinen Armen geborgen lag, und ihr nackter Körper sich an seinen schmiegte, dachte sie, dass sie diesen wundervollen Tag am liebsten wieder und wieder erleben würde. Sogar ihre Unstimmigkeiten. Denn die zeigten ihr, dass es sich nicht um eine Liebe Herz über Kopf handelte, sondern um eine, bei der Differenzen sogar zur Bereicherung zählen konnten. Denn ihre Liebe zueinander wurde dadurch, dass sie nicht ständig einer Meinung waren, nicht geschmälert. Nur so konnte diese schwierige Beziehung überhaupt die Chance auf Bestand haben. Doch Marie war ebenso klar, dass die Feuerproben erst noch warteten – auf sie genauso wie auf Marcel.

Elftes Kapitel

Drei herrliche Tage lebte Marcel nun schon an Maries Seite. Meist waren sie in ihrem Haus, aber zweimal waren sie auch ins Haus seines verstorbenen Onkels gegangen, um dort nach dem Rechten zu sehen. Marie hatte ihm die Kinderbücher gezeigt, in denen ihre Illustrationen veröffentlicht worden waren. Er hatte vorsichtig aus ihr herausgekitzelt, dass sie teilweise prozentual an den Verkaufserlösen beteiligt wurde, und teilweise einen Festpreis bekam. Sie sprach davon, dass sie meist jedoch Verträge abschloss, die ihr mehr Geld bei entsprechenden Verkaufszahlen einbrachten. Vor allem auch deshalb, weil sie lieber ein Risiko einging, als sich hinterher bei einem eventuellen Bestseller über einen zu niedrigen Verdienst ärgern zu müssen.

Ohne es ihr zu sagen, hatte er gleich darauf ein paar Dutzend Exemplare von jedem der von ihr illustrierten Titel geordert, die an die Firmenadresse geliefert werden würden. Seiner Sekretärin hatte er geschrieben, dass sie dafür sorgen sollte, dass die Bücher im Lager untergebracht wurden, und er sich selbst weiter darum kümmern würde, sobald er wieder in der Firma war. Zugleich hatte er ihr mitgeteilt, dass er seinen Urlaub verlängern würde und voraussichtlich nicht vor dem neuen Jahr zurückkehre. Auf ihre Frage, in welchem Hotel sie ihn auf den Malediven in einem Notfall erreichen könnte, hatte er geantwortet, dass er über Weihnachten in der Eifel bleiben würde und ganz normal übers Handy zu erreichen war – sofern er denn eine Verbindung hatte. Sie wollte für den Notfall auch dort seine Hotel-Adresse wissen.

Marcel hatte innerlich geflucht, aber natürlich hatte sie recht. Wenn die Firma über Weihnachten abbrannte, wäre es schon gut, wenn sie ihn irgendwie erreichen konnte, vor allem wenn ein Schneesturm den Handyempfang lahmlegte. Da er keine Festnetznummer hatte, gab er zähneknirschend die Adresse seines Onkels an, damit sie im Falle eines Falles ein Telegramm schicken konnte. Wann ihn das bei einem Schneesturm erreichte, war zwar ebenfalls die Frage, aber viele weitere Möglichkeiten blieben nun mal nicht. Seine Sekretärin war hörbar verblüfft über diese rückständige Informationsmöglichkeit gewesen. Marcel verstand sie ja, aber er wollte weder erklären, warum er sich nicht an einem Ort mit Internetzugang befand, noch wollte er überhaupt berichten, warum er sich in der Eifel so lange aufhielt. Also hatte er vorgegeben, dass ihm für mehr Informationen die Zeit fehle, und sie ihn bitte wirklich nur in einem dringenden Notfall kontaktieren solle. Ihm war klar, dass er Geheimniskrämerei betrieb. Aber seiner Sekretärin gegenüber empfand er dabei eigentlich nicht die Spur eines schlechten Gewissens. Etwas anders sah die Sache mit seinem Bücherkauf aus. Er wollte Marie unterstützen, aber er wusste auch, dass sie das ablehnen würde. Also behielt er die Sache für sich. Ein Geheimnis, das seiner Meinung nach harmlos war. Und wenn er ihr mit guten Verkäufen ein Lächeln aufs Gesicht und etwas Geld aufs Konto zaubern konnte, war der Effekt, dass er sich ebenfalls freute. Ein Gefühl, an das er sich immer mehr gewöhnte.

Marcel war rundum glücklich – ein Zustand, den er in der Tat so noch nie erlebt hatte. Zumindest nicht, soweit er sich erinnern konnte. Doch so sehr er sich auch anstrengte, die bereits erlebte Zeit mit Marie wollte einfach nicht in sein Gedächtnis zurückkehren. Dass es ihm ausgerechnet bei ihrem Brustwarzenpiercing gelungen war, machte ihn ein wenig verlegen. Das schien ihn ja damals mächtig beeindruckt zu haben. Und auch jetzt noch regte es ihn sehr an, wenn er nur daran dachte.

„Woran denkst du?", fragte Marie, während sie am Frühstückstisch zusammensaßen.

„Nichts", erwiderte Marcel und fühlte sich ertappt.

„Klar – nichts. Glaube ich dir aufs Wort." Marie nippte an ihrem Kaffee, der noch dampfte.

„Also, eigentlich … Mir ist aufgefallen, dass bald Weihnachten ist, weißt du?"

Marie lachte. „Ja, davon habe ich schon mal gehört. Passiert jedes Jahr wieder. Verrückt!"

Marcel schüttelte über ihren Spott empört den Kopf. „Nun nimm mich doch mal ernst!"

„Weil du es gewohnt bist, dass die Leute das tun?"

„Normalerweise schon. Ja, das bin ich gewohnt. Nur bei dir ist alles anders. Da fühle ich mich manchmal wie ein Einfaltspinsel."

„Das liegt daran, dass du solche Wörter benutzt. Einfaltspinsel sagt kein Mensch. Idiot wäre das passende Wort."

„Ja, danke. Jetzt fühle ich mich erst recht wie ein Idiot."

Marie trank einen weiteren Schluck Kaffee, als würde ihr Überleben davon abhängen, die heiße Brühe so schnell wie möglich zu konsumieren.

„Können wir mal auf Weihnachten zurückkommen?", erkundigte sich Marcel. Marie nickte. „Was wünscht du dir?", fragte er geradeheraus. Sie sah ihn an, antwortete jedoch nicht. Er ließ nicht locker. „Es muss doch etwas geben, das du gerne hättest. Raus mit der Sprache!"

„Ich habe alles, was ich brauche."

„Klar. Das sagen alle, um bescheiden zu wirken. Aber überleg doch mal, was du dir vielleicht doch noch wünschst! Schmuck? Technisches Equipment? Ein Abo für die Oper?"

„Sehe ich aus, als würde ich regelmäßig Arien ertragen? Nein, das alles brauche ich nicht. Und wenn ich im Frühjahr die Wiesen sensen muss, wäre ein Goldarmband, das mir dabei verloren gehen kann, eher eine Last als ein Vergnügen. Sieh es endlich ein, Marcel, einer Frau wie mir kann man nur eins schenken: Zeit. Das ist alles, was ich von dir möchte. Ich möchte Zeit mit dir verbringen. Und du brauchst nicht mal Geschenkpapier dafür zu kaufen. Ist das nicht praktisch?"

„Ungemein praktisch sogar! Denn immerhin habe ich auch was davon, wenn ich dir dieses Geschenk mache. Und das werde ich. Trotzdem sollst du noch etwas anderes haben. Deshalb habe ich gleich eine Verabredung."

„Du hast eine Verabredung? Hier? Oder fährst du nach Düsseldorf?" Marcel glaubte einen unglücklichen Unterton in Maries Stimme zu hören. Wäre sie traurig, wenn er tatsächlich so kurz vor Weihnachten noch nach Hause fuhr? Möglicherweise bildete er sich das alles aber auch nur ein, denn sie lächelte ihn nun offen an.

„Nein, nicht in Düsseldorf. Hier. Mit ..." In diesem Moment

klingelte es an der Haustür. Ohne seinen Satz zu beenden, stand Marcel auf und öffnete. Wolfgang stand vor der Tür und fragte: „Bist du soweit? Kann das Christmas-Shopping losgehen?“ Von Marie war ein glucksendes Lachen zu hören. „Ihr beide geht zusammen einkaufen? Weihnachtsgeschenke?“

„Warum denn nicht?“, konterte Wolfgang. „Und du hast dir dafür heute extra frei genommen? Oder machst du das während deiner üblichen Tour?“ Marie zog eine Augenbraue hoch. „Natürlich nicht! Ja, ich habe mir dafür einen Tag Urlaub genommen. Max trägt heute die Post aus. Für dich ist allerdings nichts dabei, sonst hätte ich das schon mitgenommen.“

„Danach hast du dich extra erkundigt, obwohl du heute frei hast?“

„Klar.“ Wolfgang zuckte mit den Schultern. „Ist doch allen geholfen, wenn er nicht extra den Berg zu dir rauf muss.“

„Ja, sicher. Ich bin ein Postboten-Albtraum.“

„Nur aufgrund deiner Wohnlage. Und so selten ist die in der Umgebung ja nun auch nicht.“

„Also bin ich für dich nur eine von vielen schwierigen Frauen?“, fragte Marie kokett. Wolfgang lachte aus vollem Halse. „Sagen wir so: du warst schon immer mein Lieblings-Zustellungs-Problemfall. Und du entschädigst mich so oft mit einem Kaffee, dass ich nun wirklich nicht meckern sollte.“

„Gut, dann bin ich beruhigt. Und ihr beide wollt dann jetzt los? Nach Prüm?“

„Wir wollen nach Hillesheim“, gab Wolfgang Auskunft.

„Oh, du willst Marcel wohl unsere Krimistadt zeigen. Na, dann mal viel Spaß euch beiden!“

Marcel biss sich auf die Lippe, dann sagte er: „Wir hätten dich natürlich gerne mitgenommen. Und wenn du dir selbst dein Geschenk aussuchen möchtest, dann fände ich das vollkommen in Ordnung.“ Er sah zu Wolfgang, der sofort zustimmte. „Klar! Ich wollte zwar gerne im Porsche auf dem Beifahrersitz Platz nehmen, aber dann quetsche ich mich halt auf die Rückbank. Kein Problem!“ Marie schien dem fast zwei Meter großen Mann nicht so recht zu glauben. Sie lächelte und versicherte sofort: „Alles gut!

Macht ihr Jungs ruhig mal ohne mich. Ich habe noch genügend mit meinen Illustrationen für das Osterbuch zu tun."

„Antizyklisches Arbeiten ist bestimmt nicht so angenehm", sagte Marcel mitfühlend.

„Das geht schon. Ich bin es ja gewohnt, im Sommer Schneelandschaften und Weihnachtsmänner zu zeichnen. Und sobald der Nikolaus um die Häuser schleicht, zeichne ich halt Häschen und Ostereier. Das versetzt mich dann einfach in Weihnachtsstimmung."

„Weil du wirklich manchmal etwas schräg bist", sagte Wolfgang lachend.

„Danke!", erwiderte Marie, als hätte er ihr gerade ein hinreißendes Kompliment gemacht.

Marcel nahm den kleinen Schlagabtausch zwischen den beiden staunend zur Kenntnis. Als er eine halbe Stunde später mit Wolfgang im Auto saß, sagte er: „Du und Marie, ihr kennt euch wohl schon lange."

„Kann man so sagen. Wir sind zusammen aufgewachsen. Waren im selben Kindergarten, in der Grundschule, danach dieselbe Realschule."

Marcel überholte einen Lastwagen, als die Straße streckenweise zweispurig wurde. Er ließ noch ein wenig Zeit verstreichen, ehe er fragte: „Und hattet ihr mal was miteinander?"

Er konnte spüren, dass Wolfgang ihn von der Seite anblickte, aber er widerstand der Versuchung, ihm nun in die Augen zu sehen. Welche Antwort der ihm auch gab, er würde sie als Wahrheit anerkennen und akzeptieren. Schließlich hatte er selbst auch keineswegs abstinent gelebt, bevor er auf Marie traf – und dummerweise auch danach nicht, wie ihm rasch klar wurde.

„Okay, du willst es also wirklich wissen?"

Marcel bemühte sich, nun nicht sichtbar hart zu schlucken. „Ja, will ich", bekräftigte er.

„Also gut. Marie und ich – wir sind wie Geschwister. Und ich denke, du weißt, dass man von denen die Finger lassen sollte."

„Ja, danke, das weiß ich. Aber Wolfgang – ihr seid nicht wirklich Geschwister, also raus mit der Sprache!"

Geraume Zeit blickte Wolfgang zur Seitenscheibe hinaus,

bevor er gestand: „Vor etwa drei Jahren habe ich mal mein Glück bei ihr versucht. Ihr Mann war da schon zwei Jahre tot, und ich war seit beinahe derselben Zeit geschieden. Ich dachte, wenn ich es jetzt nicht in Angriff nehme, wird es nie was.“

„Und, wurde es was?“, fragte Marcel als Wolfgang einfach nicht weitersprechen wollte.

„Sie hat mir sehr klar zu verstehen gegeben, dass ich niemals bei ihr landen kann. Auf meine Einladung in ein schickes Restaurant meinte sie, sie würde selbst was kochen, und ich soll doch einfach zum Essen vorbeikommen. Typisch Marie eben. Sie fand es unnötig, so viel Geld auszugeben, wenn man sich dazu auch noch gut benehmen und edel anziehen muss. Als ich ihr erklärte, dass ich das bei einem ersten richtigen Date schon wichtig fände, lachte sie mich aus. Das war ganz schön heftig, um ehrlich zu sein. Sie meinte, wir hätten doch schon seit unserer Kindheit Dates, und ich hätte noch nie so ein Gewese darum gemacht. Natürlich hatte sie recht. Was meinst du, wie oft ich sie schon abgeholt habe und wir zusammen zu Veranstaltungen im Ort gefahren sind. Seit ich den Führerschein habe, geht das so. Was für ein Blödmann ich doch gewesen bin, zu glauben, ich könnte sie nach so vielen Jahren der Freundschaft als Mann erobern. Nein, die Illusion hat sie mir ziemlich konsequent genommen. Und natürlich hat sie damit vollkommen richtig gelegen. Denn inzwischen kann ich ziemlich sicher sagen, dass ich für sie wie für eine Schwester fühle. Was du natürlich nicht unterschätzen solltest, denn als eben solche würde ich sie jederzeit vor Männern beschützen, die nicht gut mit ihr umgehen.“

„Wow, so viel Ehrlichkeit und gleich eine Drohung hinterher. Denkst du denn, ich würde nicht ehrlich mit ihr umgehen wollen?“ Marcel bog ab, um in Richtung Hillesheim zu fahren. Das Navi hatte er ausgeschaltet und verließ sich auf Wolfgangs Angaben und die Beschilderung.

„Ich glaube, dass du ehrlich mit ihr umgehen willst. Aber ob du das schaffst, das wage ich ehrlich gesagt zu bezweifeln.“

Nun sah Marcel ihn doch von der Seite an. „Wie meinst du das?“ „Tja … euch beide trennen Welten. Dass sie sich auf einen Mann wie dich eingelassen hat, erscheint mir wie ein Wunder – oder auch ein Rätsel, wenn du so willst. Okay, sexuelle Anziehungskraft ist die eine Sache, aber Marie kann mit so etwas umgehen – denke ich. Da muss mehr sein, wenn sie dich tatsächlich an ihrer Seite haben möchte. Und ich vermute, dass sie dir so viele Freiräume geben will, wie es ihr möglich ist. Denn sie weiß natürlich, dass du ein ganz anderes Leben gewohnt bist. Wenn du das aber wieder aufnimmst, wird es schwer werden. Und ich fürchte, du wirst sie belügen, um das Unvermeidliche abzuwenden.“

Marcel trat auf die Bremse. Er bog mit geradezu mörderischer Geschwindigkeit auf einen Parkplatz ab. Als der Porsche zum Stehen kam, klopfte sein Herz so schnell, dass er erst mal tief durchatmen musste, um sich zu beruhigen.

„So siehst du die Sache also – und mich.“

„Stimmt. Das tue ich. Und sollten Freunde nicht ehrlich zueinander sein? Letztes Jahr hast du mir gesagt, wie wichtig dir das ist. Hat sich deine Meinung geändert? Dann werde ich euch gerne Milch und Honig versprechen. Ich will nicht, dass wir uns streiten, verstehst du?“

Marcel rieb sich über die Augen. Er benötigte immer noch Zeit, um zu verdauen, was Wolfgang über seine und Maries Beziehung dachte. Und lag er so falsch? Natürlich würde es schwer werden. Sehr schwer sogar! Aber das war es ihm wert!

„Ich werde alles tun, um nicht in diese Falle zu tappen“, versicherte er. „Mir ist klar, dass du glauben musst, für mich wäre das alles hier nur eine nette Urlaubsabwechslung. So ist es nicht.“

„Wie ist es denn dann? Du hast herausgefunden, dass eine Frau, die attraktiv ist – da sind wir uns wohl einig – mal was für dich empfunden hat. Und vielleicht hat das deinen Jagdtrieb geweckt, diesen Zustand erneut herbeizuführen.“

Marcel seufzte. „Wenn das meine Intention wäre, dann hätte ich mein Ziel wohl bereits vor ein paar Tagen erreicht.“ Zu seiner Verwunderung schüttelte Wolfgang den Kopf. „Nicht, wenn du sie instinktiv wirklich an dich binden willst, nur um dir selbst etwas zu beweisen.“

Marcels Miene verdüsterte sich. „Du nimmst dir ziemlich viel heraus. Freund hin oder her, sowas hat mir noch niemand ins Gesicht gesagt."

„Dann wird es wohl Zeit. Denk bitte einfach drüber nach, Marcel. Ich meine es nicht böse, glaub mir. Ich werde Marie niemals erobern können, ob du nun da bist oder nicht. Aber ich mache mir Sorgen um sie. Ich will nicht, dass sie verletzt wird."

Abermals atmete Marcel tief durch. „Okay. Ich verstehe dich. Und wir verfolgen dasselbe Ziel. Auch ich will sie nicht verletzen. Welchen Mechanismen ich folge, kann ich selbst schlecht beurteilen. Insofern danke ich dir für deine Ehrlichkeit und den Input, der mir die Möglichkeit gibt, mein Verhalten selbst kritisch im Auge zu behalten. Momentan lehne ich die Variante jedoch rigoros ab, dass ich nur mit Marie zusammen sein will, um mir selbst etwas zu beweisen. Oder um eine Art von Beute einzustreichen, die ich noch nicht komplett erlegt habe – nur um es mal mir Karls Worten zu sagen."

„Du kennst Karl?", fragte Wolfgang überrascht.

„Ja, ich hatte das zweifelhafte Vergnügen."

„So langsam glaube ich, du könntest bei uns doch noch heimisch werden." Wolfgang grinste. Marcel grinste halbherzig zurück. „Ich bemühe mich. Wirklich!"

„Ist okay! Und sei nicht sauer auf mich. Ich belüge dich nicht, darauf kannst du dich verlassen. Auch wenn das bedeutet, dass meine Worte nicht immer die sind, die du wohl sonst zu hören gewohnt bist."

Marcel seufzte. „Oh, glaube mir, ich bin schwer dabei, mir bislang vertraute Dinge abzugewöhnen. Marie ist eine gute Lehrmeisterin."

„Ist sie. Und deshalb bekommt sie von dir auch bestimmt ein großartiges Weihnachtsgeschenk. Möchtest du in einen Dessous-Laden?"

„Das könnte dir so passen! Nein, ich möchte in einen Technik-Laden. Und zwar in einen, in dem jemand richtig Ahnung hat. Denn das war das einzige, das Marie nicht mit Spott abgelehnt hat. Und mal ganz ehrlich – ich kann so oder so falsch liegen. Mut zum Risiko. Und das in allen Bereichen. Ich will an den Punkt gelangen, an dem du eingestehen musst, dass deine Schwarzmalerei, was Marie und mich betrifft, unnötig war. Das ist mein Ziel."

„Gut. Als Firmeninhaber bist du sicher gewohnt, deine Ziele zu verfolgen. Aber hier geht's nicht um Zahlen, sondern um Gefühle. Viel Glück also! Das meine ich ernst. Ich wünsche euch beiden von ganzem Herzen, dass es klappt."

Zwölftes Kapitel

Marcel hatte Zweifel, ob er den Kaffee so gut hinbekommen hatte, wie Marie ihn aufgoss. Aber die Brötchen dufteten herrlich, und er hatte ein großes Stück Butter in ein Glasschälchen gefüllt, um nicht die Packung aufs Tablett stellen zu müssen. Die Frühstückseier konnte er beim besten Willen noch nicht beurteilen. Er hoffte einfach auf eine perfekte Konsistenz. Ein Töpfchen mit Marmelade und eins mit Honig fanden ebenfalls noch Platz. Da fehlt noch was, ging es ihm durch den Kopf. Er sah sich in der Küche um, da er Maries Schränke in anderen Zimmern nicht durchsuchen wollte. In der Schrankecke hinter den Eierbechern hatte er doch ein Milchkännchen gesehen, das Marie offenbar nicht benutzte, weil sie ihren Kaffee schwarz trank. Er holte es hervor und füllte ein wenig Wasser hinein. Dann ging er in den Flur, zog seine geliehenen Winterstiefel und den Mantel an, öffnete die Haustür und trat hinaus.

Er ging zu der Stelle, wo die Blumenbeete waren. Als er die Schneedecke vorsichtig mit seinen Füßen wegschob, entdeckte er ein paar der Christrosen, von denen Marie ihm erzählt hatte, dass sie um diese Zeit herrlich blühten. Er bückte sich und riss kurzentschlossen drei Stängel ab, an denen die üppigsten Blüten ihre Schönheit präsentierten. Dann ging er mit seiner Errungenschaft zurück ins Haus und arrangierte die Blumen in dem Milchkännchen. Die provisorische Vase stellte er ebenfalls auf das Tablett. Er nahm es und trug es die Treppe hinauf, bis er im Schlafzimmer angekommen war, wo Marie noch im Bett lag und schlief. Marcel stellte das Tablett auf seine Bettseite, zog sich rasch bis auf die Unterhose aus und kletterte dann um das Tablett herum, um sich an Marie zu schmiegen.

Sie erwachte langsam, streckte sich und presste dann ihren warmen weichen Körper an ihn. Marcel liebte dieses Gefühl. Er sog ihren Morgenduft ein, küsste sanft ihren Hals und flüsterte: „Gut geschlafen?" Sie gab einen zustimmenden Laut von sich, dann schnupperte sie hörbar. „Brötchen und Kaffee? Hier im Bett?

Oder träume ich etwa noch?", fragte sie mit einem Lächeln. „Nein, du träumst nicht. Steht alles gleich hier neben mir."

„Obwohl ich nicht mehr träume, klingt das wirklich traumhaft!", sagte Marie. Er grinste. Es war schön, sie mit dieser kleinen Geste glücklich machen zu können. Er richtete sich auf, griff behutsam nach dem Tablett und stellte es zwischen sie. Marie blickte voller Freude darauf – dann entgleisten ihre Gesichtszüge und ihr entfuhr ein: „Oh, nein!"

Verwirrt betrachtete Marcel ebenfalls das Tablett? „Was ist los? Hätte ich die Schälchen für die Butter und die Marmelade nicht nehmen sollen? Oder habe ich etwas Wichtiges vergessen? Hättest du gerne Croissants statt Brötchen gehabt?"

„Nein. Es ist nur … die schönen Christrosen! Du hast sie getötet!"

„Ich habe sie nur abgepflückt."

„Was auf dasselbe hinausläuft", sagte Marie mit einem traurigen Lächeln. Marcels Stolz verflog im Nu. „Tut mir leid, ich wusste nicht, dass du ein Problem damit hast." Sie machte eine abwinkende Geste, als sie sah, wie sehr sie ihm die Freude verdorben hatte. „Nicht schlimm. Es sind ja noch genügend da."

„Außerdem waren die ganz im Schnee vergraben. Man sah sie sowieso nicht."

„Ja, kein Problem. Und sie sehen in der Vase wirklich schön aus", versicherte Marie. Marcel verspürte Erleichterung. Trotzdem machte er sich gedanklich eine Notiz, dass Marie wohl eher keine Blumensträuße zu Festtagen geschenkt bekommen wollte. Sie griff zur Kaffeetasse, nahm einen Schluck und strahlte über das ganze Gesicht. „Ein perfekter Kaffee an einem wunderschönen Heiligabendmorgen! Wie ist das Wetter?"

Er seufzte. „Leider ein bisschen trübe. Neblig. Aber vielleicht ändert sich das ja noch."

„Eigentlich möchte ich heute aber sowieso nicht mehr groß vor die Tür gehen. Vielleicht kurz in die Scheune, um noch mehr Brennholz zu holen. Und wenn du nichts dagegen hast, könnten wir zum Friedhof fahren, um Edgar zu besuchen."

Marcel kam sich augenblicklich schäbig vor, weil er noch nie einen Gedanken an das Grab seines Onkels verschwendet hatte. Kleinlaut erwiderte er: „Das ist eine gute Idee. Da hätte ich vielleicht auch selbst mal drauf kommen sollen." Marie erwiderte nichts auf seine Selbstkritik, sondern fragte: „Wenn wir schon mal dort sind, würde es dir etwas ausmachen, wenn wir auch bei Thomas vorbeischauen?"

„Bei deinem verstorbenen Mann? Natürlich macht mir das nichts aus!"

„Bist du dir sicher?"

Noch bevor Marie die Frage gestellt hatte, hatte er sie sich selbst gestellt. Und wenn er ehrlich war, wusste er es noch nicht.

„Lass uns einfach hingehen", sagte er daher und wollte momentan nicht länger über diese Sache nachdenken. Sie frühstückten weiter. Nachdem sie fertig waren, stellte Marcel das Tablett auf den Boden neben das Bett. Noch bevor er sich wieder aufrichten konnte, hatte Marie sich halb über ihn geworfen, zog ihm die Unterhose ein Stück hinunter und biss ihm beherzt in die rechte Pobacke.

„Au!", gab Marcel von sich, doch zugleich musste er wegen ihrer ungestümen Art lachen. Das war mal eine Annäherung im Bett, die er so noch nicht erlebt hatte. Vermutlich weil bislang jede seiner Bettgefährtinnen Angst gehabt hatte, er könnte sie wegen Bissigkeit aus dem Haus werfen. Da war es doch mehr als gut, dass sie in Maries Haus waren und ihm in dieser Hinsicht ohnehin die Hände gebunden waren. Außerdem kam er zu dem Schluss, dass ihre Bissfreude ihn enorm anmachte. Sie wiederholte die Attacke bei seiner linken Pobacke.

„Hey, du hast doch gerade erst gegessen", echauffierte er sich scheinbar, drehte sich um und sah Maries vor Lust lodernde Augen. Ihr neckischer Blick verlor sich und wich einem so lüsternen, dass Marcel sofort davon angesteckt wurde. Die körperlichen Auswirkungen blieben Marie nicht verborgen. Sie senkte den Kopf und konzentrierte sich diesmal auf das Körperteil, das ihr seine Bereitschaft zum Liebesspiel mit wachsender Dimension offenbarte. Marcel schloss die Augen. Es war nicht das erste Mal, dass er oral verwöhnt wurde, aber selten war er zuvor geradezu erlegt worden. Maries Art, sich zu nehmen, was sie wollte, gefiel ihm – und dass er das genießen könnte, hätte er zuvor wohl heftig dementiert. Nun gab es jedoch nichts mehr, das er leugnen konnte, denn sie ging äußerst zielstrebig vor, als sie ihm ein Kondom überrollte und sich dann auf ihn setzte. Sie ritt ihn in dem Tempo, das ihr gefiel. Und ihm gefiel es, dass sie ihn sich zu eigen machte. Ihre Brüste schaukelten im selben Takt, die steifen Brustwarzen fesselten seinen Blick. Das Piercing blinkte golden auf, als plötzlich Sonnenstrahlen durchs Fenster fielen. Marie sah kurz hin, lächelte, schloss dann jedoch die Augen. Sie konzentrierte sich offenbar ganz auf das Gefühl, das rasch immer erregender wurde.

Auch Marcel spürte die zunehmende Lust, die Marie ihm mit ihren Bewegungen bescherte. Sie atmete schnell. Als sie zu stöhnen begann, musste er sich bemühen, sich gedanklich auf ein niedrigeres Level zu begeben, um im Spiel zu bleiben. Marie machte es ihm jedoch nicht leicht. Sie sah so unglaublich schön aus, und sie fühlte sich zum Verrücktwerden gut an. Wie ein Sturm fegte der Höhepunkt über sie hinweg. Marcel konnte fühlen, wie heftig ihr Körper reagierte. Sie erbebte für ihn deutlich spürbar und riss ihn fast mit sich. Aber Marcel wusste, dass sie mehr wollte. Und er gab sich alle Mühe, ihr und auch sich selbst diesen Wunsch zu erfüllen. Sie rollte sich neben ihn und zog ihn nun spielerisch aber entschieden auf sich. Marcel versenkte sich in ihr, dabei blickte er ihr in die Augen. Sie stachelten ihn an, steigerten seine Begierde ins Unermessliche. Dennoch blieb er auf sie konzentriert. Erst als er Marie noch zwei weitere Male auf den Gipfel der Lust geführt hatte, ergab er sich seiner eigenen.

Marie umschlang ihn und hielt ihn fest, nachdem er gekommen war. Diese Art von Nähe und Zärtlichkeit tat ihm unendlich gut. Er durfte sein, wie er war – verletzlich, nackt, ausgepowert. Als sein Atem sich etwas beruhigt hatte, ließ sie ihn los, damit er ins Bad gehen und sich des Kondoms entledigen konnte. Marcel sah sich im Spiegel über dem Waschbecken an. Er sah zufrieden aus – zutiefst zufrieden. Dabei war er zugleich völlig derangiert. Das Haar strubbelig, rote Flecken im Gesicht, und sogar ein leichter Bartschatten war zu erkennen. Doch das alles verlor sich in dem allumfassenden Anblick eines höchst glücklichen Mannes. Sein ehemaliger Freund Mike hatte öfter derbe Sprüche rausgehauen, auf die Marcel normalerweise verzichtete. Und er wusste, dass Mike jetzt gesagt hätte: „So ein Morgenfick tut dir gut! Macht einen ganz passablen Menschen aus dir. Du solltest dir angewöhnen, das täglich zu tun." Und auch, wenn Marcel nicht ganz diese Worte gewählt hätte, war ihm klar, dass er im Grunde genau das wollte: abwechslungsreichen Sex mit Marie nach einem schönen gemeinsamen Frühstück.

Marcel parkte den Porsche am Friedhof. Der Parkplatz war vermutlich normalerweise mindestens doppelt so groß, aber dank der Schneeberge konnte man froh sein, sein Fahrzeug überhaupt irgendwo auf einer einigermaßen freien Fläche abstellen zu können. Ihm blieb dafür auch nur eine recht kleine Lücke, denn offenbar waren noch mehr Leute auf die Idee gekommen, an Heiligabend ihre verstorbenen Familienangehörigen zu besuchen. Marcel kam in den Sinn, dass das eine ganz gute Tradition war, um sich auf das zu besinnen, was man im Leben genießen sollte: Zeit mit den Menschen zu verbringen, die einem am Herzen lagen, bevor einem nur noch der Weg auf den Friedhof blieb. Ihn packte zugleich das schlechte Gewissen, weil er mindestens seit einem halben Jahr schon nicht mehr auf dem Friedhof bei seinen Eltern vorbeigeschaut hatte. Da er eine Gärtnerei mit der Grabpflege beauftragt hatte, war das im Grunde ja auch nicht nötig. Aber dass er es tun könnte, um ihrer zu gedenken, hatte er komplett aus den Augen verloren. Stattdessen würde er es jetzt bei einem Familienmitglied tun, das seine Eltern einfach aus seinem Leben hinausgeworfen hatten. Oder seine Mutter, um genau zu sein, denn sein Vater hatte vermutlich einfach zugestimmt, als sie ihm später davon berichtete, und sich ansonsten nur wenige Gedanken um den Bruder seiner Frau gemacht.

„Edgar liegt im hinteren Bereich des Friedhofs. Wir können den Hauptweg nehmen." Das schmiedeeiserne Tor mit seinen zahlreichen Verzierungen war weit geöffnet. Der Weg war mit Kies bestreut und offenbar hatte jemand so gut es ging Schnee geräumt, sodass zumindest wenig Rutschgefahr bestand. Die Sonne hatte sich zurzeit hinter dunklen Wolken verzogen, fast so, als wolle sie die andächtige Handlung nicht mit ihren hellen Strahlen stören. Marcel folgte Marie aufs Gelände und blickte sich um. Auffallend viele Engelsfiguren beherrschten das Bild. Große Kreuze aus Marmor, aber auch bescheidenere Gräber reihten sich aneinander. Auf den Wegen standen viele Menschen vor den Grabstätten. Manche mit gebeugtem Kopf, andere hatten kleinere Grüppchen gebildet – vermutlich waren sie vor allem hergekommen, um Bekannte zu treffen und sich ein wenig zu unterhalten, bevor alle Familien sich eher auf sich selbst konzentrieren würden. Eine alte Frau, einen Gang vor ihnen, hatte sich hingekniet. Erst war Marcel verwundert über diese, seiner Meinung nach doch ziemlich übertriebene Geste, doch dann erkannte er, dass die Frau an den Blumen auf dem Grab herumzupfte.

„Auf dem Hauptgang stehen Stefanie und ihre Mutter. Denen muss ich jetzt nicht unbedingt begegnen, sonst sind wir an Silvester vermutlich immer noch hier. Lass uns lieber nach links abbiegen, dann gehen wir erst zu Thomas' Grab und dann zu Edgar. Ist das für dich in Ordnung?"

„Klar! Stefanie und ihre Mutter werden uns nicht zu fassen bekommen", erwiderte Marcel mit einem Grinsen. Marie lächelte und nahm dann den vorgeschlagenen Weg. Marcel wurde etwas beklommen zumute, als sie an Kindergräbern vorbeigingen. Hinter jedem dieser Male steckte eine Tragödie – ein Leben, das nicht hatte gelebt werden können, wie es angemessen gewesen wäre. Sie bogen links ab. Hier waren einige Mausoleen. Seine Familie hatte sich ausdrücklich gegen diese Art von Begräbnisstätte entschieden, und Marcel hatte das berücksichtigt, als er seine Eltern beerdigen lassen musste. Sie waren ohnehin eingeäschert worden, und er hatte ebenfalls vor, sich in einer Urne bestatten zu lassen. „Würdest du so ein Grab wollen?", fragte er Marie.

„Auf gar keinen Fall! Ich möchte überhaupt nicht auf einem Friedhof dieser Art beerdigt werden. Ich möchte in den Wald – so ein Waldfriedhof scheint mir eine recht gute letzte Ruhestätte zu sein. Man geht wieder in die Natur über."

„Aber das tut man hier auch“, wandte Marcel ein. Marie nickte zustimmend. „Trotzdem will ich in den Wald“, bekräftigte sie. „Klingt nicht schlecht. Ich fange nämlich langsam an, Wälder so richtig zu mögen.“ Marcel schenkte ihr einen vielsagenden Blick, denn immerhin war es ihr Verdienst, da sie immer so schöne Strecken zum Spazierengehen auswählte.

„Und dein Mann? Warum liegt er hier?“

„Weil er tot ist“, sagte Marie trocken. Augenblicklich biss Marcel sich auf die Lippe. Wie hatte er nur eine so dumme Frage stellen können? Doch Marie lachte nun leise. „Sorry, ich konnte nicht widerstehen. War aber ein blöder Scherz. Er liegt hier, weil auch seine Eltern schon auf diesem Friedhof begraben wurden. Sie liegen zwar ein paar Gräber weiter, aber immerhin in derselben Reihe. Ich selbst werde hier aber vermutlich keine Familie liegen haben, weil meine Eltern vor gut zehn Jahren nach Berlin zogen.“

„So wie deine Schwester?“

„Genau. Die haben da ein großes Ding draus gemacht. Das Dorf verlassen, um in die Großstadt zu ziehen und neue Wege einzuschlagen. Ich wollte hier allerdings nicht weg. Thomas und ich waren zu diesem Zeitpunkt bereits ein Paar. Ich zog zu ihm ins Haus.“

„Schade, dass euch nur so wenig Zeit zusammen blieb. Hast du je bereut, nicht mit dem Rest deiner Familie nach Berlin gegangen zu sein?“

„Nein, niemals. Meine Eltern geben immer vor, die richtige Entscheidung getroffen zu haben, aber ich glaube ihnen eigentlich nicht, dass sie dort wirklich glücklich sind.“

„Hast du dafür einen Anhaltspunkt, oder vermutet du das nur?“

Marie sah ihn überrascht an. Dann wiegte sie den Kopf ein wenig hin und her. „Vielleicht kennst du mich schon zu gut“, sagte sie mit anerkennender Stimme. „Du hast recht, ich rede mir vermutlich nur ein, dass sie dort in Wahrheit nicht glücklich sind, weil ich es mir für mich selbst einfach nicht vorstellen kann.“

„Einsicht ist eine feine Sache“, sagte Marcel ohne belehrenden Unterton. Marie seufzte. „Vielleicht geht es ihnen sogar richtig gut dort. Sie machen viele kulturelle Dinge. Also, meinen Eltern hättest du mit einem Opern-Abo vermutlich eine Riesenfreude gemacht. Sie gehen auch oft ins Kabarett und ins Theater. Mein Vater hat in ihrem Stammtheater schließlich sogar einen Job als Techniker bekommen. Er hat sich in die Bühnentechnik reingefuchst, und ja – sie scheinen dort echt glücklich zu sein."

„Hm …", machte Marcel. Marie war an einer Wegkreuzung stehengeblieben. „Was?", fragte sie.

„Als du mir erzählt hast, dass du Weihnachten auch bei deiner Schwester verbringen könntest, hast du mit keinem Wort deine Eltern erwähnt. Also, meine sind ja tot, aber du könntest doch Weihnachten auch bei deiner Mutter und deinem Vater verbringen – oder sie zu dir einladen."

„Zu mir würden sie nicht kommen. Sie hassen das alles hier inzwischen. Und sie halten mich für hoffnungslos rückständig. Da ich noch nie ihre Lieblingstochter war, denn diese Rolle durfte meine jüngere Schwester einnehmen, kann ich mich gerade noch beherrschen, die Festtage über so zu tun, als wäre es anders."

„Das klingt aber sehr unversöhnlich."

Marie wies den Weg, indem sie nun rechts abbog. Ein Grab mit einem riesigen weißen Kreuz, das halb von Schnee bedeckt war, nahm Marcels Blick gefangen.

„Im Grunde sind wir nicht unversöhnlich, weil es keinen Grund gibt, etwas kitten zu müssen. Der Punkt ist einfach der, dass sie ihr Leben leben und ich meines. Keiner möchte so sein wie der andere, und das ist in meinen Augen vollkommen okay. In den Augen meiner Eltern auch, also brauchen wir uns nicht um eine Aussöhnung zu bemühen. Wir telefonieren manchmal. Meine Schwester beschäftigt meine Mutter, indem sie ihr immer wieder ihre Kinder aufs Auge drückt. Und ich bin raus, weil ich weder die Kinder meiner Schwester hüten möchte noch mir selbst welche wünsche."

„Wow … du bist ein wirklich sehr resoluter Mensch." Sie blickte zu ihm. „Ja, das stimmt. Und es tut mir leid, wenn ich gerade deinen Traum von einem Dutzend Kindern zerstört habe. Also, mit mir bitte nicht!"

Marcel atmete tief durch. „Ein Friedhof ist ein seltsamer Ort, um über die Familienplanung zu sprechen."

„Nicht, wenn man dem Partner klarmachen möchte, dass er die Familienplanung besser begraben sollte – sofern er denn überhaupt mit einem zusammenbleiben will."

Die passiv gewählte Form machte Marcel ihren Entschluss nur umso deutlicher. Marie wollte keine Kinder. Er dachte darüber nach, wie es für ihn wäre, kinderlos zu bleiben – hatte er sich je zuvor darüber Gedanken gemacht? Nun, da diese Option aus dem Spiel zu sein schien, fragte er sich, ob er sich nicht nach einer Tochter oder einem Sohn gesehnt hatte. Er kam zu dem Schluss, dass er das nicht mit Bestimmtheit sagen konnte. Nun jedoch plötzlich darauf zu bestehen, war nicht die richtige Entscheidung. Wenn er mit Marie zusammenbleiben wollte, würde er sich ihrem Wunsch diesbezüglich fügen. Ohnehin hatte er nie nur deshalb ein Kind gewollt, um den Familienbetrieb in die Hände eines seiner Kinder übergeben zu können, wenn er sich nicht mehr in der Lage fühlte, die Geschäfte zu führen.

„Wir sind da", verkündete Marie plötzlich. Marcel blickte auf das Grab vor ihnen. Es war schlicht, aber gepflegt. Die Marmorplatte trug den Namen Thomas Brandt inklusive Geburts- und Sterbedatum. Daneben war ein kleines Kreuz eingemeißelt. Da war er also: Maries Mann – nicht leibhaftig, dafür umso nachhaltiger in Stein verewigt. Augenblicklich fühlte Marcel sich schrecklich! Dem Ex zu begegnen war die eine Sache – ein verflossener, der aus oftmals nachvollziehbaren Gründen nicht mehr an der Seite des Menschen war, den man liebte. Aber hier war die Sachlage anders. Er hatte nicht von Maries Seite weichen müssen, weil er etwas falsch gemacht hatte. Ganz im Gegenteil, er wäre eigentlich immer noch genau dort. Aber er war dazu nicht mehr in der Lage, weil er gestorben war. Und nur deshalb konnte Marcel nun mit Marie teilen, was eigentlich ihrem Mann zugestanden hätte. Thomas wurde vermisst. Immer noch geliebt sogar. Und Marcel musste lernen, das zu akzeptieren. Bislang war das nur ein diffuses Gefühl gewesen, doch nun nahm es so heftig Gestalt an, dass ihm ganz übel wurde.

„Hallo Thomas, ich möchte dir Marcel vorstellen. Ich habe dir ja schon ziemlich oft von ihm erzählt. Nun – das ist er. Ich bin glücklich mit ihm. Und ich weiß, dass es genau das wäre, was du dir für mich wünschst: dass ich glücklich bin. Insofern setze ich voraus, dass du einverstanden bist, dass wir zusammen sind."

Marcel sah sie von der Seite an. Sie machte wirklich keine halben Sachen. Und sie machte sogar einem Toten eine so klare Ansage, dass Marcel in den Sinn kam, dass er glatt froh sein konnte, sie nicht als Verhandlungspartnerin in geschäftlichen Angelegenheiten kennengelernt zu haben. Nachdem sie das geklärt hatte, verharrten sie noch einen Moment in Schweigen. Marcel begann wieder, sich unbehaglich zu fühlen. Dann ging Marie einfach weiter, und er folgte ihr, ohne dass sie ihm eine Rechenschaft für die Worte an ihren Mann abgab. Marcel nahm es hin. Vermutlich konnte er froh sein, dass sie es überhaupt laut ausgesprochen hatte. Genauso gut hätte sie natürlich auch nur in Gedanken mit ihm reden können. Aber so wusste er, wo er dran war: sie war glücklich mit ihm. Und sie war nicht mit Schuldgefühlen belastet, weil sie das als Witwe zuließ. Im Gegenteil. Sie unterstrich, dass sie das Recht dazu hatte. Im Grunde war es genau das, was er hatte hören müssen. Hatte sie es also wirklich zu Thomas gesagt, oder nicht doch eher zu ihm? Das würde wohl für immer ihr Geheimnis bleiben, denn er hatte nicht vor, sie jemals danach zu fragen. Es war gut so, wie es war. Und nur das zählte letztendlich.

„Voilà, das Grab deines Onkels Edgar", sagte Marie nur ein paar Minuten später. Auch hier fand sich ein marmorner Grabstein, in den der Name und die Daten eingraviert waren. Jedoch befand sich kein Kreuz mit auf dem Stein, sondern eine Rose.

„Er hat Rosen geliebt", sagte Marie, als hätte sie Marcels Gedanken gelesen. „Seine Beete um die Terrasse waren von Anfang Sommer bis in den späten Herbst voll damit. Er hatte Spaliere, die unter der Last der üppigen Blüten fast zu bersten schienen. Die Rosenblüten kamen auch in diesem Jahr, aber es waren nur wenige und sie wirkten kraftlos – beinahe als würden sie trauern. Ich habe Edgar trotzdem ein paar gebracht. Die schönsten, damit er sich nicht erschreckt, was sein Tod bei mir und den Rosen bewirkt hat."

Sie schien es vollkommen ernst zu meinen. Marcel wusste

nicht recht, wie er darauf reagieren sollte. Ihm waren solche Gedankengänge fremd. Aber es faszinierte ihn, wie Marie auf die Dinge reagierte: Liebe und Tod. Beides innerhalb kürzester Zeit in solche Worte zu fassen, war beeindruckend. Und obwohl er nicht wusste, ob er mit ihren Ansichten zu diesen großen Themen vollkommen konform ging, stand für ihn außer Frage, ihre Meinungen dazu jemals zu kritisieren. Marcel versuchte seinerseits ein paar Worte an seinen Onkel zu richten, aber weiter als bis zu einer knappen Vorstellung seinerseits kam er nicht. Denn als er offenbart hatte, dass er sich nicht mehr an die Begegnung mit ihm erinnern konnte, versagte ihm die Stimme.

Mit voller Wucht kam das Gefühl der Hilflosigkeit zurück, das er damals im Krankenhaus empfunden hatte. Die Verwirrung, der Schrecken über seine schweren Verletzungen und die Gewissheit, dass er ebenso gut tot sein könnte. Auch er könnte längst in einem Grab liegen. Wie sein Onkel Edgar. Und wie Thomas – dem er dann Marie nicht wegnehmen könnte. Denn egal wie er es nun auch rechtfertigte, er wäre jetzt nicht der Mann an Maries Seite, wenn das Schicksal gnädiger zu Thomas gewesen wäre. Marie wartete geduldig, doch als Marcel geraume Zeit nicht weitersprach, sagte sie: „Wir sollten jetzt wieder gehen. Ich wette, die Toten wollen gleich ihre Ruhe haben, um ihr ganz eigenes Weihnachten zu feiern.“

Marcel sagte auch dazu nichts, aber der Gedanke gefiel ihm. Marie hatte eine bewundernswerte Art, die schweren Dinge leichter zu machen. Als sie das Tor erneut passierten und zum Auto gingen, war Marcel immer noch ergriffen von all den Emotionen, die er durchlebt hatte. Und er kam zu dem Schluss, dass das Ehren der Toten nicht halb so besinnlich war, wie er anfangs gedacht hatte. Es war aufwühlend! Aber so sehr ihn das alles auch mitgenommen hatte, so klar war ihm, dass Beziehungen letztendlich immer genau auf diesen emotionalen Stürmen basierten. Und dass man sich anstrengen musste, um dem standzuhalten. Denn wenn man besonders viel Glück hatte, lohnte es sich. Sein Blick fiel auf Marie, die ihn über die geöffnete Beifahrertür hinweg anlächelte, bevor sie beide einstiegen – ja, er hatte definitiv besonders viel Glück!

Dreizehntes Kapitel

Marie streckte ihre Füße dem warmen Kaminfeuer entgegen. Nach der langen Wanderung im Schnee waren Marcel und sie reichlich durchgefroren.

„Der weißen Weihnacht steht wohl nichts mehr im Wege", sagte sie und kuschelte sich an ihn. Marcel umschlang sie mit seinem Arm. „Wenn nicht plötzlich eine Warmfront über uns hereinbricht und binnen kürzester Zeit alles wegtaut, hast du ganz bestimmt recht. Immerhin ist schon Heiligabend. Und als ich eben den Müll rausgebracht habe, fing es schon wieder an zu schneien."

„Ist das eigentlich schwer für dich?"

„Dass es schon wieder schneit?"

„Nein, den Müll rauszubringen."

„So schwer war der Beutel gar nicht."

Marie glukste leise, wurde jedoch schnell wieder ernst. „Du weißt doch was ich meine. Immerhin hast du normalerweise Hausangestellte für sowas. Oder hast du etwa je zuvor selbst deinen Müll rausgebracht?"

Marcel überlegte. „Ich glaube, du hast recht. Habe ich nicht. Dafür habe ich es aber ganz gut hinbekommen, finde ich."

„Sofern du ihn richtig sortiert hast."

„Man muss den sortieren? Müll?!"

Marie seufzte. „Okay, ich erledige das gleich noch." Sie schüttelte innerlich den Kopf. Aber Marcel grinste nun amüsiert. „Natürlich habe ich den richtig sortiert. Und klar habe ich schon ein paar Mal Müll rausgebracht. Nicht allzu oft, wie ich zugeben muss, aber es kam vor. Und nein, ich habe kein Problem damit, das auch hier regelmäßig selbst zu machen."

Nun kam Marie sich ziemlich ungerecht vor. Sie war froh, dass er mit ihren Vorurteilen recht gelassen umging.

„Wie sieht's aus, sollen wir gleich zum Supermarkt fahren und alles einkaufen, was uns die Festtage angenehm macht?"

„Ja, gerne", stimmte Marie zu. „Aber ich denke, wir nehmen besser meinen Kombi als deinen Porsche."

„Weil wir Unmengen an Lebensmitteln brauchen?"

„Eigentlich einfach nur, weil es praktischer ist."

Sie erledigten die Einkäufe, als würden sie das schon seit geraumer Zeit gemeinsam tun. Marie war erstaunt, wie geduldig Marcel zwischen verschiedenen Marken entschied, welche sie nehmen sollten. Und obwohl Marie versicherte, das sei wirklich nicht notwendig, musste der Sekt im Einkaufswagen Champagner weichen. Auch sonst hatten sie einige Dinge, auf die Marie normalerweise ihrem Geldbeutel zuliebe verzichtete. Da es an Weihnachten aber ruhig etwas exklusiver zugehen durfte, wollte sie mit Marcel über dessen Hang zu Delikatessen jedoch keine Diskussion führen. Marie hatte bemerkt, dass man im Supermarkt über sie und Marcel redete. Und sicher war ihm das ebenfalls aufgefallen. Doch er ließ es sich ebenso wenig anmerken, wie sie selbst. Erst als Jochen – ihr ehemaliger Klassenkamerad – an der Kasse saß und ihr und ihrem „Bekannten" schöne Weihnachtstage wünschte, zögerte Marie kurz. Jochen wartete offensichtlich darauf, dass sie ihm diesen Bekannten vorstellte. Doch das tat sie nicht. Die Leute im Dorf würden sich schon noch früh genug dran gewöhnen, dass sie nicht mehr allein auf ihrem Berg wohnte. Vorausgesetzt, Marcel entschied sich wirklich für sie. Und bis das noch nicht geklärt war, würde sie einen Teufel tun, sich vor anderen für seinen „Besuch" bei ihr zu rechtfertigen.

„Ich trage die Tüten allein rein. Magst du uns schon mal einen Kaffee aufsetzen?"

Marie fand die Idee hervorragend. Sie nahm das Angebot gerne an. Als sie die Tassen zubereitet hatte, war auch Marcel fertig damit, die meisten Lebensmittel in den Schränken zu verstauen. Bei einigen wusste er jedoch nicht, wohin damit. Abermals wurde Marie klar, wie frisch ihre Beziehung in Wirklichkeit noch war.

„Musst du heute noch arbeiten?", fragte Marcel, als sie gemeinsam am Küchentisch saßen und den Kaffee schlürften. Eine wundervolle Tradition, die sie täglich pflegten. „Ich muss noch einen Osterhasen beim Eieranmalen zeichnen, dann ist das eine Projekt abgeschlossen. Aber das mache ich erst nach Weihnachten.

Im Verlag ist bis nach Neujahr ohnehin niemand."

„Den Osterhasen beim Eieranmalen?" Marcel zog eine Augenbraue hoch. „Ja – egal was immer du jetzt auch denkst, die Szene ist jugendfrei." Nun lachte Marcel aus vollem Halse. „Davon gehe ich doch schwer aus! Aber warum malt der Osterhase die denn selbst an? Versteckt der die nicht eigentlich nur?"

„Nicht in dieser Geschichte. Aber das ist auch egal, denn die habe ich nicht geschrieben. Also habe ich keinen Einfluss darauf, was der Hase tut und was nicht. Sag mal, Marcel, denkst du eigentlich wirklich, ich hätte noch nie Illustrationen gemacht, die ausdrücklich für Erwachsene waren?"

Er verschluckte sich an seinem Kaffee. Als er mit dem Husten wieder aufhören konnte, fragte er: „Ist das dein Ernst? Ich dachte, du zeichnest nur für Kinderbuchverlage."

„Tja, so kann man sich täuschen." Sie lächelte hintergründig, klimperte dann mit den Wimpern und schob sich ein Weihnachtsplätzchen in den Mund, um genüsslich darauf herumzukauen. Marcel betrachtete sie immer noch, als würde er erwarten, sie habe ihn nur zum Narren gehalten. Doch da sie nur die Wahrheit gesagt hatte, verharrte sie in Schweigen, während er darüber nachdachte, wie er das fand.

„Ist für mich vollkommen okay, falls du meine Meinung dazu wissen wolltest. Aber die muss dich eigentlich nicht wirklich interessieren, denn Job ist Job. Und ich werde dir in deinen ganz sicher nicht reinreden."

„Ebenso wenig wie du es wollen würdest, dass ich dir in deinen reinrede?"

Marcel nickte.

„Würde ich ohnehin niemals tun. Ich denke, das weißt du auch." Abermals nickte er. Dann gab er zu: „Das einzige Problem könnte halt sein, dass ich oftmals vollkommen in Arbeit vergraben bin. Und dann vergesse ich schnell alles um mich herum." Es war nicht so, dass Marie sich diesbezüglich andere Illusionen gemacht hatte, doch dass er die Sache nun offen ansprach, wunderte sie. Tatsächlich klang es so, als würde er sie vorwarnen wollen – für die Zeit nach den Feiertagen. Für die Zukunft. Eine *gemeinsame*

Zukunft. Marcel nahm sich ebenfalls ein Weihnachtsplätzchen und biss einem Schneemann den Kopf ab.

„Wie wütend wirst du denn, wenn man versucht, dich aus diesem Arbeitsmodus loszueisen?“

Er dachte über ihre Frage eingehend nach, während der Schneemann die mittlere Kugel und schließlich auch die unterste zwischen seinen Zähnen einbüßen musste.

„Ich würde sagen, das kommt darauf an, wer es tut. Und wann. Und was gerade in der Firma so ansteht.“

Gut, immerhin eine ehrliche Antwort. Kein Freibrief, dass sie Narrenfreiheit bei ihm haben würde. Und so unangenehm sich das vielleicht im ersten Moment auch anhörte, so sehr konnte sie sich mit dieser Tatsache anfreunden. Marcel war Geschäftsmann durch und durch. Und er würde genau das auch an ihrer Seite bleiben. Alles andere wäre ohnehin lächerlich unglaubwürdig. Sowas passierte nämlich nur in kitschigen Hollywood-Filmen, aber doch niemals in der Realität. Und sie würde ja ebenfalls weiterhin zeichnen wollen. Kindermotive – und auch die für zwei erotische Comic-Verlage.

Außerdem würde sie ihren Lebensstil nicht für ihn ändern. Folglich erwartete sie genau das auch nicht von ihm. Wenn sie zusammenbleiben wollten, würden sie Kompromisse schließen müssen. Das schreckte sie nicht. Und momentan schien es ihr, als würde auch Marcel diese Voraussetzung nicht scheuen.

„Also, wenn du heute nicht mehr arbeiten musst – was hältst du davon, wenn wir erst dem alten Meier einen Besuch abstatten und es uns nach dem Spaziergang vor dem Kamin bequem machen.“

„Du willst die gleiche Runde gehen wie beim ersten Mal? Nicht schlecht, aber es gibt noch mehr Wege. Und eigentlich würde ich dir die gerne zeigen, auch wenn der Ausflug dann ein klein wenig länger dauert.“

„Hauptsache, uns bleibt danach noch genügend Zeit vor dem Kamin.“

„Bevor wir ins Bett gehen müssen?“ Marie lachte hintergründig.

„Kamin, Bett … ganz wie und wo du möchtest.“ Marcel grinste auf dieselbe Art zurück.

Eine Stunde später wanderten Marie und Marcel durch einen geradezu märchenhaften Wald. Die Bäume standen so dicht, dass sie sich vorkamen, als wären sie in einer gänzlich anderen Welt.

„Das hier ist meine Lieblingsstelle. Im Sommer ist sie natürlich noch schöner, aber ich finde, auch im Winter hat sie ihren Reiz." Marcel folgte Maries Fingerzeig, doch außer einem Trampelpfad, der im Sommer vermutlich dicht bewachsen war, sah er nichts Besonderes. Sie bemerkte seine Verwirrung und sagte: „Folge mir einfach!" Er tat es. Der Weg führte steil bergan und wurde so schmal, dass sie nur langsam vorankamen und hintereinander hergehen mussten. Er war zudem uneben, und man musste aufpassen, nicht mit dem Fuß umzuknicken. „Wir sind gleich da", kündigte Marie an. Sie nahmen noch eine Biegung, dann blieb Marie stehen. „Ist das nicht toll?", fragte sie und fühlte wie ihr Herz schnell schlug.

Marcel wusste offenbar immer noch nicht, was sie meinte, bis Marie zur Seite trat und ihm den Blick auf die Landschaft freigab. Sie standen an einem Abgrund. Es ging steil bergab. Unten gab es große Schneeflächen zu sehen, die von schorfigen Felsen durchbrochen wurden, die wie brechende Wellen in einem sonst ruhigen Meer anmuteten. Doch das eigentliche Highlight war die Landschaft, die man von hier aus betrachten konnte. Soweit das Auge reichte, waren die tieferliegenden Wälder, die Wiesenflächen, die Äcker, Obstwiesen und kleinen Ortschaften von dem alles dominierenden Schnee bedeckt. Eine Landschaft wie mit Zuckerguss überzogen. Der Rauch einiger Schornsteine stieg in den hellen Himmel auf, der fast so aussah, als ginge er im Weiß der Landschaft unter.

Es war still. Ein paar Raubvögel kreisten am Himmel. Dann vernahmen sie das Glockengeläut eines Kirchturmes. „Es ist wirklich traumhaft schön", sagte Marcel. Marie fühlte sich glücklich. Dass Marcel die gleichen Dinge wie sie genießen konnte, war wirklich beruhigend. „Im Frühling kannst du von hier aus jede Menge Bäume blühen sehen. Und Rapsfelder reichen bis an den Horizont. Die Luft ist dann voller Insekten, überall summt und brummt es."

„Und man wird pausenlos gestochen?"

„Eher selten. Ach, du müsstest es selbst sehen, um es zu verstehen."

Nun lachte Marcel. „Du glaubst jetzt aber nicht, ich hätte noch nie einen Frühling auf dem Land erlebt, oder? Schmetterlinge, Libellen, Bienen und Hummeln kenne ich schon. Keine Ahnung, was man euch Ländlern über uns Stadtmenschen erzählt, aber so weltfremd sind wir gar nicht."

„Richtig. Und wir Landmenschen auch nicht. Nur, dass ich in der Stadt wenig Orte finde, an denen ich mich so frei und zufrieden fühle, wie hier."

„Ja, dieser Ort ist wirklich schön. Und ich verspreche dir, dass ich immer wieder herkommen möchte. Das ganze Jahr über, um ihn im Kreislauf der Jahreszeiten zu sehen und ihm immer wieder neue Schönheiten abzugewinnen. In Ordnung?"

Marie glaubte erst, er würde nur ihr zum Gefallen diese Worte aussprechen, doch dann sah sie, wie er genießerisch den Blick schweifen ließ, ohne wirklich ihr Einverständnis zu erwarten. Sie glaubte ihm, dass es sein eigener Wunsch war, und sparte es sich daher, ihm ihr Okay zu geben. Auf dem Rückweg sprachen sie über Erinnerungen aus der Kindheit. Marie über ihre Stunden am Bach, wo sie zusammen mit ein paar Jungs aus dem Dorf einen Staudamm gebaut hatte. Und wie sie darüber die Zeit vergessen hatte, und ihre Eltern sie laut rufend überall gesucht hatten. Marcel berichtete ihr davon, dass er einmal, als er etwa acht war, in einem Zelt im Garten der Familienvilla hatte übernachten dürfen. Aber gegen Mitternacht war er ins Haus zurückgekehrt, weil er ein paar Mücken im Zelt gehabt hatte, die ihm das Abenteuer verleidet hatten. „Und in eurer Villa gab es keine Mücken?", fragte Marie lachend. „Nein. Jeden Tag musste das Dienstmädchen mit Insektenspray alles töten, was uns aussaugen wollte." Marie sah ihn überrascht an. Dann fragte sie: „Etwa auch alle Leute beim Finanzamt?" Marcel brach in Lachen aus. „Wenn meine Eltern das gekonnt hätten, hätten sie es sicher getan."

„So welche waren das also. Dagobert Ducks in Menschengestalt. Und du? Bist du auch wie der olle Bertel?"

„Zumindest bade ich nicht in Münzen. Nein, ich bin wohl definitiv kein Dagobert Duck. Ich habe nicht mal einen Glückstaler. Aber ich hoffe trotzdem, dass du auch nicht wie Gundel Gaukeley bist."

Nun fiel Marie wortwörtlich der Unterkiefer runter. „Du kennst die Lustigen Disney Taschenbücher? Hattest du nicht gesagt, du hättest nur Sachbücher und Fachliteratur gelesen?"

„Stimmt, das sagte ich", räumte Marcel ein. „Aber da war ich ja auch schon in dem Alter für Sach- und Fachliteratur. Davor jedoch habe ich die Geschichten um Micky Maus und die Ducks regelrecht verschlungen."

„Und deine Mutter fand das okay?"

Marcel blickte Marie von der Seite an, während sie den Wald verließen und auf die Landstraße zugingen. „Nein, natürlich nicht. Einmal entdeckte sie einen Stapel Comics unter meinem Bett. Ich denke, schlimmer hätte ihre Reaktion auf eine Porno-Sammlung auch nicht sein können."

„Was ist dann passiert?"

„Ich bekam Stubenarrest. Was gut war. So hatte ich noch mehr Zeit für die Geschichten aus Entenhausen. Auch das bekam sie heraus und gab schließlich klein bei. Sie richtete sogar ein Abo für mich ein, damit ich mich nicht mit irgendwelchen Säufern vor einem Kiosk rumtreiben musste. Ich habe mich immer gefreut, wenn ein neuer Band rauskam. Aber irgendwann verschwanden die Enten und Mäuse in Kleidung aus meiner Freizeit."

„Und sie wurden durch Informationen zu welchen Themen ersetzt? Was hat dich danach interessiert?"

„Erstmal alles, was Jungs eben so begeistert: Technik, Raumfahrt, Astronomie, Geografie."

„Ich wüsste nicht, dass Jungs sich so sehr für Geografie interessieren. Aber erzähl weiter! Was kam dann?"

„Geologie, Geschichte, Religion, Anthropologie. Dann Maschinenbau, Chemie, Astrophysik."

Marie blieb stehen und sah ihn stirnrunzelnd an. „Dann wärst du also tatsächlich nicht unglücklich, wenn ich Astrophysikerin wäre. Ist ja lustig, hatte ich nicht genau das neulich erwähnt?"

„Ich glaube, du sagtest Atomphysikerin. Wie auch immer – unglücklich wäre ich nicht. Aber ich bin auch wirklich sehr glücklich damit, dass du Illustratorin bist. Damit habe ich mich zum Beispiel nie beschäftigt. Ich bin vollkommen unkreativ.“

„Vielleicht wärst du es, wenn du es versuchen würdest.“

„Das überlasse ich wirklich lieber dir.“ Er lächelte. Marie zuckte mit den Schultern.

„Bei den ganzen Gebieten, mit denen du dich beschäftigt hast, bist du jetzt wohl so etwas wie ein Lexikon auf zwei Beinen.“

„Eher nicht. Ich habe von allem was aufgeschnappt, aber mein Wissen ist doch eher oberflächlich geblieben.“

„Außer im Maschinenbau, hoffe ich doch mal. Denn das ist es doch, was euer Familienimperium ausmacht, oder?“

„Ja, unter anderem. Aber über die Arbeit möchte ich nun wirklich nicht sprechen.“

„Lieber über die Ducks?“

Marcel lachte. „Lieber über dich. Wann hattest du deinen ersten Kuss? Den ersten Freund? …“

„Den ersten Sex? Mit siebzehn. Ich war schon echt alt, das muss ich zugeben.“ Sie grinste, wartete jedoch seine Erwiderung nicht ab, sondern fuhr fort: „Den ersten Kuss hatte ich allerdings schon mit elf. Ich habe ihn geküsst. Er war nicht ganz so begeistert ... Jungs in diesem Alter sind doch noch richtige Kinder.“ Sie grinste erneut. „War trotzdem schön irgendwie. Vielleicht war da aber nicht so viel Zunge im Spiel wie es sich jetzt anhört. Meinen ersten festen Freund hatte ich mit fünfzehn. Da lief allerdings nicht viel. Inzwischen weiß ich, dass er schwul ist. Aber das ist alles nicht mehr so wichtig. Ich lebe in der Gegenwart, nicht in der Vergangenheit.“

„Und was ist mit der Zukunft?“

„Die habe ich im Blick. Aber der Gedanke an sie versperrt mir nicht die Sicht auf das Hier und Jetzt. Denn die Zukunft können wir noch so sehr planen, trotzdem weiß niemand wie sie wird. Es gibt keine Garantien. Die Gegenwart jedoch sollte man mit allen Sinnen erleben. Denn sie ist das, was greifbar ist und was unser Dasein einzig in Wahrheit definiert.“

„Tut das nicht auch die Vergangenheit?“

„Sicher. In einem gewissen Maße zweifellos. Aber man sollte aufpassen. Denn unsere Erinnerung trügt uns oft. Dinge werden entweder in ein angenehmeres Licht getaucht, oder sie werden grundlos in unserer Rückschau dramatisiert. Und das meiste – seien wir doch ehrlich – vergessen wir einfach. Daher sehe ich die Gegenwart als die wichtigste Zeit in einem Menschenleben an.“

„Sehr gute Argumente. Ich kann mich nicht erinnern, das jemals irgendwo so schon mal gehört oder gelesen zu haben.“

„Was natürlich rein gar nichts heißt, denn selbst du wirst wohl nicht sämtliche Sachliteratur gelesen habe. Abgesehen davon hast du weder Philosophie noch Psychologie erwähnt.“

„Beides nicht unbedingt mein Ding.“

„Aber Religion schon? Die hast du nämlich erwähnt.“

Sie überquerten die Straße, nachdem ein LKW vorbeigefahren war, und gingen diesmal von der anderen Seite auf Maries Haus zu.

„Religion war ein Thema für meine Eltern. Ich habe mich dem ganzen fachlich angenähert, um zu ergründen, warum der Glaube immer noch so viel Stellenwert in unserer Gesellschaft einnimmt. Mehr möchte ich eigentlich gar nicht dazu sagen. Denn ich weiß nicht, wie es bei dir aussieht, aber ich bin wohl trotz aller Studien – oder vielleicht auch gerade deswegen – eher ungläubig.“

Marie war überrascht. Sie hatte vermutet, dass die Religion einer Familie wie den Dahlheyms den Rahmen für das lieferte, was sie im Geschäftsleben durchzogen – einen trügerischen Rahmen, denn reiche Leute rechtfertigten sich gerne mit erfundenen Geschichten für ihre rücksichtslosen Mechanismen. So zumindest empfand es Marie des Öfteren. Dass Marcel auch in dieser Hinsicht mit ihr konform ging, ließ einen Stein von ihrem Herzen purzeln.

„Also müssen wir heute Abend nicht in die Kirche gehen, um der Christmette beizuwohnen?“

„Auf gar keinen Fall! Natürlich hätte ich es dir zuliebe getan, aber wild darauf bin ich nun wirklich nicht.“

Marie stieß einen Seufzer der Erleichterung aus. „Na, Gott sei Dank!“, sagte sie und grinste über den Ausspruch breit, bevor sie anfügte: „Ich fürchte auch, unser Dorfpfarrer wäre tot umgefallen, wenn ich plötzlich in der Kirche aufgetaucht wäre. Ich habe sie zuletzt als Kind von innen gesehen, denn ich habe mich schon nicht mehr firmen lassen. Für mich ist das Vergangenheit …“

„Und die ist nicht so wichtig wie die Gegenwart.“ Marcel blickte sie lächelnd an.

„Richtig. Aber in der nahen Zukunft sehe ich schöne Dinge. Dinge, die wir gemeinsam tun“, orakelte Marie. Und sie sollte recht behalten.

Vierzehntes Kapitel

Die Gans roch köstlich! Marcel holte sie aus dem Ofen, während Marie den Tisch deckte. Sie legte sogar Weihnachtsservietten bereit und zündete mehrere Kerzen an, die sie in einen Leuchter gesteckt hatte. Alles war so festlich wie Marcel es bestimmt gewohnt war. Nein, das stimmte nicht ganz. Das Besteck war nicht aus echtem Silber und die Gläser nicht aus Bleikristall. Der Rotwein schmeckte daher aber nicht minder gut. Außerdem behauptete Marcel, das Funkeln ihrer Augen wäre ohnehin bezaubernder als jedes noch so kunstvoll geschliffene Glas es je sein könnte.

Draußen war es bereits dunkel. Im Kamin loderte das Feuer, das sie dank eines großen Holzvorrats, den sie ins Haus geholt hatten, die ganze Nacht mit Nachschub versorgen konnten. Wenn sie denn wirklich die ganze Nacht wach bleiben wollten ... Sie hatten zwar diesen Plan geschmiedet, doch ob es dazu kommen würde, ließen sie dann doch die Müdigkeit entscheiden. Sie aßen in Ruhe und stießen immer mal wieder mit den Gläsern an. Plötzlich ließ Marie erschreckt ihre Gabel sinken und sah Marcel entgeistert an. Der blickte irritiert zurück. Marie wurde heiß und kalt, und obwohl sie wusste, dass diese Reaktion übertrieben war, hauchte sie: „Wir haben ja etwas ganz Wichtiges vergessen!"

„Die Geschenke? Also, du musst mir wirklich nichts schenken", beschwichtigte Marcel sofort.

Marie stutzte. „Geschenke? Ach nein, die meinte ich nicht mal. Etwas viel Wichtigeres!"

„Wichtiger als Geschenke? Was könnte das denn sein?" Marcel kratzte sich nachdenklich an der Stirn. Schließlich schien ihm ein Licht aufzugehen. Marie wollte ihn gerade aufklären, und so sprachen sie es gemeinsam aus: „Wir haben ja gar keinen Weihnachtsbaum!"

Sie sahen sich beide mit großen Augen an. Marie hatte im letzten Jahr zwar keinen Wert darauf gelegt, den dafür vorgesehenen Baum ins Haus zu holen, doch in diesem Jahr sah die Sache eigentlich komplett anders aus. Sie wollte, dass alles so perfekt wie möglich war, damit Marcel es nicht zu sehr bedauerte, bei ihr statt auf den Malediven zu sein. Wenn er schon auf eine gewisse Art gezwungen war, ein klassisches Weihnachtsfest zu feiern, sollte auch alles stimmen. Und ein Weihnachtsbaum gehörte unbedingt dazu! Doch sie hatten noch nicht mal einen ausgesucht. Geschweige denn, dass sie ihn geschlagen und ins Haus geholt hätten – vom Schmücken ganz zu schweigen. Und nun waren sie sogar mit ihrem Mahl bereits fertig, aber immer noch komplett weihnachtsbaumlos.

„Sollen wir einfach drauf verzichten?", fragte sie schuldbewusst. Marcel legte seine Serviette neben den leeren Teller und erwiderte: „Nein. Ich werde mich jetzt auf den Weg machen, um einen zu kaufen."

„Aber nein! Das ist wirklich nicht nötig. Und ich glaube auch nicht, dass wir jetzt noch irgendwo einen kaufen könnten. Auf meinem Land stehen genügend Tannen, die wir nehmen können. Aber es ist halt Arbeit. Und es ist bereits dunkel."

„Aber es gibt kein Gesetz, dass man Tannen auf dem eigenen Grundstück nach Sonnenuntergang nicht fällen darf, oder?"

Marie schüttelte den Kopf. „Wenn ja, müsste es brandneu sein. Zumindest wenn man keine großen Tannen fällen möchte, und niemand dabei gefährdet werden kann. Was allerdings im Vampir-Gesetz steht, weiß ich nicht. Nach Sonnenuntergang ist für die die Verletzungsgefahr natürlich wesentlich höher."

„Solange wir keinen Holzpflock aus dem Stamm schnitzen, sollte es auch für Dracula okay sein. Ich denke, ein Kaffee ist aber noch drin, bevor wir losziehen."

Nachdem sie gemütlich Kaffee getrunken und dazu noch ein paar Weihnachtskekse gegessen hatten, verließen sie in entsprechendem Outfit und mit einer Taschenlampe bewaffnet das Haus. „Ich gehe rasch in die Scheune, um die Axt zu holen", kündigte Marie an.

„Falls du da auch Knoblauch hast, bring ihn vorsichtshalber einfach mit", rief Marcel ihr hinterher. Marie blieb stehen, blickte sich zu ihm um und schüttelte den Kopf. „Okay, dann hacke ich den Vampiren zur Not mit der Axt den Kopf ab", kündigte Marcel an. Marie musste lachen. „Das funktioniert aber nur bei Zombies."

„Verdammt, ich habe noch so viel zu lernen", bekannte er lachend. Marie liebte es, wie er bereit war, seinen Humor auszuweiten. Die ständige Ernsthaftigkeit, die er wohl sonst zur Schau trug, war in ihren Augen nur aufgesetzt. Sie war sich sicher, dass sie momentan den echten Marcel vor sich hatte. Den, den sie wollte. Mit all seinen Fehlern, die er ihr sicher noch offenbaren würde, sobald die Wochen voranschritten. Wenn sie die denn tatsächlich gemeinsam verbringen würden. Doch darüber wollte sie jetzt nicht nachdenken. Nicht an Heiligabend. Nicht, wenn sie gerade dabei war, wie eine komplette Idiotin durch den eigenen kleinen Wald zu laufen, um eine der wild wachsenden Tannen als Wohnzimmer-Equipment auszusuchen.

Als sie zurückkehrte, nahm Marcel ihr wie selbstverständlich die schwere Axt ab. Sie schaltete dafür die Taschenlampe ein und leuchtete ihnen den Weg. Sie schritten über die große Weide, die inzwischen eigentlich nutzlos war, da Marie weder Tiere hielt noch Heu machte. Die Grasfläche war so tief unter Schnee begraben, dass sie bei jedem Schritt weit in das immer noch alles dominierende Weiß eintauchten. Durch den recht kleinen Lichtkegel sahen sie ansonsten kaum etwas. Marie versuchte, Marcel nicht in die Irre zu führen, denn sie benötigte den Strahl der Taschenlampe, um selbst die nächsten Schritte tun zu können. Er folgte ihr also fast blind. Das war er mit Sicherheit nicht gewohnt. Er tat es trotzdem.

Marie umschiffte eine Rolle Stacheldraht, die sie unachtsamerweise einfach neben einem Holzzaun hatte liegen lassen. Inzwischen hätte sie die längst wegräumen können, denn es gab kein Vieh mehr, das sie einzäunen musste. Aber alles, was nicht unbedingt notwendig war, geriet so schnell in Vergessenheit. Teilweise war diese Vergessenheit sogar heilsam, denn zu viel Verantwortungsgefühl war immer ihr Problem gewesen. Aber als Marcel einen kurzen Laut des Schmerzes von sich gab, weil er die Rolle mit seinem Bein gestreift hatte, wurde Marie klar, dass sie einiges an Verantwortung doch zu sehr hatte schleifen lassen. Es war ihre Schuld, wenn er sich verletzt hatte. Sie hoffte, dass er nicht auf dem Weg verbluten würde. „Alles okay?", fragte sie vorsichtshalber. „Ja, ich bin nur kurz hängengeblieben. Ist nicht wild." Sie gingen weiter, bis sie den Waldabschnitt erreicht hatten. Nun wurde die Sache noch schwieriger, denn der Weg führte bergab. Marie geriet auch prompt ins Rutschen und gab einen erschreckten Schrei von sich. Ihre Beine schienen ein Eigenleben zu führen. Sie drohte, ungebremst gegen einen Baumstamm zu rutschen, der durch einige abgebrochene Äste zu einer ernsten Gefahr werden konnte. Doch Marcel bekam die Kapuze ihres Mantels zu fassen, und sobald er sie kurz gebremst hatte, umschlang er mit seinen kräftigen Armen ihre Schultern, um sie sicher festzuhalten. Maries Herz klopfte so schnell, dass sie kaum sprechen konnte. Schließlich brachte sie ein gepresstes: „Danke", heraus. Marcel erwiderte nichts, sondern zog sie einfach wortlos in seine Arme, um sie zu küssen. Marie spürte, wie der Schrecken sie verließ und dem guten Gefühl, beschützt zu sein, Platz machte. Es bedurfte keines Zombies oder Vampirs, den Marcel bekämpfen musste. Er bewies mit ganz alltäglichen Dingen, dass er für sie da war. Und das fühlte sich unglaublich gut an!

„Ich glaube, wir können jetzt weitergehen", sagte sie schließlich. Marcel entließ sie aus seinem schützenden Griff. Unnötigerweise mahnte sie: „Sei vorsichtig, ist echt glatt hier." Er bejahte jedoch ernst, ohne eine Spur von Sarkasmus hören zu lassen. Marie bemühte sich, ihm nicht noch einmal zur Last zu fallen. Daher wählte sie ihre Schritte vorsichtig, auch wenn sie so nur langsam vorankamen. Mit der Taschenlampe nahm sie einen Weihnachtsbaum-Kandidaten nach dem anderen in Augenschein. Viele hatten Makel, die sie Marcel nicht zumuten wollte, auch wenn er keine direkte Meinung abgab. Vermutlich, weil er die Aspiranten gar nicht richtig sehen konnte. Als Marie jedoch ein Exemplar fand, an dem sie auf Anhieb nichts auszusetzen hatte, fragte sie: „Wie findest du den?"

Marcel besah sich die Sache, indem er sanft nach ihrer Hand griff und den Lichtkegel so führte, wie er ihn benötigte. „Sieht gut aus! Aber das tat das erste Dutzend ehrlich gesagt auch schon. Ich bin da vermutlich nicht ganz so anspruchsvoll wie du."

Wow, das hatte gesessen. Sie war doch nur wegen ihm

so anspruchsvoll! Hatte er das denn gar nicht bemerkt? Nun, vermutlich nicht, denn immerhin war er ein Mann. Für ihn zählte wohl nur, was er direkt wahrnahm, nicht die hunderttausend Dinge, die sich in ihrem Hinterkopf abspielten, um ihn nicht zu enttäuschen.

„Gut, dann nehmen wir den", entschied sie sogleich. Wenige Sekunden später kam die Axt zum Einsatz. Marcel brauchte nur ein paar Schläge, um den Stamm zu durchtrennen. Das Schleppen zum Haus stellte sich allerdings als umso schwieriger heraus. Denn obwohl der Baum nun wirklich nicht riesig war, brachte er so einiges an Gewicht mit sich. Marcel ertrug die Last jedoch tapfer – fast ohne zu offenbaren, wie anstrengend das Unterfangen für ihn wurde. Marie war ständig versucht, ihm zu helfen, aber sie wusste, dass das nicht nur unsinnig war, sondern ihn auch unnötig in seiner Männlichkeit verletzen würde. Denn ganz egal wie man als Frau diesen Dingen gegenüber auch eingestellt war, es gab naturgegebene Gesetzmäßigkeiten, die man auch mit noch so viel Feminismus nicht dementieren konnte. Und dazu zählte die Tatsache, dass Marcel trotz seiner eher wenig körperlich anspruchsvollen Tätigkeit um einiges stärker war als sie selbst.

Als sie die Tanne endlich im Wohnzimmer hatten, holte Marie rasch den Ständer aus dem Keller. Zum Glück wusste sie auf Anhieb, wo er war. Das Teil ließ sich problemlos überreden, den abgetrennten Stumpf mit sicherem Halt aufzunehmen. Die Tanne stand nun – der erste wichtige Schritt für einen gelungenen Weihnachtsbaum.

„Schön grün", ließ Marcel sich vernehmen. Marie stimmte zu. „Um die rosafarbenen habe ich dir zuliebe auch extra einen großen Bogen gemacht."

„Nett von dir", sagte er höflich und grinste dann. Marie biss sich kurz auf die Lippe. „Der Weihnachtsschmuck ist auf dem Dachboden", sagte sie schließlich zögerlich. „Dann lass ihn uns doch holen!" Marcel sah sie auffordernd an. Abermals kaute Marie auf ihrer Lippe herum. „Was ist denn los?", fragte Marcel. Sie zuckte mit den Schultern, dann bekannte sie: „Da ist nicht nur der Baumschmuck, sondern auch jede Menge Sachen, die Thomas gehörten."

„Und deshalb möchtest du jetzt lieber nicht so gerne dort hinaufgehen?", fragte Marcel sanft. Sie nickte. „Okay, dann mache ich das allein. In Ordnung?"

„Das wäre wirklich schön, wenn du das machen könntest. Versteh mich nicht falsch, normalerweise ist das kein Problem für mich, aber ausgerechnet an Heiligabend … Ich hätte wirklich vorher an den Weihnachtsbaum denken müssen, dann hätte ich auch früher den Schmuck von oben geholt." Sie kam sich dumm vor, dass sie sich nun so anstellte, nachdem sie doch auf dem Friedhof so klare Worte gefunden hatte. Marcel musste glauben, sie wüsste nicht, was sie wollte. Aber er machte gar nicht den Eindruck, irgendetwas an ihrem Verhalten nicht nachvollziehen zu können. Im Gegenteil, er schien sie vollkommen zu verstehen. An einem Feiertag, den man oft mit einem geliebten verstorbenen Menschen verbracht hatte, galten nun mal andere Regeln. Und es war die eine Sache, an einem Grab zu stehen. Doch es war etwas ganz anderes, all die Dinge zu sehen und berühren zu müssen, die einen unweigerlich an die gemeinsamen Stunden erinnerten, die niemals zurückkehren würden.

Sie sah zu, wie Marcel die Treppen hinaufging. Marie hingegen nahm zwei Gläser aus dem Schrank und holte die Whisky-Flasche hervor. Dann goss sie ein wenig in eins der Gläser und nahm einen Schluck. Sie ließ die scharfe Flüssigkeit ihre Kehle hinabrinnen. Augenblicklich ging es ihr ein wenig besser.

Als Marcel schließlich mit einem großen Karton zurückkehrte und ihn auf den Wohnzimmertisch stellte, öffnete Marie ihn. Dank der Zeit, die sie gewonnen hatte, und der betäubenden Wirkung des Alkohols, fühlte sie sich nun den Erinnerungen, die sie darin fand, gewachsen. Kugel um Kugel erhielt ihren Platz an den Zweigen der Tanne. Marie schenkte Marcel ebenfalls Whisky ein und sich selbst nach. „Den Champagner gibt's dann zur Bescherung?", fragte Marcel amüsiert. Marie lachte. „Jetzt setz mich doch nicht so unter Druck! Aber ja, warum nicht? Ich finde, das passt. Ich kann mich gar nicht erinnern, wann ich zuletzt Champagner getrunken habe. Ist also gewissermaßen sowieso ein Gefühl wie Weihnachten."

„Na, dann passt es ja“, sagte Marcel und stieß mit ihr an. Er genoss den Whisky mit geschlossenen Augen. Marie sah ihn an – dann konnte sie nicht widerstehen. Sie küsste ihn auf die vom Getränk noch leicht benetzten Lippen. Überrascht öffnete Marcel die Augen. Sie waren sich so nah und sahen sich an, als wäre es das erste Mal. Maries Herz schlug schnell. Der Moment war wunderbar aufregend und zugleich innig. Immer mehr begann sie miteinander zu verbinden. Die gemeinsamen Erlebnisse, und damit auch künftigen Erinnerungen wuchsen von Tag zu Tag. Und ein vergessener Weihnachtsbaum war ganz sicher ein Erlebnis, das sie so mit noch niemandem zuvor geteilt hatte. Ebenso wenig wie die nächtliche Tour, um einen Baum aus dem dunklen Wald zu holen. Es war schön, diese Dinge mit Marcel erleben zu können. Und sie hatte tatsächlich den Eindruck, dass auch er sie genoss.

Fünfzehntes Kapitel

Der Dachboden war für Marcel eine echte Herausforderung gewesen. Thomas' ehemalige Anwesenheit im Haus war in den unteren Stockwerken eigentlich nicht mehr zu bemerken. Marie hatte keine Fotos von ihr und ihm in den Regalen stehen oder an den Wänden hängen. Außerdem gab es keine persönlichen Gegenstände von ihm, die sie aus nostalgischen Gründen an Ort und Stelle gelassen hatte – offenbar hatten diese aber alle auf dem Dachboden ihr Dasein gefunden. Marcel hatte plötzlich zwischen Kartons mit Herrenpullovern, Schuhen und anderen Kleidungsstücken, die eindeutig einem Mann gehört hatten, gestanden. In einer Holzkiste waren Fotos von den beiden verstaut. Sie wirkten glücklich. Ein rundum zufriedenes Paar, wie es schien. Ein kurzer Blick darauf hatte Marcel bereits genügt, um zu entscheiden, dass er der Versuchung besser widerstand, sich näher damit zu beschäftigen. Nicht heute – nicht zu diesem Anlass.

In einem Regal an der Wand lagerten ein Rasierapparat, eine elektrische Zahnbürste, ein Handy und diverse andere technische Geräte, die vermutlich alle Thomas gehört hatten. Ein paar alte Fotoapparate gehörten dazu, die normalerweise Marcels Aufmerksamkeit auf sich gezogen hätten. Er wollte sie jedoch nicht berühren, denn obwohl sie für ihn interessant waren, bargen sie doch die Gefahr, sich zu sehr mit diesem toten Menschen zu beschäftigen, dessen Platz er in Maries Bett – und in ihrem Leben – eingenommen hatte. Aber das Schlimmste war ein Bild, das offenbar Marie gezeichnet hatte. Es zeigte ihren Mann fast in Lebensgröße. Die Zeichnung war sehr gut – mit Liebe gefertigt. Und genau das war eben das Schlimme daran … Die Gefühle, die die beiden verbunden hatten, waren sicher nur teilweise mit ihm gestorben. Ein Rest von ihnen würde wohl für immer in Maries Herz seinen Platz haben. Marcel benötigte einen Moment, um sich wieder vor Augen zu führen, dass genau aus diesem Grund nun er hier war, um den Weihnachtsschmuck zu holen, und nicht sie. Wenn er schon hart schlucken musste, wie schwer war es dann wohl für sie, hier heraufzukommen? All die Erinnerungen – schmerzhaft anzusehen. Doch solche Dinge warf man nicht einfach weg, das war Marcel absolut klar. Sie lebte damit, also musste er es ebenfalls lernen, wenn er in diesem Haus bleiben wollte. Er konzentrierte sich auf seine Aufgabe und suchte nach einem Behältnis mit Weihnachtsschmuck. Zum Glück fand er den Karton recht schnell, griff danach und war erleichtert, den Dachboden wieder verlassen zu können.

Als er im Wohnzimmer ankam und Marie mit einem Glas Whisky vorfand, verstand er sie nur zu gut. Und als sie ihm ebenfalls ein Glas einschenkte, hätte er sie allein dafür schon küssen können. Genau das tat sie dann, als er dankbar die Augen schloss, um das diffuse Beklommenheitsgefühl abzuschütteln, das sein kleiner Ausflug auf den Dachboden ihm beschert hatte. Die Berührung ihrer Lippen merzte auch den Rest jeder Unbehaglichkeit aus. Er sah sie an. Ihre Augen … einfach wunderschön! Inzwischen vertraut, aber immer noch riefen sie tiefe Emotionen in ihm hervor – und Lust. Unbändige Lust, die er nun jedoch zähmen würde, denn es gab einen Baum zu schmücken. Und wenn sie das jetzt nicht taten, sondern übereinander herfielen, wäre der Heiligabend vermutlich bereits herum, bevor sie ihr weihnachtliches Werk beendet hatten.

Auch Marie schien diesen Plan zu verfolgen, denn sie schmückten gemeinsam den Baum, ohne sich ablenken zu lassen. Schon nach kurzer Zeit war er mit schön glänzenden Kugeln in sämtlichen Farben, kleinen Holzsternen und zauberhaften Engeln dekoriert. Als jeder nur noch eine kleine Kugel an einem der obersten Äste aufhängen wollte, stießen sie sich gegenseitig versehentlich an. „Hey!", sagte Marie herausfordernd und schubste ihn neckisch gleich nochmal – diesmal mit ihrem Becken. „Verzeihung", sagte Marcel automatisch. Doch sie verzieh nicht, sondern gab ihm gleich noch einen ihrer verführerischen Stöße. „Ganz schön frech", urteilte Marcel und umfasste ihren Po, um ihren Unterleib an sich zu ziehen.

Er ließ Marie spüren, dass ihre ungestüme Art ihn erregte. „Du hast ja wirklich ein Geschenk für mich", sagte sie mit funkelnden

Augen. Er musste lachen. So leicht zufriedenzustellen war noch keine Frau in seinem Leben gewesen. Und er hoffte, dass das in gewisser Weise auch für Marie galt, denn sonst wäre sein Ausflug nach Hillesheim ja praktisch umsonst gewesen. „Sagen wir, ich habe zwei Geschenke für dich“, lenkte er ein.

„Und darf ich das eine schon auspacken?“

„Ich bitte darum!“ Marcel spürte, wie seine Erregung deutlich wuchs. Marie konnte mit ihren Worten und ihrem Blick bewirken, was viele Frauen in seinem Leben bislang nur mit ihren Händen hatten bewerkstelligen können. Er genoss das so intensiv, dass er sich für einen Moment vergaß. Ehe er sich versah, war er dabei, Marie auszuziehen und jede freigelegte Stelle mit seinen heißen Küssen zu bedecken. Als er bei ihrer Scham angelangt war, hielt er einen Moment inne, obwohl es ihm unendlich schwerfiel, sie nun nicht auch dort zu schmecken. War er zu stürmisch? Zu fordernd? Dann spürte er, wie sie seinen Hinterkopf umfasste, um seine Unterbrechung zu unterbinden. Sie roch so gut – und sie schmeckte wirklich wie der Himmel. Und genau dort hielten die beiden sich in der folgenden Stunde auf, ohne je wieder auf den Boden zurückkehren zu wollen.

Ihre Kleidung war noch nicht wieder ordentlich, als sie schließlich erhitzt und zutiefst befriedigt nebeneinander auf der Couch saßen. „Meine Güte, was für eine nette Bescherung“, sagte Marie lachend. Sie versuchte ein paar widerspenstige Strähnen zu bändigen, doch das wollte nicht so recht gelingen. Marcel wusste, dass er für sein Hemd ein Bügeleisen benötigen würde, wenn es wieder akkurat aussehen sollte. Da der zerknitterte Zustand Marie aber nicht zu stören schien – und sie immerhin sogar schuld an diesem Look war – verzichtete er darauf, das auch nur einen Moment lang weiter in Erwägung zu ziehen. „Schuld war natürlich nur der Whisky“, sagte Marie mit einem Wimperklimpern, das Marcel zum Grinsen brachte. „Klar! Allein der Alkohol konnte das bewirken. Nicht etwa deine stürmische und amazonenhafte Art, mich mit Haut und Haaren auf der Stelle zu nehmen.“

„ICH dich?“, gab Marie sich empört. Sie runzelte die Stirn. Dachte nach. Dann sagte sie: „Ach ja ... vielleicht doch. Okay, war meine Schuld. Aber nur, weil ich Whisky getrunken hatte!“

„Nun … dann bekommst du jetzt Champagner“, sagte Marcel entschieden. Marie prustete. „Willst du jetzt eine Fortsetzung? Amazone Teil 2?“

„Später.“ Marcel hob die Schultern und ließ sie wieder sinken, um zu zeigen, dass er sich vorerst geschlagen gab. Marie stieß einen Seufzer der Erleichterung aus. „Das gibt mir Hoffnung, dass wir den Rest des Tages vielleicht doch noch wie anständige Menschen besinnlich statt sinnlich hinbekommen.“

„Beides ist irgendwie sehr nett“, bekannte Marcel freimütig. Er machte sich auf den Weg in die Küche, um den Champagner aus dem Kühlschrank zu holen. Bei der Gelegenheit warf er einen Blick auf die Uhr. Es war bereits weit nach Mitternacht. Also tatsächlich schon Weihnachten. Er holte zwei Sektgläser aus dem Schrank, weil Marie über keine anderen verfügte, und nahm alles mit ins Wohnzimmer.

„Frohe Weihnachten!“, sagte er feierlich. Marie sah ihn überrascht an, dann blickte sie ebenfalls auf die Uhr. „Oh, irgendwie hinken wir mit allem hinterher. Also, mit fast allem.“ Sie lächelte schief.

„Egal. In vielen Ländern werden die Geschenke ohnehin erst traditionell am Weihnachtsmorgen geöffnet. Und dafür sind wir wiederum sehr früh dran.“

„Abgesehen davon, dass wir uns sowieso nicht an irgendwelche Regeln halten müssen“, sagte Marie in überzeugtem Ton.

„Stimmt, das müssen wir nicht. Unser Weihnachten – unsere Regeln.“

„Unser Chaos“, korrigierte Marie lächelnd und hob dabei ihre Strumpfhose auf, die sie dank der Wärme des Kamins und des heißen Sex nicht wieder angezogen hatte.

„Ich wäre mit niemandem lieber chaotisch als mit dir.“ Sie sah ihn lange an, nachdem er das gesagt hatte. Es zeigte ihm, dass sie seine Worte nicht auf die leichte Schulter nahm. Und tatsächlich war es für ihn nicht einfach nur so dahingesagt gewesen. Er musste sich überwinden, so eine Art von Unordnung zuzulassen. Aber mit Marie fiel es ihm sogar relativ leicht. Und das war auf herrliche

Art befreiend. Er goss den Champagner in die Gläser und reichte eines davon Marie.

„Frohe Weihnachten", sagte nun auch sie und stieß mit ihm an. Sie genossen das edle Getränk. Als Marcel sein Glas auf dem Tisch abstellte, konnte er seine Vorfreude kaum noch bezähmen. Marie sah auf den Weihnachtsbaum, der wirklich herrlich geschmückt war. Als sie bemerkte, dass Marcel etwas sagen wollte, blickte sie ihn auffordernd an. „Wie wäre es jetzt mit dem Geschenk? Also, dem eigentlichen", fügte er grinsend an. Marie hob eine Augenbraue. „Dem eigentlichen? Dann war das andere gar nicht von langer Hand geplant?"

„Nicht so direkt. Aber nicht minder von Herzen … oder so ähnlich." Marcel kam ins Straucheln.

„Ja, ich würde mich nun wirklich sehr über dein Geschenk freuen", sagte Marie, um offenbar keinen Zweifel zu lassen.

„Gut, dann gehe ich schnell rüber."

„In dein Haus?"

„Ja, da habe ich es versteckt, damit du es auch ja nicht vorher siehst. Oder warst du etwa dort?"

Marie sah ihn empört an. „Natürlich nicht! Ich habe dir doch gesagt, dass ich den Schlüssel nicht benutzen werde, solange du hier bist."

„Hm …", machte Marcel. Das klang so, als würde sie annehmen, dass dieser Zustand sich in Kürze schon wieder ändern könnte. Und vermutlich war es genauso, denn selbst in dieser romantischen Stimmung war Marcel klar, dass er schon bald wieder zurück nach Düsseldorf musste. Er verdrängte den Gedanken jedoch. „Okay, ich bin schnell drüben. Und ehe du dich versiehst, bin ich wieder zurück."

„Gut. Ich werde nicht weggehen oder so, sondern einfach auf dich warten", versicherte Marie mit einem Lächeln. Sie schien bemerkt zu haben, wie aufgeregt er war. Einen Augenblick lang fragte er sich, ob sie ihn in Wahrheit auslachte, weil er sich wie ein Junge verhielt – voller Nervosität, weil er so gespannt war, was sie von seiner Wahl halten würde. Dann ging er in den Flur, zog sich rasch an und verließ das Haus. Während er den Weg zu seinem eigenen Haus entlangstapfte, war er überrascht über die Kälte, die ihn plötzlich umfing. Wie schön war es doch, mit Marie in der warmen Stube sein zu können. Und als Preis dafür hatte er nur mit ein wenig Frieren und Frustration im Haus seines Onkels bezahlen müssen. Das hatte sich definitiv gelohnt! Er schloss die Haustür auf, knipste das Licht an und eilte in die Vorratskammer. Hinter den restlichen Konserven hatte er das bereits in Geschenkpapier eingewickelte Präsent versteckt. Er nahm es rasch an sich und ging mit dem großen Paket zu Maries Haus zurück.

„Hohoho! Der Weihnachtsmann ist da! Warst du denn auch recht artig?", rief er mit besonders tiefer Stimme.

„Absolut artig! Bis auf die Momente, wo ich es nicht war", gab Marie zur Antwort zurück. Marcel überlegte, dann erwiderte er: „Na gut, das kann man gelten lassen, denke ich." Marie zuckte unschlüssig mit den Schultern. Aber ihre Zurückhaltung war nur gespielt, da war Marcel sich sicher. Denn ihr Blick lag nun doch recht neugierig auf dem Paket, das er in den Händen hielt. Kurzerhand überreichte er es ihr.

„Wow … ganz schön riesig", sagte sie anerkennend. „Groß, aber doch nicht riesig", korrigierte er. „Gut, lass uns jetzt nicht über Größe streiten. Darf ich es auspacken?"

„Es gehört dir! Also los, pack es aus!"

Sie sah ihn an, legte das Paket jedoch einfach so auf ihren Schoß. „Wenn es also mir gehört, dann kann ich es auch *nicht* auspacken, richtig?" Sie wollte ihn wohl um den Verstand bringen! Typisch Marie – sie spielte mit ihm, und er konnte trotz all seiner erlernten Beherrschtheit kaum noch an sich halten. „Nun pack es schon aus. Bitte!"

Sie lachte. Dann begann sie, das Papier zu öffnen. Marcel spürte, wie er immer ungeduldiger wurde. Wann war er eigentlich zuletzt so aufgeregt gewesen? Als Kind, bei seinen Geburtstagen, wenn er eigene Geschenke ausgepackt hatte? Ja, vielleicht. Vermutlich sogar. Die Nervosität war irgendwie peinlich, aber zugleich fühlte er sich dabei auch wahnsinnig gut. Marie schien es zu ahnen. Sie strahlte ihn an, noch bevor sie den Karton erblickte, der unter dem Geschenkpapier langsam zum Vorschein kam. Als sie ihn schließlich freigelegt hatte, riss sie die Augen auf. „Oh … das ist ja der Wahnsinn!" Ihre Freude war echt. Und Marcel fiel ein Stein vom Herzen. Er hatte zwar gehofft und gebibbert, dass sie sich wirklich über das Geschenk freuen würde, doch es jetzt so deutlich zu sehen, übertraf selbst seine hoffnungsvollsten Vorstellungen.

„Weißt du, wie teuer das Ding ist?", fragte sie fassungslos. Dann musste sie lachen. „Sorry, klar weißt du das. Du hast den Monitor ja gekauft. Etwas, das mir nie möglich war. 32 Zoll und eine 8K Auflösung. Superpräzise Farben, und die Abstufung ist nahtlos. Da siehst du praktisch keinen einzigen Pixel mehr. Ein Traum! Aber albtraumhaft teuer. Und jetzt … habe ich ihn doch! Das ist unglaublich! Ich kann es kaum erwarten, ihn auszuprobieren." Für Marcel war Maries Freude wie Weihnachten und Ostern zusammen. Sie so glücklich zu erleben war das beste Geschenk überhaupt.

„Denkst du, er kann dir bei deiner Arbeit helfen?", fragte er bescheiden.

„Machst du Witze? Er wird mir so vieles erleichtern. Das ist wirklich ein absolut umwerfendes Geschenk!" Vorsichtig legte sie den Karton auf den Tisch. Dann umarmte sie Marcel und küsste ihn.

Als sie sich von ihm löste und erneut ihr Geschenk in Augenschein nahm, fragte Marcel so unschuldig wie möglich: „Also kannst du jetzt auch besser diese nicht jugendfreien Zeichnungen erledigen? Vielleicht darf ich dann irgendwann auch mal eine davon sehen. Ich bin nämlich schon über achtzehn, weiß du?"

Sie besah ihn sich kritisch. „Bist du dir sicher? Darf ich vielleicht doch vorsichtshalber mal deinen Ausweis sehen?", scherzte sie.

„Du darfst alles von mir sehen, was du willst", stieg er auf ihre Blödelei ein.

„Das klingt gut! Aber vielleicht später. Zuerst habe ich da auch noch was für dich." Nun war Marcel wirklich überrascht, als Marie vom Schrank ein eingerolltes Geschenk herunterholte, das ihm zuvor gar nicht aufgefallen war. „Es ist längst nicht so groß wie dein Paket, und auf keinen Fall so teuer", bekannte sie. Marcel wollte etwas sagen, doch ihr Blick bedeutete ihm, nun nichts durch Beteuerungen kaputtzumachen, dass sie für ihn auch kein Vermögen ausgeben musste. Stattdessen wickelte er neugierig das Geschenk aus. Als er das Geschenkpapier abgewickelt hatte, entdeckte er eine Papierrolle. Er entrollte auch diese vorsichtig. Was zum Vorschein kam, war er selbst. Eine Zeichnung, die ihn auf einem verschneiten Waldweg zeigte. Er streckte darauf den Arm aus, und aus seiner Hand fraß ein Reh, das sich ihm in vollem Vertrauen genähert hatte. Marcel konnte es kaum glauben. Er konnte sich nicht erinnern, Marie von seiner Schneekugel erzählt zu haben, die er als Kind besessen hatte. Vielleicht hatte er es jedoch bei seinem ersten Besuch getan. Doch egal, ob er es ihr erzählt hatte oder nicht, das Bild nahm ihn derart gefangen, dass er erstmal überhaupt keine Worte fand. Sie hatte in seine Seele geblickt und dieses Bild zu Papier gebracht. Er und das Reh waren endlich in den lang ersehnten Kontakt getreten. Und er erkannte, dass er nie wirklich das scheue Waldtier gewesen war, sondern sein Wunsch immer daraus bestanden hatte, die Schwachen in der Welt zu beschützen. So konnte jedoch nur Marie ihn sehen – und er selbst, in seinen geheimen Träumen. Niemand sonst vermochte das.

Er wusste, dass die Schuld bei ihm selbst lag. Und doch war Marie in der Lage gewesen, hinter den Vorhang zu schauen, hinter dem er seine eigenen Schwächen sorgsam verbarg. Und noch mehr faszinierte ihn an ihrem Geschenk: Sie hatte ihn gezeichnet – so, wie sie es mit Thomas getan hatte. Welchen größeren Beweis ihrer Liebe zu ihm konnte es wohl geben?

„Es ist wundervoll! Vielen Dank! Du ahnst gar nicht, wie viel mir diese Zeichnung bedeutet." Sie schien erleichtert und erfreut zugleich zu sein. „Mir war klar, dass ich dir nichts schenken kann, das ich im Laden kaufen konnte. Denn all das hättest du doch längst, wenn du es wirklich wolltest. Also blieb mir nur das."

„Nur? Es gibt kein nur!"

Sie lachte. „Dann warte ab, bis du zu jedem Geburtstag oder an jedem Weihnachten eine Zeichnung von mir bekommst. Dann wird sich dieser Eindruck aber schnell legen."

„Wenn ich das Geschenk bekomme, dass wir an jedem meiner Geburtstage und an allen Weihnachtsfesten, die noch kommen, zusammen sind, dann ist das ohnehin das größtmögliche Geschenk." Er meinte es ernst. Und Marie schien das zu erkennen, denn sie nickte verstehend. Einmal mehr wurde ihm klar, dass die Entscheidung darüber noch ausstand. Und dass sie so lange bei ihm lag, bis Marie sie für sie beide treffen würde. Sie hatte ihm jedoch mehrere Wochen gegeben, und er würde sie nicht enttäuschen, indem er vorschnell urteilte, nur weil alles momentan so unglaublich schön zwischen ihnen war. Sie war keine Träumerin, darauf hatte sie Wert gelegt. Und er war ebenfalls Realist. Er würde keine Entscheidung aus dem Bauchgefühl heraus treffen. Doch wenn er es tat, dann wäre diese Entscheidung unbedingt ernst gemeint. Marcel wusste, dass er im neuen Jahr vorerst in sein altes Leben zurückkehren musste. Und wenn er ehrlich zu sich selbst war – ebenso wie er es unbedingt auch Marie gegenüber sein wollte – dann musste er mit seiner Entscheidung warten, bis es so weit war.

Sechzehntes Kapitel

Was für ein gestochen scharfes Bild! Marie saß begeistert vor ihrem neuen Monitor. Obwohl er es nicht verlangt hatte, hatte sie Marcel das Versprechen gegeben, an Weihnachten nicht zu arbeiten. Doch nun saß sie hier, am Nachmittag des ersten Weihnachtstages und probierte ihren neuen Hightech-Bildschirm zumindest ein wenig aus. Marcel lag auf der Couch und las in einem der Kinderbücher, für das sie die Illustrationen geliefert hatte. Im Backofen garte der Apfelkuchen und verströmte seinen süßlichen Duft im ganzen Haus. Inzwischen schneite es nicht mehr, denn dazu war es zu kalt geworden. Der Schnee vereiste, und es war so windig, dass sie ihren heutigen Spaziergang schließlich abgebrochen hatten, noch bevor sie den Wald erreichten.

Sie hatten sich erstmal einen heißen Kaffee aufgeschüttet, als sie ins Haus zurückgekehrt waren. In etwa einer Stunde würden sie alles für das Käsefondue vorbereiten. Ansonsten stand nichts an. Einfach nur die freie Zeit zu genießen – und das zu zweit – war das Schönste, was Marie sich an Unternehmungen überhaupt vorstellen konnte. Als sie plötzlich ein Klingeln an der Haustür vernahm, war Marie ziemlich überrascht. Wer konnte das nur sein – an Weihnachten? „Soll ich aufmachen?“, rief Marcel. „Ja, sieh mal nach, ob es der Weihnachtsmann ist!“, rief Marie zurück. Sie hatte sich jedoch schon selbst erhoben, fuhr den Computer herunter und knipste das Licht ihrer Schreibtischlampe aus. Während sie die Stufen hinabging, hörte sie Männerstimmen. Die Hoffnung auf den Weihnachtmann musste sie jedoch aufgeben, denn die zweite Stimme gehörte zu Wolfgang. Als Marie dazukam, war ihr überraschender Besucher gerade schon wieder dabei, sich zu verabschieden.

„Komm doch rein und trink einen Kaffee mit uns! Der Apfelkuchen ist auch gleich fertig – noch ganz warm“, bot Marie an. Doch Wolfgang winkte ab. „Ich werde euch auf keinen Fall an den Feiertagen ins Haus schneien. Wie ich Marcel schon sagte, wollte ich bloß das hier abgeben und euch schöne Weihnachten wünschen. Und jetzt sehe ich zu, dass ich wieder nach Hause komme. Ich habe nämlich einen Gast über Weihnachten."

„Einen Gast?", fragte Marie überrascht. Wolfgang lachte. „Ja, den Hund meines Bruders. Rolf ist nach Österreich zum Skilaufen, und ich habe eingewilligt, auf Dora aufzupassen. Ein süßer Mischling mit Hummeln im Hintern. Könnte mich glatt dran gewöhnen. Vielleicht lege ich mir auch einen Hund zu, mal sehen."

„Also hast du dich mit deinem Bruder versöhnt?", fragte Marie. Wolfgang wiegte den Kopf hin und her. „Vielleicht. Ja, ich denke schon. Eigentlich haben wir über den Streit vom Sommer gar nicht mehr gesprochen. Insofern könnte man es wohl als eine Art stiller Versöhnung sehen. Und ich denke, er schuldet mir jetzt was, weil ich auf seinen Hund aufpasse."

„Gut, das kann ja nicht schaden. Dann mal viel Spaß mit Dora! Ein seltener Name für einen Hund."

„Findet der Hund wohl auch, denn sie hört nur drauf, wenn es ihr gerade passt", sagte Wolfgang lachend. Er wandte sich ab und ging ein wenig schlitternd zurück zu seinem Auto.

„Frohe Weihnachten! Und fahr bitte vorsichtig", rief Marie ihm nach. Sie wartete, bis Wolfgang gut aus der Einfahrt gekommen war und auf die leere Landstraße fuhr, dann schloss sie die Tür. Marcel hatte den Korb, den Wolfgang ihm in die Hand gedrückt hatte, inzwischen auf den Küchentisch gestellt.

„Nimm du das Tuch ab", sagte er. Marie stutzte. „Sieht ja fast wie ein Picknickkorb aus", stellte sie fest. Als sie den Inhalt lüftete, sagte sie staunend: „Das sieht nicht nur so aus, es ist ein Picknickkorb! Für ein Winterpicknick! Guck mal, da ist alles drin, was man braucht, um es sich in einer Scheune um diese Jahreszeit richtig bequem zu machen. Vermutlich hat Wolfgang aber nicht damit gerechnet, dass es inzwischen so eisig sein würde. Daher schlage ich vor, wir verschieben diesen Ausflug auf einen Tag, an dem es wieder ein wenig wärmer ist."

„Einverstanden", stimmte Marcel zu und sah sich nun ebenfalls die Präsente an. Er legte die Kuscheldecke zur Seite, um die Flasche Wein, die darunter vergraben war, zum Vorschein zu bringen. Ein Ring Salami, ein halber Laib frisches Brot, zwei dunkelrote Äpfel und zwei Gläser mit Mousse au Chocolat aus dem Supermarkt rundeten das Angebot ab.

„Verrückter Kerl", sagte Marcel grinsend. Marie betrachtete ihn gespannt. Fand er das Geschenk unpassend? Zu billig? Nein, sie hatte nicht den Eindruck. Ganz im Gegenteil, schien er erfreut, dass Wolfgang sich die Mühe gemacht hatte, ihnen ein Geschenk zu bringen, das man zu Weihnachten so ganz bestimmt nicht erwartete. Marcel spürte offenbar ihren forschenden Blick. Nun grinste er noch breiter und sagte: „Was willst du jetzt von mir hören? Dass ihr Landmenschen wirklich seltsam seid? Keine Sorge, das habe ich schon dokumentarisch zu Protokoll gegeben. Dabei fällt mir ein, dass mein Diktiergerät immer noch im Haus nebenan liegt und schon seit Tagen nicht mehr zum Einsatz gekommen ist."

„Oh, du hast ein Diktiergerät dabei? Wozu? Soll deine Sekretärin nach deinem Besuch hier einen Bericht schreiben?"

Marcel wurde ernst. „Nein. Um ehrlich zu sein, habe ich es mitgenommen, weil ich gegen meine Einsamkeit ankämpfen musste. Und das habe ich auch zuvor in der Stadt schon getan. Doch seit ich dich kennengelernt habe – erneut kennengelernt –, kam es eigentlich nur noch einmal zum Einsatz."

„Um festzuhalten, dass ich ein seltsamer Mensch bin – wie alle Dorfbewohner?"

Marcel sah sie erst überrascht, dann nickend an. „Ja, ganz genau das."

Marie lachte. „Du bist echt unmöglich, Marcel. Vielleicht denkst du, das wäre kein Lästern, weil du ein Diktiergerät benutzt und damit so geschäftsmännisch tust. Aber glaube mir, das ist Lästerei erster Güte!"

Eigentlich hatte sie gar nicht erwartet, Marcel mit ihren Worten derart zu beschämen. Aber er wand sich sichtlich unter ihrer Kritik. „Es tut mir leid. Du hast recht, es war Lästerei."

„Andererseits hast du zugegeben, das Diktiergerät gegen deine Einsamkeit benutzt zu haben. Und ich bin sehr froh, dass du es jetzt anscheinend nicht mehr brauchst."

„Darüber bin ich ebenfalls froh. Und auch darüber, dass ich

meine Meinung über Landbewohner inzwischen ändern konnte. Obwohl ich mich wirklich frage, ob du nicht auch ein wenig Lästerei betreibst, wenn du über die Menschen in der Stadt sprichst."

Verdammt, er hatte sie eiskalt erwischt! Natürlich hatte er recht. Und allein schon wie sie über ihre Eltern dachte, bewies das unumstößlich.

„Wir sollten wohl beide an unserer Einstellung arbeiten", sagte sie.

„Das scheint mir ein ganz guter Plan zu sein." Marcel hatte es mit einem gewissen Ernst gesagt. Und Marie verstand ihn, denn ihre Vorurteile, die sich auf ihr gegenseitiges Lebensumfeld bezogen, konnten die Beziehung unnötig belasten. Sie mussten lernen, zu akzeptieren, was der jeweils andere in seinem Alltag brauchte. Nur so würde es funktionieren können.

„Na ja, vielleicht wage ich ja doch nochmal einen längeren Ausflug in die Stadt. Du könntest mir die Orte zeigen, die du magst. Und wenn es soweit ist, gehen wir zusammen auf die Rheinkirmes."

Er nickte. „Gute Idee! Dann sehe ich die auch endlich mal. Und ich werde dir eine Rose schießen."

„Hui, jetzt geht's aber los!", sagte Marie lachend.

„Natürlich! Ich kann auch ganz verwegen sein, wenn du mich lässt." Er grinste nun wieder.

„Oh, das weiß ich! Habe ich inzwischen schon ein paar Mal genießen können." Sie klimperte mit den Wimpern. Plötzlich gab sie einen erschreckten Laut von sich. „Der Kuchen! Den hätte ich ja glatt vergessen. Der muss sofort aus dem Ofen!" Sie eilte hin und war erleichtert, dass er noch genau die richtige Bräunung hatte, die er haben sollte. Manchmal hatte sie eben auch Glück – doch das größte Glück war, dass sie mit Marcel auch über die Dinge sprechen konnte, die sonst ein Problem für sie beide werden konnten. Dass sie gemeinsam Lösungen suchen wollten, war alles, was momentan zählte.

Siebzehntes Kapitel

Die Zeit war so schnell verflogen, dass Marcel ganz wehmütig wurde. Weihnachten war rundum schön gewesen. Und die Tage danach hatte er mit Marie ebenfalls eine wundervolle Zeit verbracht. Zunächst erschien es ihm wie eine halbe Ewigkeit, sich bis nach Neujahr freizunehmen. Doch heute war bereits Silvester, und die Zeit lief ihm jetzt regelrecht davon. Er fühlte sich beinahe wie damals als Schüler, wenn die Sommerferien sich dem Ende neigten. Zwar hatte er auch während der Ferien gelernt, aber im Grunde war er immer froh gewesen, das im eigenen Umfeld tun zu können, statt zwischen seinen Mitschülern, die oftmals mit kindlichem Spott auf seine ehrwürdige Familie reagiert hatten. Manchmal hatte Marcel sich gewehrt, aber wenn er dann selbst eines der Schimpfwörter benutzt hatte, fühlte er sich schlecht. Es kam ihm vor, als hätte er sich eigenhändig mit Dreck beworfen. Vielleicht war es, weil seine Mutter ihm immer eingeimpft hatte, dass es genau so war. Und dass man besser den Schmutz der anderen an sich abprallen lassen konnte als den, den man sich selbst anhaftete.

Also hatte Marcel vieles einfach ausgehalten, ohne selbst auszuteilen. Das hatte ihn sicher oft schwach aussehen lassen. Doch selbst in jungen Jahren war ihm klar gewesen, dass er irgendwann am längeren Hebel sitzen würde. Dass er der Chef sein würde. Dass er sich würde leisten können, was er wollte. Dass der Spott zwar immer da sein würde, doch er irgendwann in der Position war, dass die Leute sich lieber die Zunge abbissen, als ihm gegenüber eine Geringschätzung zu äußern. Und genau so war es tatsächlich gekommen. Bei vielen hätte er sich das auch auf jeden Fall verbeten. Aber selbst Freunden fiel es schwer, ihm die ehrliche Meinung zu sagen, und ihn damit zum Reflektieren über sein eigenes Verhalten anzuregen. Marie war da allerdings erfrischend anders. Wenngleich sie zum Glück auch keine Schimpfwörter benutzte – zumindest nicht in übertriebener Weise. Er dachte daran, wie er sie an seinen ersten beiden Tagen eingeschätzt hatte. Als Landei. Als eine Frau von niedrigem Bildungsniveau. Unter dem Strich hatte er gar nicht so weit daneben gelegen. Dennoch fühlte er sich schlecht bei dem Gedanken, einfach so über sie geurteilt zu haben. Vermutlich sollte man das bei keinem Menschen tun, egal wie und wo er einem begegnete. Aber das war einfacher gesagt als getan. Marcel machte sich da keine Illusionen: er würde nicht sämtliche Vorurteile ablegen können, nur weil er eingesehen hatte, dass sie im Grunde falsch waren.

„Möchtest du eigentlich Feuerwerk haben? Wenn ja, müssen wir nochmal los und welches kaufen. Wir haben zwar an sonst alles gedacht, aber Feuerwerkskram hatte ich gar nicht auf dem Plan." Marie sah ein wenig zerknirscht aus. Marcel kratzte sich an der Stirn. „Siehst du, und ich dachte, du wärst extra an den ganzen Bergen von Raketen und Krachern vorbeigegangen. Weil du sie ablehnst oder so." Er blickte sie fragend an. Marie seufzte. „Kann sein, dass ich dran vorbeigesehen habe, weil ich tatsächlich nicht viel dafür übrighabe. Aber ich bin auch nicht strikt dagegen. Also, wenn du möchtest, dann holen wir noch etwas."

„Das muss wirklich nicht sein. Lass uns um Mitternacht einfach wie die Wölfe heulen. Vielleicht draußen, mit Blick aufs Tal. Dann sehen wir bestimmt genügend Feuerwerk von den anderen."

„Das ist eine wirklich sehr gute Idee!", sagte Marie. Marcel sah sie forschend an. „Aber die Idee ist nicht neu. Das machst du bestimmt jedes Jahr so, oder?"

Marie lachte. „Ja, das stimmt. Aber nur der Ort. Wie ein Wolf geheult habe ich an Silvester noch nie. Finde ich aber eine sehr gute Idee. Lass uns das machen! Wir heulen so viel und laut, dass wir sinnbildlich alles schon weggeheult haben, was uns im neuen Jahr belasten könnte, okay?"

„Klingt gut! Und solange mich niemand sonst beim Heulen erwischt, tue ich das mit dir sehr gerne."

Marie zog eine Augenbraue hoch. „Ach ja, als Kerl – noch dazu als ein Dahlheym-Erbe – darfst du ja offiziell gar nicht heulen."

„Offiziell nicht, nein." Marcel war ernst geworden. Marie sah ihn interessiert an. „Ich werde dich niemals dazu zwingen, Gefühle zu zeigen, wenn dich das in Schwierigkeiten bringen könnte. Aber nur unter einer Bedingung.“

„Und die wäre?“

„Dass du nie glaubst, dich in meiner Gesellschaft derart selbst kasteien zu müssen. Bei mir kannst du sein, wie du wirklich bist – immer!“

„Das klingt wirklich gut“, sagte Marcel. Und er fühlte tatsächlich Erleichterung. Denn davon abgesehen, dass er so eine Art Freifahrtschein für menschliche Empfindungen bekommen hatte, fiel es ihm gerade bei Marie auch besonders schwer, seine echten Emotionen zu verbergen. Aber das galt nicht nur für Kummer. Es galt ebenso für die Freude. Er konnte sich gar nicht erinnern, wann er das letzte Mal ehrlich gezeigt hatte, dass er erfreut war. Zurückhaltend – gespielt – oder auch nur aus Höflichkeit, das ja. Aber echten Enthusiasmus? Wirkliches Staunen. Das war lange her.

Marcel freute sich auf das herannahende neue Jahr. Und Marie schien es nicht anders zu gehen. Wie würde es wohl für sie beide werden? Vielleicht war es gut, nicht in die Zukunft blicken zu können, auch wenn Marcel derzeit sein halbes Vermögen dafür gegeben hätte, die Möglichkeit dafür zu haben.

Gegen halb zwölf zogen sie los. Ausgerüstet mit einer Thermoskanne voll Glühwein und gekleidet in gut wärmende Winteroutfits. Mittlerweile hatte Marcel sich daran gewöhnt, in Thomas‘ Kleidung zu schlüpfen. Es war allemal besser, als Marie zu verlassen, um nach Düsseldorf zu fahren und sich seine eigene zu holen. Auch eine spontane Einkaufstour hatte er verworfen, weil er lieber die Zeit bei Marie verbringen wollte. Alles war genau so, wie er es mochte – ruhig und aufregend zugleich. Aufregend durch Marie, die ihn jeden Tag erneut in Staunen versetzte. Und die in der Lage war, Emotionen in ihm zum Vorschein zu holen, die tief vergraben waren, für viel zu lange Zeit.

Als sie an dem Holzzaun ankamen, der das Ende von Maries Grundstück markierte, öffneten sie gleich die Thermoskanne. Marcel zog seine Handschuhe aus und füllte den Becher zur Hälfte, um ihn Marie zu reichen. Sie nahm ihn und versuchte trotz

Zittern nichts zu verschütten. „Warum muss es ausgerechnet heute Stein und Bein frieren?", fragte sie mit bibbernder Stimme.

„Vielleicht, damit wir uns überlegen, ob wir nächstes Jahr diese Zeit gemeinsam auf den Malediven verbringen wollen."

„Sorry, kein Geld für sowas." Marie nippte an dem heftig dampfenden Getränk. Marcel verkniff sich jegliche Bemerkung, dass er sie natürlich einladen würde. Es war zu früh, diesen Kampf auszutragen. Denn ein Kampf würde es sicher werden, Marie an seinem Vermögen teilhaben zu lassen. Aber er würde es tun, sobald er den Eindruck gewann, dass sie einem solchen Urlaub tatsächlich etwas abgewinnen könnte. Sie reichte ihm den Becher, der immer noch ziemlich voll war.

„Willst du nicht noch einen Schluck – oder zwei?", fragte er. Sie schüttelte den Kopf. „Zunge verbrannt", sagte sie dann verkniffen. Er lächelte. „Dann sollte ich wohl vorsichtig sein."

„Ja, solltest du. Beim Trinken – und beim Küssen." Sie grinste. „Ich werde ganz vorsichtig sein. Bei beidem", versprach er. Der Glühwein wärmte ihn auf angenehme Weise. Trotzdem war der kalte Wind im Gesicht unangenehm. Er spürte, wie seine Wangen und die Nasenspitze vor Kälte ganz taub wurden. Marcel blickte auf seine Armbanduhr. Noch gut zehn Minuten bis Mitternacht. Bei diesen Temperaturen Zeit genug, um zu erfrieren. Doch dann legte Marie ihren Arm um ihn. Er stellte den Becher auf einen der Holzpfosten und zog sie an sich. „Kannst du das mit dem sanften Küssen jetzt mal ausprobieren?", fragte sie leise. Er tat es. Plötzlich waren Wind und Wetter egal. Es war, als hätte man eine schützende Glaskugel um sie gelegt. „Irgendwelche Wünsche für das kommende Jahr?", fragte Marcel.

„Ja", erwiderte Marie. „Aber die werde ich alle für mich behalten."

„Nicht mal deine Wünsche willst du mit mir teilen?"

„Doch", widersprach Marie. „Ich teile jeden einzelnen mit dir – im kommenden Jahr. Wenn du das willst. Sie dir jetzt mitzuteilen, erscheint mir allerdings als übereilt. Kein Druck … das sind wir uns gegenseitig schuldig."

Abermals war sie absolut ehrlich. Beinahe schon schonungslos.

Aber sie hatte recht, das spürte er. Denn was nutzte Romantik, wenn sie nur Show war? Da waren ihm echte Gefühle lieber, auch wenn sie nicht glitzerten und glänzten wie in einem kitschigen Roman. Am Himmel sprühten in der Ferne plötzlich Funken. Gleißende rote Lichtkugeln zerstoben und fielen dann in Bögen zur Erde. „Die sind aber früh dran. Es sind noch fünf Minuten bis Mitternacht. Oder gehen die Uhren auf dem Land anders?", fragte Marcel mit einem Stirnrunzeln. Marie lachte. „Nein, die gehen hier nicht anders. Aber genau wie überall gibt es Leute, die nicht abwarten können. Die die ersten sein wollen. Ganz tolle Hechte halt. Auch wenn sie letztendlich ihr Pulver schon verschießen, bevor es überhaupt zur Sache geht."

Nun musste Marcel laut lachen. „Das klingt so, als würdest du diesen Leuten – Männern – im Bett nicht viel zutrauen." Marie prustete. „Wo bist du denn mit deinen Gedanken? Aber stimmt, genau das meinte ich", bekannte sie dann. „Gilt das Gleiche für Porschefahrer?" Marcel wartete gebannt. Er konnte ihre Gesichtszüge nur erahnen, doch es reichte, um zu erkennen, dass sie amüsiert war. „Sagen wir mal so: Vielleicht handelt es sich dabei um ein Missverständnis. Denn möglicherweise muss nicht jeder Mann, der einen Porsche fährt, damit etwas anderes kompensieren."

„Das hast du aber sehr vorsichtig ausgedrückt. Also, für deine Verhältnisse sogar überaus vorsichtig."

„Tja, das ist einer meiner guten Vorsätze für das nächste Jahr. Ich möchte nicht mehr so mit der Tür ins Haus fallen, wenn ich etwas sage. Mehr Rücksicht nehmen. Vorsichtiger sein, verstehst du?"

„Ja, ich weiß was du meinst. Aber ich finde nicht, dass du etwas ändern solltest. Zumindest bei mir warst du immer fair in allem, was du gesagt hast. Im Gegensatz zu mir."

Sie gab ein fragendes „Hm?" von sich. Marcel seufzte. „Na ja, was ich dir anfangs unterstellt habe, wegen dem Mantel und wegen dem Schlüssel zu meinem Haus – es war alles unfair und nicht gut überlegt."

„Stimmt, das war es nicht."

„Wolltest du nicht rücksichtsvoller sein?“

„Aber doch erst im nächsten Jahr. Und dieses ist noch nicht rum.“

Er musste lachen. Dann sah er auf seine Uhr und verkündete: „Aber in dreißig Sekunden ist es das.“ Sie zählten zusammen bis auf null herunter. Als der Himmel mit Silvesterraketen geflutet wurde, küssten Marie und Marcel sich. Sie hielten einander und wünschten sich gegenseitig ein glückliches neues Jahr. Von dem Krach der Raketen und Böller war hier oben nur gedämpft etwas zu hören. Das störte sie beide nicht, ganz im Gegenteil. Die Lichter jedoch waren sehr schön anzusehen.

„Wollen wir?“, fragte Marie. Marcel wusste was sie meinte, und als er zugestimmt hatte, begannen sie zugleich heulende Geräusche von sich zu geben. Durch die Kälte klangen ihre Stimmen jedoch sehr zittrig. Also versuchten sie stattdessen ihre Lautstärke zu erhöhen. Falls irgendjemand sie vernahm, dachte er sicher, irgendwelche Irren wären ausgebrochen. Wie Wölfe klangen sie nicht mal ansatzweise, aber es machte Spaß, sich auf diese Art zu verausgaben, stellte Marcel fest. Es war albern und kindisch – und wundervoll! Als sie beide kaum noch konnten, verstummten ihre Stimmen schließlich. Marcel umfasste Marie und flüsterte: „Das beste Silvester, das ich je erlebt habe.“

„Ja, geht mir genauso“, flüsterte sie zurück. Dann küssten sie sich erneut, bevor sie sich noch einmal mit frischem Glühwein stärkten, um den Weg zurück zum Haus anzutreten. Nun war es also da, das neue Jahr. Marcel wünschte sich von Herzen, dass es ihnen viel Gutes und zahlreiche innige Stunden bescheren mochte.

Achtzehntes Kapitel

Am Scheunenfenster hatten sich dicke Eisblumen gebildet. Und obwohl die Sonne am Neujahrstag schien, konnten ihre Strahlen der klirrenden Kälte nichts anhaben. Marie war schon früh wach geworden, obwohl sie und Marcel noch lange vor dem Kamin gesessen und miteinander geredet hatten. In leiserer Version hatten sie sogar ihr Wolfsgeheul nachgeholt, aber obwohl ihre Stimmen nicht mehr zitternd gewesen waren, kam die Wiederholung an den Zauber von davor nicht heran. Sie beschlossen, das Heulen von nun an jedes Jahr zu Silvester am selben Ort zu vollführen – und nur dort. Marcel schlief noch, als Marie schon ihren ersten Kaffee getrunken hatte. Dann hatte sie die Zeit genutzt, um in ihre Wintersachen zu schlüpfen und zur Scheune hinüberzugehen. Sie brauchten dringend Nachschub an Kaminholz. Marie lud Scheite in die Schubkarre.

Bei jedem Atemstoß bildeten sich Hauchwolken vor ihrem Mund. Selbst in der Scheune herrschten einige Minusgrade. Das Picknick mit Wolfgangs Weihnachtspräsent musste also immer noch warten, wenn sie sich nicht den Tod holen wollten. Das Brot und die Äpfel hatten sie einfach schon mal gegessen, aber den Wein, die Salami und die Mousse au Chocolat wollten sie aufbewahren, bis sie die Möglichkeit hatten, das Picknick endlich genießen zu können. Die Verzögerung wäre auch nicht so tragisch gewesen, wenn Marcel nicht am nächsten Tag nach Düsseldorf zurückfahren müsste. Marie wurde schwer ums Herz, wenn sie nur daran dachte, dass er morgen um diese Zeit bereits aufbrechen musste. Er wollte zwar schon am Wochenende wiederkommen, doch das waren immerhin vier Tage, die sie voneinander getrennt sein würden. Besser als ein ganzes Jahr – und das auch noch in Ungewissheit, dachte sie. Trotzdem würde sie ihn sicher schrecklich vermissen. Allerdings hatte Marie sich vorgenommen, in der Zeit jede Menge zu arbeiten. So hatte sie am Wochenende frei für ihn, und außerdem wäre es eine gute Methode, um sich abzulenken. Vorsichtig umfasste sie die Griffe der Schubkarre. Ihre Finger waren trotz der Wollhandschuhe so kalt, dass sie Mühe hatte, das Gewicht richtig einzuschätzen. Als sie ein Gleichgewicht hergestellt hatte, schob sie ihre Last in Richtung Scheunentor. Dabei erhaschte sie einen Blick auf ein neues Auto, das vor Marcels Haus stand. Ein Mercedes-Sportwagen hatte neben seinem Porsche geparkt. Gerade ging die Fahrertür auf und eine Frau stieg aus. Marie stellte die Schubkarre ab; um das Holz würde sie sich später kümmern. Sie trat aus der Scheune und stapfte über die Berge aus gefrorenem Schnee auf die Frau zu, die ihr nun den Rücken zuwandte, um an der Haustür zu klingeln.

„Da werden Sie kein Glück haben", sagte Marie. Die Frau drehte sich um und sah Marie überrascht an. Sie trug einen rosafarbenen Wollmantel. Die großen silberfarbenen Knöpfe des Mantels waren nicht geschlossen. Marie konnte erkennen, dass sie ein kurzes hellgraues Kleid trug. Unter einer schicken weißen Ballonmütze fielen ihre langen blonden Strähnen auf die schmalen Schultern. Auch die Stiefel der Frau waren weiß und reichten ihr bis knapp über die Knie. Sexy – auf eine unschuldige Art. Sie hatte strahlend blaue Augen, die mit einem wolkenlosen Sommerhimmel durchaus konkurrieren konnten. Ihre ebenen Gesichtszüge und rosigen Lippen ließen Marie sofort an ein Fotomodel denken. Eine wirklich attraktive Frau stand da vor ihr, das musste sie zugeben. Und auch die Stimme der Schönheit war angenehm, wie Marie feststellte, als die Fremde sagte: „Ich wollte zu Herrn Dahlheym. Sein Auto steht vor der Tür, also muss er da sein."

„Muss er? Und wenn er zu Fuß weg wäre?"

Die Frau lächelte, aber es wirkte eine Spur zu aufgesetzt für Maries Geschmack. „Sie scheinen Ihren Nachbarn nicht gut zu kennen. Herr Dahlheym geht nicht zu Fuß."

„Oh", erwiderte Marie. Mehr fiel ihr im Moment nicht dazu ein. Stumm fragte sie sich, mit wem sie dann in den letzten Tagen oftmals stundenlang durch die Wälder spaziert war.

„Sie sind doch die Nachbarin, nicht wahr? Ich glaube, ich habe Sie in dem alten Gebäude dort drüben gesehen, bevor ich aus dem Auto stieg."

„Ja, ich bin die Nachbarin. Und das alte Gebäude ist eine Scheune."

„Scheune … ah ja … schön. Und wissen Sie zufällig, seit wann Herr Dahlheym schon hier ist?"

„Zufällig ja. Aber warum wollen Sie das wissen?"

Nun lächelte die andere Frau erneut – diesmal jedoch etwas abfällig. „Es handelt sich um persönliches Interesse."

„Persönliches Interesse. Tja, Herr Dahlheym hat mich allerdings nicht befugt, Ihr persönliches Interesse zu befriedigen. Entschuldigen Sie also bitte, wenn ich Ihnen keine Auskünfte gebe." Marie hatte versucht, nicht allzu sarkastisch zu klingen. Ihre Gesprächspartnerin verzog trotzdem das Gesicht, als habe sie plötzlich einen üblen Geruch in der Nase. Dann lächelte sie sofort wieder, und ihre Schönheit schien regelrecht aufzublühen.

„Da Sie mir sagten, dass ich wohl kein Glück mit meinem Klingeln haben würde, wissen Sie vermutlich wo Herr Dahlheym sich aufhält."

„Tatsächlich weiß ich das."

Die Frau wartete. Marie ebenfalls.

„Und wo hält er sich auf?", fragte ihr Gegenüber dann in ungeduldigem Ton. Als Marie nicht sofort antwortete, belehrte die Frau sie: „Es mag ja sein, dass Sie sich nicht befugt fühlen, die Neugier von wildfremden Menschen zu stillen. Aber in meinem Fall können Sie da ruhig eine Ausnahme machen und mir sagen, wo er ist."

„Und warum sollte ich bei Ihnen eine Ausnahme machen?"

„Weil ich seine Verlobte bin."

Die eisige Kälte schien sich in diesem Moment ungebremst in Maries Körper zu fressen. Alles gefror – ihr Bauch, ihr Unterleib, ihr Kopf und zuletzt ihr Herz. Wenn sie nun einfach zersprungen wäre wie ein brüchiges Glas, so wäre es ihr absolut logisch vorgekommen. Und ein Teil von ihr wünschte sich genau das, denn dann würde sie nicht den unsäglichen Schmerz fühlen, der ohne Zweifel folgte. Schon brauste er heran. Wie ein Zug, der nicht aufzuhalten war, ergriff er sie und schleifte sie mit sich, bis nur noch klitzekleine Fetzen von ihr übrig waren. Winzige Teile, die selbst der mächtigste Magier nicht mehr zu dem Menschen, der sie gewesen war, zusammensetzen konnte. Magie oder auch die Märchenwelt – wenn es sie doch nur wirklich gäbe! So, wie in den Kinderbüchern, für die sie so oft Illustrationen anfertigte. Dann wäre das alles nur die Lüge einer bösen Hexe. Und Marcel wäre der unschuldige Prinz, dem Unrecht angetan wurde. Alles würde sich klären. Sie und Marcel würden am Ende glücklich sein, während die böse – ja, verdammt hübsche, aber von Grund auf vollkommen gehässige – Hexe für immer in einem dunklen Verlies eingesperrt und schließlich von allen vergessen würde. Das wäre Gerechtigkeit wie sie im Buche stand. Aber es gab keine Magie. Und das Leben war kein Märchen. Das hier war die bittere Realität. Die, von der man so oft hörte: ein Mann hatte gelogen, um sich ins Herz und ins Bett einer Frau zu stehlen. Er fuhr zweigleisig, ganz egal wie viele dabei unter seinen vernichtenden Zug der Selbstsüchtigkeit gerieten. Verlobt. VERLOBT! Mit keinem Wort hatte er das erwähnt …

„Mein Name ist Veronika Blücher. Mit wem habe ich denn das Vergnügen?" Die gutaussehende Blondine reichte Marie die Hand. Veronika – natürlich! Die Frau, der Marcels Herz in Wahrheit schon immer gehört hatte. Und er hatte es ja auch nie geleugnet. Warum war sie bloß so dumm gewesen? Hatte er ihr nicht im letzten Jahr wegen dieser Frau sogar etwas vorgeheult? Wie hatte sie glauben können, ein Mann wie Marcel Dahlheym würde sich nicht zurückholen, was er für sich in Anspruch nahm? Nur, dass er ihr davon nicht ein Sterbenswörtchen gesagt hatte. Warum auch, wo sie doch offensichtlich so zugänglich für ihn gewesen war. Blauäugig war sie gewesen – naiv und verliebt. Peinlicherweise ging beides meist miteinander einher. Doch was konnte diese Frau dafür, die jetzt extra hergekommen war, um persönlich nachzusehen, was mit ihrem Verlobten passiert war? Nichts, musste Marie zugeben, auch wenn ihr Magen sich schmerzhaft zusammenzog. Vermutlich hatten sie die Feiertage getrennt verbringen wollen – er auf den Malediven. Und sie? Bei ihren Eltern? Oder etwa allein? Behandelte Marcel Frauen in Wahrheit so? Hatte sie sich von ihm manipulieren lassen? Gerne wäre Marie wütend geworden, doch sie verspürte nur eine Art von Betäubung, die alles blockierte – Emotionen und ihr Denkvermögen.

Zögerlich erwiderte Marie Veronikas Händedruck, nachdem sie den Wollhandschuh ausgezogen hatte. „Marie Brandt", stellte sie sich mit dumpfer Stimme vor.

„Marie, schön Sie kennenzulernen. Bitte sagen Sie mir doch nun, wo ich Marcel finden kann!"

„Gut, ich sage es Ihnen – er ist in meinem Bett."

Marie wusste nicht recht, was sie dazu gebracht hatte, es zu gestehen. Aber warum Marcel jetzt noch schützen? Und warum diese Frau schonen, die sich von Marcel offenbar herumschubsen ließ, wie es ihm gefiel. Und die Marcel trotzdem heiraten würde. Oder doch nicht, nachdem sie das erfahren hatte? Marie kam sich schäbig vor, aber zugleich verspürte sie auch Zorn – gerechten Zorn! Vielleicht war die Sachlage aber auch anders gewesen, und die erneute Beziehung zu Veronika war gar nicht von ihm ausgegangen. Irgendwie hatte Veronika es ja vielleicht doch noch geschafft, Marcel zurückzuerobern und um den Finger zu wickeln. So waren die Männer nun mal. Einer gutaussehenden Frau konnten sie nur wenig entgegensetzen. Und Veronika war ganz sicher eine Frau, die jeden bekam, den sie wollte. Zu glauben, Marcel wäre anders, war so blauäugig … Wie hatte ihr das nur passieren können? Aber Marie wusste im Grunde ihres Herzens wie das möglich gewesen war. Sie war in ihn verliebt. Eine simple Antwort, die doch von ungeheurer Tragweite war. Man konnte sich noch so sehr vornehmen, nicht in die Falle zu tappen. Wenn man liebte, waren alle guten Vorsätze nicht mehr wert als ein verbranntes Holzscheit im Wind. Sie lösten sich einfach auf und trieben davon. Nichts hielt sie mehr zusammen. Genauso fühlte sich Marie.

„Das ist eine unangenehme Nachricht", sagte Veronika. Sie bemühte sich, nicht allzu geschockt zu klingen. Marie fand ihren Kommentar seltsam gemäßigt. Sie selbst hätte vermutlich ganz anders reagiert. Aber sie war nun mal auch keine der guterzogenen und feinen Damen aus Marcels eigentlicher Welt. Stets zurückhaltend. Fast schon devot, fand Marie. Veronika blieb gefasst, dann bat sie freundlich: „Könnten Sie ihm dann bitte sagen, dass ich hier bin?"

„Ja – natürlich", erwiderte Marie kraftlos. Sie bemühte sich um Freundlichkeit, als sie anbot: „Kommen Sie doch mit mir ins Haus. Sie können in der Küche auf ihn warten. Möchten Sie vielleicht einen Kaffee?"

„Nein danke, der ist so schlecht für die Gesundheit. Aber wenn Sie vielleicht einen grünen Tee hätten?"

„Nur Schwarztee."

„Ach, dann nichts. Danke."

Marie ging vor, Veronika folgte ihr. Als sie das Haus betreten hatten, zog Veronika ihre Mütze und ihren Mantel aus und reichte beides Marie. Die nahm die Sachen verdutzt entgegen, hing die Mütze auf einen Haken und den Mantel über einen Bügel an der Garderobe. So etwas hatte sie zuvor noch nie für einen Gast getan.

„Setzen Sie sich doch solange. Ich gehe Marcel wecken und sage ihm, dass Sie hier sind", sagte Marie, als sie in der Küche waren. Nachdem Veronika auf einem der Küchenstühle Platz genommen hatte, ging Marie die Treppen hinauf. Es kam ihr vor, als würde sie einen hohen Berg besteigen. Ihre Beine waren wackelig, und auf halber Strecke schien ihr die Luft einfach so aus den Lungen gepresst zu werden. Immer noch benommen von den Neuigkeiten öffnete sie die Schlafzimmertür. Marcel saß auf dem Bettrand, mit gesenktem Kopf. Er rieb sich das Gesicht mit beiden Händen, offenbar um richtig wach zu werden. Er war nur mit seiner Unterhose bekleidet. Marie betrachtete seinen Körper. Wie gerne hatte sie unter ihm gelegen – war auf ihm geritten – hatte sich romantisch an ihn gekuschelt und sich ganz geborgen gefühlt. Alles Lüge!

„Veronika ist unten. Sie wartet auf dich." Sie hatte es tonlos gesagt. Ohne Anrede. Ohne ein guten Morgen. Ohne ein ich-hasse-dich, aber auch ohne ein Ich-verzeihe-dir. Denn das tat sie nicht. Weder noch. Hassen konnte sie ihn nicht. Trotz allem. Vielleicht würde das noch kommen, doch momentan war sie einfach viel zu enttäuscht dazu. Vielleicht auch zu betäubt. Sie wusste es nicht. Es war wohl so ähnlich, als würde einem der Arm oder ein Bein abgetrennt. Erst spürt man nichts. Ist ungläubig. Realisiert nicht, was einem verlorengegangen ist. Begreift noch nicht, dass unfassbar großer Schmerz folgt. Und dass das Leben nie wieder wie zuvor sein wird. Betäubung. Welch segensreicher Zustand, den einem die Natur da gewährte. Aber wirklich segensreich wäre es nur, wenn der Zustand so bliebe. Doch darauf wagte Marie nicht zu hoffen. Und dafür war sie auch zu realistisch.

„Wer?", fragte Marcel in ihre Gedanken hinein.

„Veronika. Deine Verlobte."

„Meine … VERLOBTE?"

Er schauspielerte wirklich gut! Das war wohl der Vorteil, wenn man so viel Wert darauf legte, gleich nach dem Aufwachen schon wie ein vollwertiger Mensch zu agieren.

„Ja, du weißt schon. Verliebt – das seid ihr. Verlobt – das seid ihr jetzt auch. Verheiratet – das werdet ihr sein. Sofern sie dir verzeiht, dass du Weihnachten und Silvester in meinem Haus und in meinem Schoß verbracht hast. Viel Glück dabei! Ich fürchte, du wirst es brauchen."

„Wo ist sie!?"

„In der Küche. Sie war vor deinem Haus, als ich …" Weiter kam Marie nicht, als Marcel sich in Windeseile seine Hose angezogen und sein Hemd gegriffen hatte. Er stürmte an ihr vorbei. Bevor die Tür hinter ihm ins Schloss knallte, hörte sie ihn zischen: „Verdammtes Biest!" Marie fragte sich, mit welchem Recht er sie beschimpfte. Er war es doch, der gelogen hatte! Dann hörte sie ihn auch schon die Treppe hinabpoltern. Marie hatte sich kraftlos aufs Bett sinken lassen. Es war noch warm von seinem Körper. Als sie von unten aufgebrachte Stimmen hörte, schwand die Lethargie endlich. Marie besann sich darauf, nicht nur wie eine Zuschauerin zu agieren, sondern an dem Drama den Anteil zu nehmen, der ihr vom Schicksal – oder von Marcel – offenbar vorherbestimmt gewesen war. Sie stand auf und ging die Treppe hinab. Noch bevor sie die Küche betrat, hörte sie Marcel laut fragen: „Was hast du dir nur dabei gedacht?"

„Was ich mir dabei gedacht habe? Dass es eben genau so wäre, wenn ich nicht auf deinen Freund reingefallen wäre. Mike ist schuld! Er hat mich geblendet. Mit seinem Charme und mit seinem Geld. Wenn er mir nicht das Blaue vom Himmel versprochen hätte, dann wären wir jetzt verlobt, Marcel, oder etwa nicht?"

„Möglich. Aber du bist nun mal mit ihm durchgebrannt! Und du kannst jetzt nicht so tun, als hätte das nie stattgefunden. So funktioniert das nicht, Veronika!"

„Vielleicht hast du recht. Du hattest mit so vielem recht", sagte sie reumütig. Marie, die die Küche gerade betreten hatte, sah, dass Veronika Tränen in den Augen hatte.

„Aber nicht nur ich trage Verantwortung. Auch du hast einiges falsch gemacht", begehrte sie mit so weinerlicher Stimme auf, dass sie einem eigentlich nur leidtun konnte.

„Das habe ich vermutlich", bekannte Marcel und nahm ihr gegenüber auf einem Stuhl Platz, ehe er anfügte: „Aber was spielt das jetzt noch für eine Rolle? Unsere Beziehung ist schon lange aus. Seit du mit Mike weggegangen bist. Du wusstest immer, dass du nicht uns beide haben kannst. Und du hast dich für ihn entschieden. Das tat weh. Aber ich bin schon lange drüber weg. Du kannst nicht einfach herkommen und der Frau, die ich liebe, sagen, wir wären verlobt!"

Veronikas tränenverschleierter Blick traf Marie. „Tut mir sehr leid", schniefte sie. Marie erwiderte nichts. Nicht, weil ihr nichts Boshaftes eingefallen wäre, sondern weil diese tieftraurige Frau ihr tatsächlich leidtat. Es war schlimm, zu lieben, ohne zurückgeliebt zu werden. Das entschuldigte nicht ihre schreckliche Lüge, aber es milderte sie immerhin so weit ab, dass Marie sie nicht auf der Stelle aus dem Haus werfen wollte. Andererseits konnte sie nicht so recht glauben, dass Veronika wirklich aus Liebe herkam. War es nicht viel eher so, dass sie nun ihre Felle davonschwimmen sah, weil sie keinen der beiden reichen Männer mehr an der Angel hatte? Marie sah ein, dass Marcel und Veronika noch einiges zu klären hatten. Warum das ausgerechnet jetzt und in ihrer Gegenwart sein musste, wussten wohl nur überirdische Kräfte …, wenn es sie denn gab.

„Es stimmt, ich hätte nicht behaupten dürfen, wir wären verlobt. Aber ich war so verwirrt."

„Das lasse ich nicht gelten", sagte Marcel ungnädig. „Davon abgesehen warte ich immer noch darauf, dass du mir erklärst, woran genau ich nun in deinen Augen schuldig war. Erzähl es mir bitte, dann kann ich es bei Marie vielleicht besser machen."

Veronikas Blick flog abermals bei der Erwähnung zu Marie, doch diesmal blieb er nicht bei ihr, sondern kehrte zu Marcel zurück. Es lag echter Schmerz darin, als sie sagte: „Egal, wie eifersüchtig du vielleicht auch warst, als ich mit ihm ging – du hättest mich trotzdem warnen müssen, dass Mike zu der Sorte Mann gehört, die Frauen schlägt."

Stille. Auf Marcels Gesicht breitete sich langsam Entsetzen aus, das in Wut umschlug. Mit gepresster Stimme sagte er: „Du lügst doch schon wieder. Warum tust du das, Veronika? Warum?!"

Sie wich seinen wütenden Augen nicht aus, sondern fixierte ihn, als sie aufstand und ihre Strähnen zur Seite strich. An ihrer Schläfe war eine Schwellung sichtbar, die dank der langen Haare gar nicht direkt auffiel. Dann schob sie die Ärmel ihres Kleides hinauf. An beiden Oberarmen waren Abdrücke von Fingern zu sehen. Marie hielt sich die Hand vor den Mund, doch ihr erschreckter Laut war schon hervorgedrungen. Auch Marcel war entsetzt, von seiner Flucht in die Wut keine Spur mehr übrig. Doch zunächst gab er keinen Ton von sich. Dazu schien er viel zu geschockt zu sein.

Marie konnte sich ungefähr vorstellen, was in ihm vorging. Er hatte Veronika geliebt – vor gar nicht allzu langer Zeit. So sehr, dass er sie sogar heiraten wollte, das hatte er eben noch zugegeben. Und nun stand sie da und offenbarte ihm, dass sein bester Freund sie misshandelt hatte. Mehr noch, sie gab ihm eine Mitschuld daran! Man musste kein Hellseher sein, um zu begreifen, welchen Strudel an Emotionen das in ihm auslöste. Alte Gefühle kamen unweigerlich hoch. Der tiefe Wunsch, diese Frau beschützen zu wollen. Die Wut, es nicht geschafft zu haben. Der Zorn auf den Freund, dem er so etwas niemals zugetraut hätte. Oder doch Schuldgefühle, weil er immer geahnt hatte, dass dieser Mike zu so etwas in der Lage war? Marie wusste es nicht. Sie konnte nur sehen und spüren, dass in Marcel schlimme Dinge vor sich gingen. Dinge, die ihn so weit runterrissen wie er es sicherlich nicht gewohnt war. Er brauchte auch geraume Zeit, um überhaupt wieder Worte zu finden.

„Du solltest ihn anzeigen."

„Das kann ich nicht. Er wird alles leugnen."

„Die Gefahr besteht immer. Aber du hast Beweise. Und du solltest nicht mehr lange warten, damit sie noch dokumentiert werden können, solange sie deutlich sichtbar sind."

„Es wäre mir lieber, wenn ich das einfach vergessen könnte. Und da weitermachen, wo ich zuletzt glücklich war."

Marcel sah sie lange an. Seine Stimme war nicht unnötig brutal, aber seine Worte waren klar und deutlich. „Als ich dich zuletzt sah, warst du sehr glücklich, als du zu Mike ins Auto gestiegen bist und mir noch ein schönes Leben in meinem alten verstaubten Familien-Grab in Form meiner Villa gewünscht hast. Es tut mir leid, Veronika, aber ich bin nicht dein Rettungsanker, nur weil dein Traumschiff gesunken ist. Vielleicht ist Mike so ein furchtbarer Mann. Und ja, es hat den Anschein, denn ich hoffe, dass du nicht nur aus Rache handelst, sondern wirklich die Wahrheit gesagt hast."

„Das habe ich! Bitte glaube mir doch!"

„Wenn es so ist, dann ist das ein Grund mehr, zur Polizei zu gehen und Anzeige zu erstatten. Ich kann dir nur dazu raten."

„Kommst du mit und hilfst mir?"

„Nein, das werde ich nicht tun. Du schaffst das allein. Hätte ich gewusst, dass Mike so etwas tun könnte, hätte ich dich ganz bestimmt gewarnt. Aber ich wusste es nicht. Und ich habe, nachdem er mit dir weg war, ohnehin begriffen, dass ich ihn in Wahrheit nie richtig kannte."

„Er hat mir mal gesagt, ihr wärt gar keine richtigen Freunde gewesen", sagte Veronika und zuckte mit den Schultern. Marcel atmete tief durch, dann erwiderte er: „Tja, vermutlich stimmt das. Aber von all dem abgesehen – die Sache mit der angeblichen Verlobung werde ich dir so schnell nicht verzeihen. Es tut mir sehr leid, was dir passiert ist. Aber ich trage keine Schuld daran. Und ich werde mir von dir nicht zum zweiten Mal mein Glück zerstören lassen. Ich dachte, ich wäre mit dir glücklich, das gebe ich zu. Aber du wolltest mich nicht. Und nun kannst du mich nicht mehr haben, denn mein Herz gehört Marie."

So einfache Worte, doch die Bedeutung war gigantisch. Endlich kehrte das Leben wieder vollends in Marie zurück.

Veronika schien endlich begriffen zu haben. Sie erhob sich. „Dann sollte ich jetzt wohl besser wieder fahren."

„Wenn du noch einen Moment Zeit hast, hätte ich da aber noch eine Frage an dich", sagte Marcel in einem Ton, der eigentlich keine Bitte war. Er klang auch nicht harsch, aber man spürte, dass er es nicht gutheißen würde, wenn sie seinem Wunsch nicht nachkam. Marie hörte ihn seit seiner anfänglichen Auseinandersetzung mit Wolfgang zum ersten Mal erneut in dieser Art sprechen. Veronika reagierte sofort darauf und setzte sich wieder. Für sie schien es normal zu sein, sich zu fügen, auch wenn man ihr ansah, dass sie bei der Ankündigung einer weiteren Frage nervös wurde.

Für Marie stand hingegen fest, dass sie Marcel so einen Ton nicht durchgehen lassen würde. Sie machte sich einen gedanklichen Vermerk, an was sie noch zu arbeiten hätten, wenn sie zusammenbleiben wollten. Aber hatte er genau das nicht eben Veronika gegenüber bereits geäußert? Dass sein Herz ihr gehörte, bedeutete wohl, dass er mit ihr zusammenbleiben wollte. Oder war er vielleicht doch noch in der Phase des Abwägens? Als Geschäftsmann war er es sicher gewohnt, auch auf Dinge zu verzichten, die er eigentlich gerne hätte, die sich aber als zu kompliziert – als nicht rentabel in der Gesamtsumme herausstellten. War sie für ihn unrentabel? Marie war noch in diese chaotischen Gedanken verstrickt, als sie ihn fragen hörte: „Woher wusstest du eigentlich wo du mich finden konntest?" Veronika lachte erleichtert, weil sie wohl mit einer schlimmeren Frage gerechnet hatte. „Na, Marie hat mir gesagt, dass du in ihrem Haus bist – na ja, eigentlich sagte sie, dass du in ihrem Bett bist." Marcel brauchte einen Moment, um das Gesagte gedanklich zu sortieren, dann winkte er ab. „Gut, aber ich meinte, woher du wusstest, dass ich in der Eifel bin."

„Oh … ach das." Veronika sah auf die Tischplatte.

„Ja, genau das. Also, woher?"

Marie konnte spüren, wie die Luft im Raum dünner zu werden schien. Es war deutlich, dass Veronika nicht darauf antworten wollte. Doch ebenso klar war, dass Marcel nicht lockerlassen würde. Schließlich stieß Veronika seufzend den Atem aus und sagte: „Von Andrea. Ich weiß es von ihr, okay?"

„Andrea? Wer ist Andrea?"

Veronika starrte ihn an. „Andrea Malzner."

„Ach … ja, natürlich."

Nun konnte Marie sich nicht zurückhalten. „Schön, dass ihr beide jetzt im Bilde seid. Aber darf ich bitte auch wissen, wer das ist?" Sie stellte fest, dass ihre eigene Stimme nicht weniger drängend geklungen hatte als die von Marcel vorhin. Vielleicht waren sie sich in diesem Punkt also gar nicht so unähnlich.

„Das ist meine Sekretärin", erklärte Marcel. „Und das ist insofern logisch, weil sie die einzige ist, die meine Adresse hier hat. Allerdings ist mir nicht ganz klar, warum sie sie dir gegeben hat!" Sein Blick war wieder zu Veronika gegangen und lag nun fragend auf ihr.

„Ich habe ihr damals den Job bei dir verschafft, hast du das etwa schon vergessen? Andrea und ich kennen uns von der Berufsschule. Und als ich nicht mehr für dich arbeiten sollte, weil du nicht wolltest, dass sich Beruf- und Privatleben vermischen, habe ich sie dir empfohlen."

Offensichtlich hatte Marcel das tatsächlich vollkommen vergessen. Marie verkniff sich ein Grinsen, aber sie konnte sich des Eindrucks nicht erwehren, dass Marcel eben doch typisch männliche Verhaltensmuster aufwies, auch wenn er eine noch so gute Kinderstube und Bildung genossen hatte. Mal eben zu vergessen, dass man die Sekretärin zur Freundin, und deren Freundin zur Sekretärin gemacht hatte, war selbst in Maries Augen eine richtige Männersache.

„Ich glaube, ich muss mit Frau Malzner nochmal über den Umgang mit vertraulichen Informationen sprechen", sagte Marcel düster. Veronika schüttelte den Kopf. „Ich bitte dich, Marcel, mach ihr deshalb nicht die Hölle heiß! Sie weiß doch, was mir passiert ist. Und sie konnte nicht anders, als mir zu sagen, wo du bist, weil ich sie angefleht habe. Es ist nicht ihre Schuld."

So schnell schien Marcel nicht besänftigt zu sein. Schließlich willigte er jedoch ein. „Ich werde sie deswegen nicht abmahnen, aber sie muss schon wissen, dass das nicht in Ordnung war. Freundin hin, Freundin her, sie hat mir gegenüber eine vertraglich vereinbarte Verpflichtung. Und dein Notfall war persönlicher Natur. Er betraf nicht die Firma."

Da war er also wieder, der Geschäftsmann. Der Chef. Der Firmeninhaber. Marie rieb sich die Stirn. Vielleicht war es gut, dass Veronika vorbeigekommen war und diese Seite an ihm, wenn auch unwillentlich, herausgekitzelt hatte. Aber so ungewohnt Marie dieser Marcel noch war, verstand sie ihn doch. Denn es stimmte, dass vertrauliche Informationen nicht einfach so weitergegeben werden durften. Selbst dann nicht, wenn eine gute Freundin auf die Tränendrüse drückte. Was hatten diese Freundinnen sich denn eigentlich gedacht? Dass Veronika sich Marcel einfach wieder an den Hals werfen könnte und alles vergessen wäre, was sie ihm angetan hatte? Wie schlimm es für ihn wirklich gewesen war, wusste Veronika doch bis heute nicht. Das musste sie nun auch nicht mehr erfahren. Hauptsache, diese naive Vorstellung von Andrea und Veronika war nicht Wirklichkeit geworden.

„Ich weiß immer noch nicht, warum du Weihnachten in diesem Haus verbracht hast", gestand Veronika. Marcel blickte sie lange an, bevor er erwiderte: „Ich habe es geerbt. Von meinem Onkel. Aber Weihnachten habe ich dort nicht verbracht, sondern hier. Und ich war bereits letztes Jahr – genaugenommen jetzt sogar vorletztes Jahr – schon bei Marie. Nach meinem Unfall hatte ich es nur leider vergessen."

Veronika biss sich auf die Lippe. „Ach ja, dein Unfall. Stimmt ja. Tut mir leid, dass ich dich damals nie besucht habe. Aber Krankenhäuser sind so gar nicht mein Fall."

„Meiner auch nicht. Leider konnte ich mir das aber im Gegensatz zu dir nicht aussuchen." Seine Stimme war voller Enttäuschung und Schmerz. Auch diesmal verstand Marie ihn nur zu gut. Und sie empfand es jetzt als besondere Dreistigkeit von Veronika, sich nach selbst erfahrenem Leid ihm wieder an den Hals werfen zu wollen, wo sie im Gegenzug ihn in seinem dermaßen allein gelassen hatte. Der hübschen Blondine schien ihr Verhalten nun auch peinlich zu sein. Sie erhob sich erneut und fragte an

Marcel gerichtet: „Wolltest du sonst noch etwas von mir wissen?"

„Nein, danke!" Er lächelte nicht.

„Okay … es tut mir leid. Alles." Und an Marie gerichtet sagte sie: „Entschuldigen Sie bitte die Störung. Und danke für Ihre Gastfreundschaft." Marie nickte, sie rang sich ein höfliches Lächeln ab. „Viel Glück bei der Anzeige. Sie tun das Richtige." Nun war es Veronika, die nickte.

„Fahr vorsichtig. Es dürfte stellenweise sehr glatt sein", sagte Marcel, ohne sie jedoch zur Tür zu begleiten. „Das war es", bestätigte Veronika und erinnerte so daran, dass sie die Strecke bereits bewältigt hatte, die sie nun wieder zurückfahren musste. Als Marie ihr im Flur den Mantel und die Mütze reichte, sagte Veronika mit leiser Stimme: „Es tut mir wirklich leid, das müssen Sie mir glauben. Ich war sehr durcheinander. Für mich war es nicht einfach, von meinem eher bescheidenen Leben in diese Gesellschaftsschicht zu wechseln. Mit Marcel war es noch angenehm, aber durch Mike habe ich erfahren, wie schrecklich es da wirklich zugehen kann. Ich wünsche Ihnen, dass Sie den Sprung besser schaffen."

Marie rechnete ihr hoch an, dass sie sich Gedanken um ihre Situation machte. Und sie wollte sie nicht vor den Kopf stoßen, indem sie nun so tat, als wäre das überhaupt kein Problem für sie. Ebenfalls mit gedämpfter Stimme erwiderte sie: „Ich glaube, meine Ausgangssituation ist nochmal eine ganz andere. Ich habe immer hier auf dem Land gelebt. Ich mag die Großstadt nicht. Und ich mag die Regeln nicht, die in den Kreisen gelten, in denen Marcel verkehrt. Wir werden vermutlich große Probleme bekommen. Und ich habe keine Ahnung, ob das gut ausgehen kann. Ich weiß momentan nur eins: Ich liebe ihn."

„Und er liebt sie. So gut kenne ich ihn immerhin, um das einschätzen zu können. Er ist niemand, der so etwas leichtfertig behauptet. Ihm ist es ernst mit Ihnen. Viel Glück, Marie!" Damit öffnete sie eigenhändig die Haustür und ging in die kalte Winterluft hinaus. Marie sah ihr hinterher. Bevor Veronika in ihr Auto stieg, hob sie noch einmal die Hand zum Gruß. Marie erwiderte die Verabschiedung und schloss dann die Tür.

Als sie in die Küche zurückkehrte, hatte Marcel das Gesicht wieder in den Händen vergraben. Er hob den Kopf, als er Marie hörte. „Er hat sie geschlagen", sagte er mit so entsetzter Stimme, als hätte er diese Information gerade erst erhalten. Marie staunte über seine offen zur Schau getragene Bestürzung. Es tat gut, dass er ihr gegenüber nicht so tat, als würde ihn das nicht belasten, nur weil Veronika ihn verletzt hatte.

„Hättest du sie doch gerne zur Polizei begleitet?", fragte sie. „Nein, denn das hätte sie als Zeichen deuten können, dass ich an ihrer Seite stehe. Das tue ich natürlich auch in dieser Angelegenheit! Versteh mich bitte nicht falsch. Aber ich war ja nicht involviert. Dass sie versucht hat, das anders hinzustellen, macht mich nicht weniger wütend als die Falschbehauptung, wir wären verlobt. Und ich möchte auch nicht den Eindruck erwecken, dass ich mich so fühle als wäre ich mit schuld, nur weil ich mit Mike mal den ein oder anderen Whisky getrunken und über alles Mögliche geredet habe."

„Habt ihr über Frauen gesprochen?"

„Natürlich. Aber nicht darüber, dass es okay wäre, das zu tun, was er getan hat."

„Das entsetzt dich wirklich, nicht wahr?"

„Ja!"

„Das ist gut. Aber nur für den Fall – ich kann mit der Axt umgehen." Sie lachte, obwohl ihr eigentlich nicht wirklich danach war. Immerhin lockerte ihr deftiger Scherz die Stimmung jedoch etwas auf, und Marcel schien den Schock über die Neuigkeiten endlich zu überwinden. „Ich denke, dass du in vielerlei Hinsicht ganz anders als Veronika bist", sagte er dann bedeutsam. Marie seufzte. „Das stimmt. Ich bin weder so schön wie sie noch so anpassungsfähig."

„Anpassungsfähig? Du wolltest wohl eher sagen, du bist nicht so unterwürfig wie sie."

Nun musste Marie wirklich lachen. „Gut erkannt, Sherlock! Stimmt, das bin ich nicht. Und ich habe auch nicht vor, es zu werden."

„Und ich habe nicht vor, das von dir zu verlangen."

Marie nickte. Dann sagte sie: „Nett von dir, dass du wenigstens nicht dementiert hast, dass ich nicht so schön wie sie bin. Ich stehe nämlich so gar nicht auf Lügner."

Marcel sah sie an und seufzte. „Du weißt, dass du mir jetzt jede Möglichkeit genommen hast, einigermaßen heil aus dieser Sache wieder rauszukommen?"

„Tja, ich bin eben nur ehrlich. Und das gleiche erwarte ich von dir."

„In Ordnung. Veronika ist wirklich sehr attraktiv. Trotzdem kann sie dir nicht das Wasser reichen. Aber vor allem bist du viel interessanter – auch was dein Aussehen angeht."

Marie überlegte, ob sie eine dicke Lüge als Kompliment nicht lieber gehört hätte. Doch dann kam sie zu dem Schluss, dass sie mit seinen Worten sehr gut leben konnte. Interessant zu sein, war eine der besten Sachen, die sie sich vorstellen konnte. Trotzdem ließ eine Frage sie nicht los. „Und was passiert, wenn du mich in- und auswendig kennst? Wenn ich nicht mehr interessant bin."

„Ich denke, dass das nicht passieren wird. Und möglicherweise wird sogar unsere zukünftige Art der Beziehung dazu beitragen, dass wir uns gegenseitig nicht langweilig werden."

„Unsere zukünftige Art der Beziehung?", fragte Marie überrascht.

„Ja. Du hattest mir erlaubt, mich nach ein paar Wochen zu entscheiden. Ich weiß nicht genau, welcher Zeitrahmen dir da vorschwebte. Ich habe die Gelegenheit auf jeden Fall gut genutzt, um mir klar darüber zu werden, was ich eigentlich will. Und ich habe eine Entscheidung getroffen – eine, wie sie für mich funktionieren könnte. Und hoffentlich auch für dich. Wenn du gestattest, werde ich sie dir jetzt präsentieren."

„Damit wir danach einen Vertrag abschließen können?", fragte Marie amüsiert. Der geschäftliche Ton lag Marcel offensichtlich einfach im Blut. Auch wenn er ihrer Meinung nach gerade eine Entscheidung mit einem Vorschlag verwechselte. Vielleicht sorgte das emotionale Thema bei ihm doch für mehr Verwirrung, als er in diesem Augenblick offenbaren wollte. War er etwa nervös? Und tatsächlich konnte sie es ihm jetzt ansehen und auch an seinen nächsten Worten erkennen, die ihm viel zu schnell über die Lippen sprudelten.

„Was? Nein! Natürlich nicht. Entschuldige bitte, wenn sich das so anhörte. Ich meine nur, wenn du weißt, wie ich mir das vorstellen könnte, dann kannst du entscheiden, ob du es so versuchen möchtest. Oder mir natürlich einen Gegenvorschlag unterbreiten."

„Gut, das klingt vernünftig." Er lächelte, als sie ihm das zugestand.

„Ich hoffe, das sagst du zu meinem Vorschlag auch, nachdem du ihn gehört hast", gestand er dann zu ihrer Überraschung ziemlich kleinlaut ein. Sie machte eine auffordernde Geste.

„Können wir vielleicht einen Kaffee dazu trinken?", fragte er mit einem schiefen Grinsen.

„So schnell schon süchtig geworden?"

„Ja, nach Kaffee, nach dir – nach dem Landleben." Seine letzten Worte überraschten Marie dermaßen, dass sie das Kaffeemachen fast vergaß. Sie sah ihn fasziniert an, ohne sich zu rühren. Dann beeilte sie sich jedoch, um nicht länger auf seine Offenbarungen warten zu müssen. Als die dampfenden Tassen vor ihnen standen, rückte Marcel endlich mit seinem Plan heraus.

„Meine Firma ist mein Leben", begann er ohne weitere Umschweife. „Das wird sich auch nicht ändern. Aber ich möchte, dass du und dieser Ort hier ebenfalls mein Leben werden. Also muss ich das aufteilen. Die Zeit in Düsseldorf, und die hier bei dir. Denn ich werde niemals verlangen, dass du zu mir in die Stadt ziehst. Dafür werde ich aber im Haus meines Onkels einen Zweitwohnsitz einrichten. Mit Büro, Internetanschluss und allem Drum und Dran. Das hat den Vorteil, dass ich meine geschäftlichen Dinge dort regeln kann und sie nicht in dein Haus verlagern werde. Ich denke, das ist in deinem Interesse. Wenn ich in deinem Haus bin, gehöre ich nur dir. Mit all meinen Gedanken – und wenn du mich willst, auch mit meinem Körper. Das war es eigentlich auch schon, was ich sagen wollte."

„Das klingt eigentlich ganz einfach", sagte Marie.

„Wir wissen beide, dass es das nicht wird."

Seine Ehrlichkeit überwältigte Marie. Natürlich würde es nicht einfach werden, aber er hatte alle wirklich wichtigen Eckpunkte bedacht. Die Einzelheiten ihres Getrennt- und Zusammenlebens mussten sie natürlich besprechen. Die Zeiträume, wie lange sie jede der Phasen durchziehen würden, war ebenfalls noch ungewiss. Die Kämpfe, die sie austragen mussten, wenn Marcel vor lauter Arbeit ihre Übereinkunft vergessen würde, waren jetzt schon abzusehen. Und doch war Marie von seinem Vorschlag begeistert.

„Wenn es klappen soll, dann wohl nur so. Ich brauche da also keinen Gegenvorschlag zu machen, denn deiner gefällt mir sehr gut. Und auch wenn du es nicht verlangst, bin ich gerne bereit, ein paar Tage hintereinander mit dir in Düsseldorf zu verbringen. Vielleicht hast du dort ein wenig Platz für mich, damit ich dann ebenfalls arbeiten kann. Aber es stimmt schon, ich möchte unbedingt hier auf dem Land wohnen bleiben. Vielleicht werden wir es hinbekommen, auf diese Art glücklich zu werden. Einen Versuch ist es allemal wert!"

„Ja, das finde ich auch. Es wird sicher eine Herausforderung für uns beide. Aber ich freue mich darauf, sie mit dir gemeinsam zu meistern. Und weißt du, worauf ich mich noch freue?"

Marie dachte an viele Dinge, von denen sie hoffte, dass er sich darauf freuen würde. Doch sie ahnte, dass er etwas ganz anderes meinte, als ihr auf die Schnelle einfallen konnte. Also schüttelte sie den Kopf. Marcel strahlte als er sagte: „Ich freue mich, wenn die Leute irgendwann über mich sagen, dass ich der seltsame Typ bin, der sowohl eine Firma in der Großstadt leitet als auch fast wie ein Wolf in der Silvesternacht übers weite Land heulen kann."

In diesem Moment liebte Marie ihn umso mehr. Denn Marcel hatte den innigen Wunsch, ein Teil beider Welten zu sein – seine eigene nicht aufzugeben, aber zugleich in ihrer heimisch zu werden.

Epilog

Die Dämmerung setzte ein. Der Himmel über dem angrenzenden Park färbte sich in jedem erdenklichen Rotton. Marie sah auf die Uhr. Es war bereits später Abend. Sie liebte den Sommer, weil die Tage dann endlos erschienen. Ihr Projekt war fast beendet. Die Tage, die sie in der Dahlheym-Villa verbrachte, waren arbeitstechnisch gesehen wirklich nicht die schlechtesten. Heute hatte sie so viel geschafft, dass sie morgen schön lange schlafen konnte. Und die Pausen, in denen sie den Pool nutzte, waren eine wirkliche Erholung.

Marcel war noch nicht von einem Geschäftsessen zurückgekehrt, das mit einem ihr zuvor angekündigten langen Umtrunk enden würde. Marie hatte keine Angst, dass er ihr fremdging, denn wenn er das tun wollte, würde auch ihre Angst davor wohl kaum helfen. Sie vertraute ihm, und er tat dasselbe bei ihr, wenn sie die Woche über allein in der Eifel war. Sie waren bereits im dritten Jahr ihrer Beziehung, und Marie wusste nicht, wie es noch besser laufen könnte. Natürlich sah sie ihn an manchen Tagen gar nicht oder nur kurz – selbst, wenn sie in seinem Haus wohnte. Dafür waren die gemeinsam geplanten Tage und Stunden umso inniger und sinnlicher. Ihre Leidenschaft litt nicht unter den häufigen Trennungen, sondern ganz im Gegenteil. Zudem achteten sie beide darauf, dass sie sich immerhin so regelmäßig sahen, dass die Sehnsucht nacheinander erträglich blieb.

Marie wusste inzwischen, dass Marcel, sobald ein neues Buch mit ihren Illustrationen erschien, eine ganze Menge davon bestellte und so die Auflagenzahl ankurbelte. Er glaubte immer noch, er würde das heimlich tun, und sie weihte ihn nicht ein, dass sie von dem Lager in der Firma wusste, denn seine Sekretärin Andrea hatte sich diesbezüglich einmal bei ihr verquatscht. Eigentlich war es nur passiert, weil die Frau so begeistert von der Aktion ihres Chefs war, dass sie es einfach nicht für sich behalten konnte. Auf diese Art hatte sie Marie eine riesige Freude bereitet. Denn dass er es tat, aber nicht wollte, dass sie es wusste, war so jungenhaft und lieb von ihm, dass sie ein ganz wohliges Gefühl im Bauch bekam, wenn sie darüber nachdachte. Und schon deshalb würde Marie nicht riskieren, dass die unvorsichtige Andrea für ihre Indiskretion einen auf den Deckel bekam. Immerhin wusste sie auch durch einen ihrer letzten Besuche in der Firma von Andrea, dass Veronika in einer neuen Partnerschaft lebte, die laut ihren Beschreibungen sehr harmonisch ablief. Marie war jedoch nur selten in Marcels Unternehmen. Und er betrat nicht oft das geräumige Arbeitszimmer, das er ihr in der Villa hatte einrichten lassen. Sie trennten ihr Arbeitsleben zwar nicht streng voneinander, aber es spielte auch keine übergeordnete Rolle, wenn sie die kostbare Zeit miteinander anders verbringen konnten.

Manchmal staunte Marie, wie wandelbar Marcel war. In Düsseldorf war er es gewohnt, in teure Restaurants zu gehen, in die er sie auch gerne einlud. Er wohnte in der mehr als geräumigen und luxuriösen Villa, ohne sich dekadent vorzukommen. Sobald sie in die Eifel fuhren, wohnte er im Haus seines Onkels, das inzwischen von Grund auf saniert und renoviert war, ohne jedoch eine Form von Luxus aufzuweisen. Marie hatte nie von ihm gehört, dass er dort eine Annehmlichkeit vermisste, die er in Düsseldorf problemlos haben konnte. Er genoss das Landleben mit Haut und Haaren. Sogar seine schicke Kleidung tauschte er inzwischen gegen praktischere ein.

Als sie Marcel das erste Mal in Gummistiefeln gesehen hatte, konnte Marie sich ein Lachen nicht verkneifen. Er hatte als Erwiderung einen neckischen kleinen – und höchst albernen – Tanz aufgeführt, sodass sie noch einen Tag später Bauchschmerzen vom vielen Giggeln gehabt hatte. Auch das Grundstück des alten Meier hatte er gekauft, doch bislang noch nicht entschieden, was er damit machen wollte. Dass die Jugendlichen sich weiter dort herumtrieben, nahm er einfach in Kauf, ohne dagegen etwas unternehmen zu wollen. Ihm schien der Gedanke inzwischen recht gut zu gefallen, dass es dort „spukte", auch wenn er nun Gefahr lief, dass man ihm selbst und seiner Familie deswegen seltsame Schauergeschichten anhängen könnte. Überhaupt ging Marcel sehr gelassen mit eventuellen Gerüchten und Tuscheleien um, und maß ihnen, statt sich darüber aufzuregen, einen gewissen Unterhaltungswert bei – ganz so, wie die Leute auf dem Land es oftmals taten. Einzig seine vielen Arbeitsstunden deuteten selbst in der Eifel darauf hin, dass er seinen Verpflichtungen ständig nachkommen musste. Aber sobald es ihm möglich war, seine Arbeit zu vernachlässigen, unternahmen er und Marie Touren in der näheren Umgebung. Oftmals hatte sie das Gefühl, dass er bei ihren gemeinsamen Wanderungen so sehr zu sich selbst fand, wie er es sich gewünscht hatte. Dann sah sie den abenteuerlustigen Marcel vor sich, der mit glitzernden Augen die Herausforderung eines Steilhangs oder das Schwimmen in einem vergleichsweise kalten See bewältigte. Er hatte sich von Wolfgang sogar breitschlagen lassen, den Angelschein zu machen, um mit ihm stundenlang an einem Teich zu hocken und aufs Wasser starren zu können. Zumindest interpretierte Marie dieses Hobby ab und zu so – vor allem, wenn er nicht einen einzigen Fisch von diesen Ausflügen mitbrachte.

Insgeheim glaubte sie, er würde seine eigene Beute ständig Wolfgang überlassen, damit er die Tiere nicht selbst töten musste. Aber sicher war sie sich nicht, und sie würde auch niemals danach fragen. Genauso wie sie ihn nie fragte, ob er sich doch noch an die eine oder andere Begebenheit seines ersten Besuchs bei ihr erinnerte. Sie war fest davon überzeugt, dass er ihr das schon von selbst erzählen würde. Dass diese Zeit für ihn möglicherweise für immer im Verborgenen blieb, schien ihn inzwischen jedoch nicht mehr zu belasten. Überhaupt sagte er manchmal, dass er das Gefühl hatte, vieles ginge ihm leichter von der Hand. Und auch Andrea hatte Marie inzwischen verraten, seine Geschäftspartner würden oft darüber sprechen, um wie vieles gelassener der Dahlheym-Erbe inzwischen im Gegensatz zu früher wirkte.

Marie wusste nicht, ob das stimmte, aber sie wünschte sich für ihn, dass er wirklich gelöster an die Dinge herangehen konnte. Das war nicht nur für sein Umfeld besser, sondern natürlich auch für ihn selbst. Nur eins seiner Ziele hatte er immer noch nicht erreicht, wie sie wusste. Nämlich das, sie endlich zu einem Urlaub auf den Malediven zu überreden. Irgendwann würde sie ihm nachgeben, aber ganz sicher würden sie nicht über Weihnachten hinfliegen. Denn das Weihnachtsfest und Silvester wollten sie jedes Jahr in der Eifel verbringen, ganz ohne zu arbeiten natürlich. Zu diesem Anlass hatte Marcel auch in diesem Jahr wieder geplant, bereits eine Woche zuvor der Firma den Rücken zu kehren und ins Haus seines Onkels zu fahren – er nannte es hartnäckig so, obwohl es inzwischen doch längst sein eigenes war.

Marie spürte jedoch, dass er Edgar damit eine Ehre erweisen wollte, also korrigierte sie ihn nicht. Und dass Marcel schon so früh in den Winterurlaub starten wollte, hieß sie ebenfalls gut. Schließlich gab es viel zu tun, um das Weihnachtsfest gebührend einzuläuten. Sie mussten Holz hacken, das Essen planen, in den Supermarkt fahren, rechtzeitig einen Tannenbaum aussuchen, und für Marcel stand wieder die traditionelle Einkaufstour mit Wolfgang an.

Die beiden waren wie ausgelassene Teenager, wenn sie zusammen aufbrachen. Es war schön, Marcel immer wieder so erleben zu dürfen. Und er würde ganz bestimmt mit einem Geschenk zurückkehren, das ihr Freude bereitete. Aber das Beste waren der Frieden und die Stille, die sie über die Festtage zusammen genießen konnten. Sie waren glücklich. Und sie taten beide alles in ihrer Macht Stehende dafür, dass es auch genauso blieb.

Ende

Xystus
Die Abenteuer einer (nicht) ganz gewöhnlichen Maus

Als mutige Zeitreisemaus erfüllt Xystus eine wichtige Aufgabe im viktorianischen London. Vom Buckingham-Palast führt ihn seine Mission in einen entstehenden Eisenbahntunnel.

Er muss Gefahren trotzen und immer neue Wege finden, um sein Ziel zu erreichen. Auch die große Liebe wartet auf ihn – doch was tun, wenn man eigentlich aus einer ganz anderen Zeit stammt?

Erhältlich als Taschenbuch und eBook, überall wo es Bücher gibt, Hörbuch in Verbreitung.

– Roman –

Liebevoll • Dramatisch • Aufwühlend

An einem frostigen Wintermorgen, kurz vor der Jahrtausendwende, stand sie vor mir auf den Straßenbahnschienen. Sie lächelte mich an – dann ließ sie sich von mir überfahren.

Seitdem ist nichts mehr, wie es einmal war. Meine selbst gewählte Mittelmäßigkeit ist dahin.

Diese hat einem Abenteuer Platz gemacht, das eigentlich niemals hätte sein dürfen ... und für das ich ihr dennoch unendlich dankbar bin.

Erhältlich als Taschenbuch und eBook, überall wo es Bücher gibt.

„Die Autorin konstruiert eine Geschichte, die spannender nicht sein kann. [...] Diese Geschichte wird mich noch lange begleiten, weil ich durch sie gelernt habe, über den Tellerrand zu schauen. [...] Es ist eine Geschichte, die ans Herz geht – die einen durch den Tag begleitet und beschäftigt. "

MissSophi (Auf Facebook, Hugendubel, Orellfüssli, Weltbild, Osiander, Was liest Du?, bücher.de, eBook.de, Lovelybooks und weiteren)

„Gänsehautgeschichte [...] Die Autorin hat eine gute Balance zwischen der Dramatik der schwierigen Themen und dem Wohlfühlen durch die Protagonisten geschaffen. Ihre Gespräche, Gefühle und Gedanken wirkten immer sehr echt und lebensnah. "

Angela (Auf Thalia, Amazon und Lovelybooks)

„Die Charaktere sind sehr gut und genau gezeichnet, sie haben Tiefe und entwickeln sich stetig weiter. "

Jacqueline (Auf Lovelybooks)

„Mich hat dieses Buch sofort mit den ersten Zeilen in seinen Bann gezogen. [...] Dieses Buch und seine Geschichte regt zum Nachdenken und Innehalten an. Ich spreche hier eine ganz klare Leseempfehlung aus!!!! "

Katja (Auf Amazon und Lovelybooks)

„Tiefgründig und bewegend [...] Verstrickungen über Generationen werden kunstvoll und einfühlsam Stück für Stück erzählt und aufgedeckt. Ein tiefgehendes und berührendes Buch das Einblicke in menschliche Abgründe und Tragödien, aber auch das Schöne im Leben ermöglicht. "

C. (Auf Goodreads und Lovelybooks)

Diese und weitere Rezensionen sind in vollem Umfang nachzulesen unter www.lovelybooks.de/autor/Regina-Raaf

Es war an einem frostigen Wintertag im Jahre 1999. Das Millennium stand kurz bevor und man glaubte, dass die Welt vielleicht untergehen würde. Für mich tat sie das in gewisser Weise auch, allerdings etwas früher als vorhergesagt. Es lagen noch Reste des Schnees von vor zwei Tagen, aber er behinderte in keiner Weise den Fahrbetrieb. Meine Strecke führte über freies Feld und durch einige kleine Waldstücke, bis ich die nächste Station erreichen würde.

Ich sah nach vorne auf die Schienen und nahm am Rande die Bäume wahr, die an mir vorbeizufliegen schienen, dabei war ich es ja, der sich bewegte. Mein Kaugummi hatte schon seit mindestens einer Viertelstunde keinen Geschmack mehr, und ich überlegte mir, ob die Fahrgäste es wohl sehen würden, wenn ich ihn einfach aus dem Fenster spuckte. Würde sich jemand beschweren, wenn plötzlich ein ausgelutschter Kaugummi an seiner Scheibe vorbeiflog? Bestimmt nicht, also öffnete ich mit einer Hand das Fenster, während meine andere Hand am Hebel blieb, um die Geschwindigkeit ein wenig zu erhöhen.

Meinen Kopf drehte ich nach links, damit ich in hohem Bogen in den Fahrtwind spucken konnte. Eine Sekunde später befand sich der Kaugummi im Freiflug durch die winterliche Kälte. Mein Blick richtete sich wieder auf die Schienen. Und dann geschah es.

Man könnte sagen, es sei wie ein Albtraum gewesen, aber das stimmt nicht. Ich habe mich erschreckt, das gebe ich zu, aber das Grauen habe ich erst später begriffen. In dem Moment, als ich meinen Blick wieder in Fahrtrichtung wandte, sah ich eine Frau auf den Gleisen stehen. Sie sah mir geradewegs in die Augen. Ein Lächeln lag auf ihrem Gesicht. Kein abwesendes, wie man es bei einem Selbstmörder wohl erwarten würde, sondern ein freundlich bittendes. So ein Ausdruck, als würde sie mich lediglich nach dem Weg fragen wollen, und doch bat ihr Lächeln mich in Wirklichkeit darum, sie zu töten.

Ich sah ihren Körper auf mich zukommen, ähnlich, wie ich es schon tausendmal bei den scheinbar fliegenden Bäumen gedacht hatte. Ich bewegte mich auf sie zu, aber mir schien es, als wäre *sie* es, die sich bewegte. Ihre Augen kamen näher, und ich bin mir sicher, sie waren grün.

Natürlich waren wir auf solche Situationen vorbereitet worden.

Ich machte eine Notbremsung und nahm sofort das Kreischen der Fahrgäste wahr. Auch die Bremsen quietschten, aber ich wusste, dass es ohnehin zu spät sein würde. Der Körper der Frau klatschte gegen die Front, dann wurde er fortgeschleudert. Ich verlor ihn aus dem Blickfeld. Meine Hand tastete nach dem Funkknopf, und ich gab den Code durch. Man muss sich das vorstellen, es gibt einen extra Code für so einen Fall. So viele Menschen werfen sich vor eine Bahn, dass man dafür eigens einen Code erfand. Die Zentrale bestätigte. Ich wusste, man würde Krankenwagen, Polizei und Psychologen schicken. Alles würde seinen Gang gehen. Als ich den Funk beendet hatte, schaltete ich auf Lautsprecher und forderte die Fahrgäste auf, sich ruhig zu verhalten. Ich sprach von einer Störung, die uns an der Weiterfahrt hindere. Das aufgeregte Gemurmel aus dem Waggon ignorierte ich. Dann öffnete ich meine Fahrertür und stieg die zwei Stufen hinab. Fast wäre ich ausgerutscht, denn die Erde war in dem feuchten Waldstück noch teilweise gefroren.

Vorsichtig ging ich auf die linke Seite der Bahn und sah über den Grünstreifen. Dort lag niemand. Für einen Moment stutzte ich. Hatte ich nur geträumt? Doch die Blutspritzer an der Front der Bahn überzeugten mich vom Gegenteil. Ich ging ein paar Schritte, dabei konnte ich förmlich spüren, wie die Fahrgäste mich durch die Scheiben mit ihren Blicken verfolgten.

Dann entdeckte ich sie. Sie war unter die Räder geraten. Normalerweise wäre ich davon ausgegangen, dass sie durch die Wucht in hohem Bogen davongeschleudert worden sein musste, aber das war sie nicht. Ihr Kopf war vom Rumpf getrennt worden. Ein wenig erinnerte sie an eine Schaufensterpuppe, so unwirklich erschien mir der Anblick. Andererseits jedoch auch wieder überaus real. Denn in diesen paar Sekunden, als sie auf den Schienen gestanden hatte, war eine persönliche Beziehung zwischen uns entstanden.

Ich kann nicht behaupten, ihr Kopf sei in einem tadellosen Zustand gewesen, aber ihre Augen schienen mich immer noch entschlossen anzusehen. Und groteskerweise lag nach wie vor dieses Lächeln auf ihrem Gesicht, das den Eindruck einer Puppe verstärkte. Dass sie jedoch *keine* Puppe war, konnte ich an dem Blut ausmachen, das aus der riesigen Wunde floss. Das war der Moment, in dem ich das Bewusstsein verlor. Ich weiß, es gibt eine Regel, die da lautet: Der Kapitän verlässt das sinkende Schiff zuletzt. Ich muss zugeben, dass es mich nach dem Erwachen absolut beschämte, dass ich meinen Fahrgästen keine Hilfe in dieser schwierigen Situation gewesen war. Doch der Sanitäter winkte auf mein Gestammel hin sofort ab und rief den Psychologen.

Nachdem der Krankenwagen eingetroffen war, hatte sich schnell herausgestellt, dass die Sanitäter bei der Frau nichts mehr ausrichten konnten. Also wurde ein Leichenwagen angefordert und man kümmerte sich um mich und die Fahrgäste.

Ich würde an diesem Tag keine Fahrt mehr machen – und auch nicht an den folgenden, versicherte mir der Psychologe. Er tat seinen Job, vermutlich sogar gut. Das kann ich nicht beurteilen, denn ich war zu diesem Zeitpunkt eigentlich nur verzweifelt bemüht, mein Frühstück bei mir zu behalten. Zu meiner Schande muss ich gestehen, dass ich scheiterte. Ich werde den Blick des Psychologen nie vergessen, wie er redlich versuchte, nicht allzu angewidert zu gucken. Auch sein Bemühen war vergeblich gewesen.

Vom Zeitpunkt des Unglücks an war alles unscharf, verschwommen, ungreifbar.

Ich sah immer nur Augen – dankbare Augen – ihre Augen. Und tief in mir drin war dieser unerklärliche Frieden. Ich sollte Gott spielen, und ich hatte es getan. Es klingt furchtbar blasphemisch, ich weiß, aber ich wurde gebeten ein Leben zu beenden, und ich hatte es getan. Ich will nicht behaupten, dass mich das glücklich gemacht hätte, aber tatsächlich ließ es mich irgendwie zufrieden mit mir selbst sein. Doch kurze Zeit später ahnte ich, dass dieses Gefühl wohl nur dem Beruhigungsmittel zu verdanken war. Ich durchlief daraufhin die verschiedenen Phasen des Selbstvorwurfs, der Selbstzerfleischung und des alles erschütternden Zweifels an der Berechtigung der eigenen Existenz … nachdem ich eine andere Existenz ausgelöscht hatte. Hat Gott auch diese Selbstzweifel, bei jedem, den er tötet, fragte ich mich. Aber dann käme er aus dem Zweifeln ja gar nicht mehr heraus. Schließlich tötet er ständig – rund um die Uhr … in mannigfaltiger Art und Weise.

Ich gebe zu, dass mich solche Gedanken seit diesem Tag weit häufiger heimsuchen als jemals zuvor in meinem Leben. Und ich begriff schon bald, dass ich nicht länger normal war. Ich war aus der Masse herausgehoben wurden. Ich war nicht reicher, berühmter oder begehrter geworden – nein, ich war ein besonders bemitleidenswerter Mensch geworden!

Alle bedauerten mich. Aber da war noch etwas anderes. Sie blickten mich an und sprachen Worte des Mitgefühls, doch in ihren Augen stand der Wunsch, alles ganz genau erfahren zu wollen. Einige fragten mich dann auch nach Details. Wenn ich sie erzählte, winkten die Leute jedoch schnell ab und wandten sich um. Eine Nachbarin schlug sich die Hand vor die Augen und ließ sich mitten auf den Bürgersteig sinken, mit der Bemerkung, so genau habe sie es dann doch nicht wissen wollen, nun sei ihr schwarz vor Augen geworden.

Denn eigentlich wollte es trotz aller Neugier keiner so genau wissen. Der Psychologe hatte mich zwar in Profimanier gleich mehrfach angehört und mich aufgefordert, die ganze Situation Revue passieren zu lassen, doch auch er wurde blass um die Nase. Wie konnte ich es ihm verdenken? Ich hätte nicht anders reagiert, wenn mir jemand eine solche Horrorgeschichte erzählte. Doch mit der Zeit wurde ich wütend. Ich hatte auch nicht darum gebeten, diese Erfahrung zu machen. Doch *ich* hatte sie gemacht!

Die Frau auf den Schienen hatte mir eben jene Erfahrung zugedacht. Und obwohl wir uns erst kurz vor ihrem Tod begegnet waren, hatte sie mir dankbar zugelächelt.

Tagelang konnte ich nicht arbeiten, nicht schlafen, kaum essen. Und dann dämmerte langsam ein Gedanke in mir hoch. Es war wie ein Lichtstrahl, der sich von der aufgehenden Sonne über das Land stiehlt und einen heißen Tag verspricht. Nur, dass immer noch Winter war, und der Strahl sich lediglich in meinem Geist gebildet hatte.

Ich würde nicht eher wieder Normalität in meinem Leben finden, bis ich nicht herausgefunden hatte, warum die Frau mir an jenem verhängnisvollen Tag gegenübergetreten war, um durch mich zu sterben.

Kyla – Kriegerin der grünen Wasser
Das Erwachen
Teil 1 der Fantasy-Trilogie

Die grünen Wasser von Chyrrta bergen ein ebenso düsteres wie tödliches Geheimnis. Ganz auf sich gestellt, wächst das kleine Mädchen Kyla unter der ständig lauernden Gefahr in den Wäldern auf. Bald gerät sie in den Sog verwirrender Ereignisse, die sie schon früh zur erbarmungslosen Kämpferin machen. Ihr Weg zum prophezeiten Schicksal führt über Liebe, Macht und Tod.

Erhältlich als Taschenbuch und eBook, überall wo es Bücher gibt.

Meerjungfrau im Rollmopsglas

Stell dir vor, du lernst jemanden kennen, der die Liebe deines Lebens werden könnte, verlierst ihn dann aber aus den Augen. Genau das passiert Kim mit Kai, als sie auf dem Weg in ihre neue Heimatstadt Berlin ist.

Nach dem Tod ihrer Mutter und Großmutter muss das Landei Kim zu ihren drei Tanten in die Großstadt ziehen. Für die Siebzehnjährige ist das eine große Herausforderung. Aber es bedeutet auch jede Menge Spaß, denn in der WG mit Elli, Lotta und Doro ist immer was los! Kims Tanten haben nämlich so ihre ganz eigene Art, mit dem Leben umzugehen.

Außerdem hüten sie ein Geheimnis, dem Kim schon lange auf der Spur ist. Als Kim dann noch erfährt, dass Kai nach ihr sucht, wird Berlin für sie zum Abenteuer ihres Lebens.

Erhältlich als eBook bei zahlreichen Anbietern.

Bruno und Brunella

Jedes Jahr an Weihnachten trifft sich der Schneehase Bruno mit seiner Schwester Brunella. Dieses Jahr erzählt er ihr die Geschichte von Angela, dem verlorenen Weihnachtsengel.

Gespannt verfolgt die Häsin, wie Angela in einem Waisenhaus aufwächst, eines Tages ihre Flügel entdeckt und Streiche ausheckt.

Brunella ist begeistert von der Rolle, die ihr schneller und mutiger Artgenosse Leo in der Geschichte spielt. Ob Angela wohl zu den Engeln zurückfindet?

Erhältlich als gebundenes Buch, überall wo es Bücher gibt.